ON NE SAIT JAMAIS

Mary Calmes

DREAMSPINNER PRESS

ON NE SAIT JAMAIS

Mary Calmes

Publié par
DREAMSPINNER PRESS

5032 Capital Circle SW, Suite 2, PMB# 279, Tallahassee, FL 32305-7886 USA
www.dreamspinnerpress.com

On ne sait jamais
Copyright de l'édition française © 2018 Dreamspinner Press.
Titre original : You Never Know
© 2017 Mary Calmes.
Première édition : juillet 2017
Traduit de l'anglais par Zoé Callaghan.

Illustration de la couverture :
© 2017 Reese Dante.
http://www.reesedante.com
Les éléments de la couverture ne sont utilisés qu'à des fins d'illustration et toute personne qui y est représentée est un modèle

Édition e-book en français : 978-1-64080-610-8
Édition imprimée en français : 978-1-64080-611-5
Première édition française : janvier 2018
v 1.0

Édité aux États-Unis d'Amérique.

I

QUAND J'ÉTAIS dans l'armée, j'avais un pote qui essayait toujours d'utiliser le mot exact pour désigner les choses. Alors, en Afghanistan, au lieu de dire que nous nous dirigions vers Kaboul pour livrer des armes, des explosifs ou n'importe quel type de matériel qui se trouvait dans notre camion ce jour-là – en plus, on finissait toujours par faire un détour – il avait dit que nous étions en train de baguenauder et que nous n'étions pas en sécurité.

Je me souviens de m'être tourné vers lui, pendant qu'il conduisait, en me disant, *bordel*, mais qu'est-ce que ce mot veut dire ? Je n'ai jamais eu la chance de le lui demander. Nous avons été touchés par une roquette et c'est la dernière fois que je l'ai vu.

Comme j'étais le seul de mes camarades autorisé à vieillir, je me suis rendu compte que c'était très utile de connaître le bon mot pour désigner les choses et j'en ai ajouté beaucoup à mon vocabulaire, autrefois limité. Le mot « pétrichor » me vint à l'esprit : l'odeur de la pluie sur la terre sèche. Même si le sol n'était jamais vraiment sec chez moi, à Benson, sur la côte entre Brookings et Gold Beach, j'associais cette odeur à ce mot dans mon esprit, à mi-chemin entre des fleurs qui pourrissent et la pluie.

Alors que je courais dans les bois près de chez moi, j'inspirai l'odeur froide et humide du mois de septembre, en cherchant à me souvenir de ce que j'étais censé faire aujourd'hui. On était samedi et pour une fois, je n'avais pas besoin de travailler avant l'après-midi. Pourtant, j'étais quasiment sûr d'oublier quelque chose que je m'étais engagé à faire. C'était presque un défi que je me lançais, d'essayer de me souvenir sans mon agenda, parce que mon cerveau ne fonctionnait plus aussi bien qu'avant, depuis l'accident. En général, j'arrivais à vivre avec ces limites. Ce n'était pas comme si j'oubliais ce que j'étais en train de faire au beau milieu de l'action, et au travail, je restais au top de mes responsabilités avec l'aide d'une montre et d'un téléphone qui me parlaient. C'étaient souvent les trucs personnels qui me posaient des problèmes.

Comme je voulais atteindre le café avant que tous les hipsters de la ville ne se lèvent à leur tour, je fonçai jusqu'en bas de la colline, traversant des routes de temps à autre, sans regarder, parce que j'étais le seul à part

Mal Harel et Preston Garber à vivre si loin au-dessus de la ville. J'adressai mentalement un million de remerciements à mon père pour avoir été quelqu'un de si paisible que l'idée de vivre dans la ville elle-même lui avait semblé insupportable. Après le décès de ma mère, et sans son babillage joyeux qui focalisait l'attention des gens sur elle et pas sur lui, le fait de sortir de son lit le matin et d'interagir avec les autres lui demandait encore trop d'énergie. Il n'avait besoin que de ma présence et il avait tenu jusqu'à ce que j'obtienne ma licence entrepreunariale, pour finalement succomber à la douleur d'avoir perdu l'amour de sa vie, dans son sommeil, paisiblement. Les gens disent que personne ne peut mourir d'un cœur brisé, mais je savais que ce n'était pas vrai.

Quelqu'un me klaxonna de l'autre côté de la route au moment où je surgissais des bois. En me tournant, je vis Gail Turner et son mari, Toby, arrêtés au feu rouge. Je leur fis un signe de la main, et tous deux – même le costaud à ses côtés – firent de même. J'avais eu du mal à percer la carapace de Toby, mais comme il dégageait une espèce de tranquillité qui trouvait un écho en moi, nous avions noué une relation hésitante qui s'était vite transformée en amitié solide. J'avais été proche de Gail au lycée, mais nos vies avaient pris des chemins différents. Pourtant, quand j'étais rentré de mission – brisé et seul, bouillant d'une rage dévorante et agressive –, je n'avais pas réussi à la faire fuir, contrairement aux autres. Elle était, m'avait-elle dit, d'une autre trempe. J'avais dû la prendre au mot, vu qu'elle supportait mon amertume pourrie et ma haine contre moi-même, en me renvoyant uniquement de l'humour et un calme infini.

Le moment déterminant dans notre relation avait été le jour où elle m'avait laissé garder sa fille de deux ans. Il y avait probablement des gens qui pouvaient rester insensibles, presque blasés, et frémir de dégoût à l'idée de devoir donner à manger à un gamin, regarder *Sesame Street* [1] ou l'emmener au parc pour faire de la balançoire, mais je n'en faisais pas partie. Visiblement, ce n'était pas *en* moi. Alma, qui avait maintenant 9 ans, avait poussé des cris de joie en voyant à quelle hauteur j'envoyais la balançoire. Quand je lui avais dit que je devais m'asseoir – ma jambe droite était maintenue par des vis et couverte de cicatrices, j'arrivais à peine à me tenir debout à ce moment-là – elle s'était mise à hurler mon nom, alors que je m'éloignais vers le banc situé environ vingt mètres plus loin.

— Hagen !

1 Série télé américaine pour les enfants

J'avais juste eu le temps de me retourner avant qu'elle ne s'envole dans les airs pour se jeter dans mes bras.

Je m'étais précipité pour l'attraper et j'avais éclaté en sanglots quand elle avait enfin été en sécurité dans mes bras, collée contre mon torse, ma main posée sur son petit dos fragile.

— Tout va bien, m'avait-elle rassuré, la tête sur mon épaule en me tapotant gentiment.

Hésitant entre peur et réconfort, j'avais pleuré bruyamment, presque hystérique, larmes et morve coulant à parts égales. Je n'avais pas l'ombre d'une chance face à la certitude absolue d'une petite fille de deux ans qui me considérait comme un autre gardien de sa sécurité. Sa mère lui avait dit que j'étais un adulte et que j'étais costaud, donc c'était exactement ce à quoi elle s'attendait. Quand Gail nous avait trouvés allongés dans l'herbe à fixer les nuages, elle avait pris une grande inspiration.

— Tu vas recommencer à vivre ? m'avait-elle demandé, en mordillant sa lèvre tremblante et en me poussant un peu du bout de sa chaussure.

— Ouais, je pense.

Elle avait relâché brusquement sa respiration.

— Bravo mon grand !

J'avais grogné, pendant qu'elle riait puis criait parce qu'Alma s'était échappée pour glisser son petit bras potelé autour de mon cou.

— Stop ! avais-je tenté de négocier avec mon amie.

Elle s'était contentée de secouer la tête et, après s'être remise suffisamment pour attraper sa fille, puis me donner la main, nous avions rejoint son mari dans le minivan avec leur fille d'un an, et leur tout nouveau bébé.

— Je crois que vous avez peut-être besoin d'une occupation, avais-je dit à Toby.

Son sourire, le premier qu'il m'ait fait, était démesuré.

— Tu peux venir jouer les baby-sitters, gros malin.

Et ce fut suffisant. Nous étions comme une famille, et j'étais à la fois béni et maudit parce qu'avec leur amour vint une surveillance particulière de ma vie, qui incluait aussi ma vie amoureuse. Gail avait presque autant besoin de me materner que ses enfants. Alors, quand elle exécuta un virage à 180° parfaitement illégal au milieu de la rue pour pouvoir baisser la fenêtre du minivan juste à côté de moi, je ne fus pas surpris que les premiers mots sortant de sa bouche s'inquiètent de moi.

— Tu vas bien ? me demanda-t-elle frénétiquement.

Je me penchai pour observer Toby, qui avait posé une main sur le tableau de bord pour se retenir, tandis qu'il agrippait de l'autre de toutes ses forces la poignée de la portière de la Honda Odyssée.

— Tobe, le saluai-je, descendant du trottoir sur la route pour pouvoir poser les deux mains sur la vitre.

— Hage, réussit-il à bredouiller.

Je foudroyai Gail du regard, secouant la tête.

Elle agita la main de façon nonchalante.

— Ne me juge pas.

— Ton mari va finir par faire une crise cardiaque à cause de toi.

— Il va bien, me rassura-t-elle avec un geste distrait dans sa direction. La question c'est plutôt : comment tu vas ?

— Qu'est-ce que tu veux dire ?

Elle écarquilla les yeux.

— Tu n'es pas au courant ?

— Au courant de quoi ?

Elle inspira avant de lâcher l'information.

— Mitch est de retour.

Je pris une seconde pour digérer la nouvelle. Pour être honnête, il y avait eu un moment dans ma vie où, en entendant que Mitchell Thayer était en ville, mon cœur aurait battu la chamade, mes genoux auraient tremblé, mon rythme cardiaque se serait accéléré... et où j'aurais eu une érection.

Je me souvenais que quand j'avais seize ans et lui dix-sept – l'année avant qu'il ne parte à la fac –, il avait été blessé durant le match de fin d'année et son médecin lui avait spécifiquement ordonné de ne *rien* faire qui puisse aggraver sa blessure. J'étais en train de quitter la bibliothèque pour rentrer à la maison quand je l'avais vu.... J'avais failli faire une crise cardiaque. Il avait fallu que je prenne sur moi pour ne pas faire de scandale. Je l'avais observé, debout d'un côté du terrain, à la fois furieux et terrifié, sachant très bien que ces deux émotions se lisaient sur mon visage.

— Hey, Hagen, m'interpella Ellie Sawyer avec un sourire forcé.

Elle avait toujours voulu Mitch et ne m'avait jamais aimé.

— Mitchie a l'air en forme vu d'ici, pas vrai ?

— Non, répliquai-je sèchement, sans me tourner pour la regarder, préférant garder les yeux fixés sur le type qui faisait semblant de faire une pompe avant de renvoyer le ballon.

Il n'était même pas quaterback, putain. C'était un simple receveur. Pourquoi était-il là-bas en train d'envoyer le ballon dans le parc ? Le coach Reed l'aurait tué sur-le-champ, s'il l'avait vu.

— Tu ne le laisses jamais s'amuser ou…

— Et je suppose que tu considères comme une bonne idée le fait de le laisser se blesser pour qu'il ne puisse plus aller à la fac ? grondai-je, agacé et blessé, me lâchant sur la cible disponible la plus proche.

— Il ne va pas se blesser, juste …

— Comment tu le sais ? aboyai-je, de plus en plus furieux. Et si quelqu'un le blessait par mégarde ?

— Oh, tu sais quoi, Hage ? dit-elle en raccourcissant mon prénom, pas sur le ton amical, mais de manière très condescendante et garce, presque méchante, me faisant comprendre exactement ce qu'elle pensait de moi. Je crois que Mitch connaît bien mieux son propre corps que toi.

Je me redressai en serrant les poings, les yeux plissés.

— Ne te fais pas d'illusions, Ellie, répliquai-je en prononçant son nom aussi haineusement qu'elle venait de le faire. Je sais tout de son corps.

Elle eut l'air choquée et s'enfuit presque en courant, s'éloignant le plus possible de moi, pour rejoindre des coéquipiers de Mitch et leurs petites amies.

Je savais que je rendais la plupart des autres types nerveux. Quand le petit nouveau de la classe, qui avait emménagé à Benson et arrivait de Portland, s'était avéré non seulement être la star des receveurs du lycée Schrader, mais aussi, comme moi, ouvertement gay, cela avait fait toute une histoire. Il jouait dans l'équipe de l'école en première année, au niveau régional, puis en national pour sa deuxième et troisième année. Tout son avenir tournait autour du football américain et il était en train de tout risquer en participant à ce simple match. C'était la chose la plus stupide qu'il ait jamais faite. J'arrivai à peine à respirer en le regardant courir en reculant une fois le ballon lancé. Je serrai les dents.

Impossible de se tromper en me voyant, les pieds bien ancrés dans le sol, les bras croisés, me mordillant la lèvre supérieure – je n'étais vraiment pas content. J'espérais bien mettre tout le monde mal à l'aise.

C'était physiquement douloureux à regarder. Il m'avait promis qu'il serait prudent, il avait juré qu'il suivrait les conseils de son médecin et qu'il ne risquerait pas de se faire des blessures irréparables en jouant un match avec ses amis. Une fois toute la tension retombée, je me rendis compte que je m'étais mis à pleurer.

Qu'il aille se faire foutre avec ses promesses et… nous avions un projet. Nous étions censés partir. Il avait un an de plus que moi, donc il aurait une bourse, irait à l'université, et dès que j'en aurais fini, j'allais le rejoindre. C'était ça le plan : on allait partir de Benson, il serait une super star de la NFL et j'aurais ma propre entreprise de bâtiment, parce que j'aimais construire des choses plus que n'importe quoi d'autre, et maintenant… il prenait le risque de tout perdre parce que, clairement, faire le con avec ses potes au foot lui paraissait plus important que nos rêves communs.

En me détournant de la scène, je réalisai que malgré le manteau, le sweat en polaire, l'écharpe et le béret, j'étais congelé. Mais étant donné qu'on était au mois de février, dans l'Oregon, cela n'aurait pas dû me surprendre outre mesure.

— Bon les gars, c'est tout pour aujourd'hui, jeta Mitch d'une voix rocailleuse, avec entrain.

— Oh allez, Thayer, on va au moins jusqu'à la pause.

— Non.

J'entendais l'homme que j'aimais rire derrière moi tandis que je contournais le bord du terrain.

— C'est tout ce que je peux faire. Si je continue comme ça, je risque de boîter pendant quelques jours.

Ou pour le reste de sa putain de vie ! Mais bon, qui s'en préoccupait ?

— Hage !

J'accélérai le pas.

— Hagen !

Courir restait logiquement l'étape suivante.

— Hagen Wylie, tu as intérêt à t'arrêter tout de suite !

Je me mis à courir aussi vite que possible. Les larmes coulaient le long de mes joues et il n'était pas question qu'il me voie dans cet état. Malheureusement, je portais mes bottes de pluie doublée en fourrure, qui étaient loin d'être les plus adaptées pour la course. D'autant qu'honnêtement, courir face à une superstar nationale, qui jouait au poste de receveur, c'était peut-être avoir une trop haute opinion de mes capacités d'accélération.

Il ne s'attendait pas au virage, cela dit, et je me baissai pour passer sous une branche au ras du sol, aussi agile que possible, par-dessus les racines visibles des arbres, et la table de pique-nique, tournant derrière les toilettes pour atteindre le grillage près de la porte.

Il m'agrippa fermement par l'épaule droite, me força à faire demi-tour et me projeta contre le grillage. La clôture se déforma juste assez pour que je rebondisse, renvoyé directement sur lui.

— Bon sang, mais où est-ce que tu vas ?

Je fixai le sol, refusant de regarder son visage, le souffle court non pas parce que j'étais essoufflé, mais parce que j'étais en train de pleurer et que j'avais couru, et que c'était un combo pourri.

— Regarde-moi.

Je relevai la tête, tandis que ma vision se troublait et que ma respiration se bloquait, je commençai à trembler.

— Qu'est-ce qui se passe ? gronda-t-il, ses mains emprisonnant mon visage, essuyant mes larmes de ses pouces.

Il se rapprocha encore, jusqu'à ce que nos jambes soient mêlées.

Je pris une inspiration tremblotante.

— Sérieusement ? Tout ça ?

J'essayai de me libérer mais il me tenait, cloué contre le grillage. Il éloigna la main droite de mon visage pour m'enlever ma capuche.

— À quoi tu pensais ? Que j'étais là-bas depuis des heures ?

J'étais passé par le parc et je l'avais vite repéré. Il était impossible de rater Mitchell Thayer, quel que soit l'endroit, même au beau milieu de la foule.

Ses cheveux blond foncé expliquaient en partie pourquoi, de même que sa grâce athlétique et fluide, la puissance de son corps contenue dans ses muscles et son bronzage doré perpétuel. Je remarquai tout de suite ses yeux, leur couleur turquoise magnifique, ses traits anguleux et sa mâchoire carrée. Il finit par sourire, ses lèvres s'incurvèrent sans effort, et de le voir, juste lui, me laissa pantelant.

— Bébé ?

Je secouai la tête et fermai les yeux pour ne plus avoir à le regarder.

Il se pencha en avant et m'embrassa sur le front, puis le nez, chaque paupière close, et enfin, me tirant la tête en arrière, sur la bouche.

Je frissonnai à son contact, à la fois si doux et si brûlant. Il insinua sa langue dans ma bouche tandis que j'entrouvrais les lèvres pour le laisser entrer. Passant les bras autour de son cou, je l'attirai vers moi jusqu'à ce que j'entende son rire rauque et sourd. J'essayai alors de me défaire de son étreinte et de le repousser, mais il refusa de me laisser partir avant que nous n'ayons fini de nous embrasser. Ses lèvres s'attardèrent sur ma gorge et il planta un baiser après l'autre, me faisant perdre toute volonté dans ses bras.

— Tu dois prendre soin de toi, murmurai-je, l'ambiance à la fois lourde et brûlante entre nous. Tu m'as déjà promis ta vie, et je la veux – je veux que nous soyons ensemble pour toujours.

— Ce sera le cas, me jura-t-il, les mains enfouies sous ma veste, mon sweat et mon tee-shirt, caressant enfin ma peau nue. Tu es le seul qui compte pour moi, tu le sais.

Je l'avais cru parce qu'il avait dix-sept ans et moi seize, que j'étais en deuxième année et lui en dernière année, et qu'alors, tout était possible. Les promesses de la personne qu'on aime, qu'on adore, il fallait les croire et ne jamais en douter.

Mais c'était il y a très, très longtemps.

— Hagen ?

La voix de Gail me tira de mes souvenirs.

— Désolé.

— Tu savais que Mitch était revenu ?

— Non.

— Eh bien, il est là.

Hum c'était vraiment tout ce que je trouvais à dire.

— Mitch, insista-t-elle, agrippant mon biceps. Leeeee Mitch.

Je souris lentement.

— Tu m'as l'air bien excitée. Est-ce que tu as dit à ton mari que tu rêvais encore du receveur sexy que tu as connu au lycée ?

— Hagen Obadiah Wylie ! hurla-t-elle.

Je n'avais pas souvent entendu quelqu'un hurler mon nom entier d'une seule traite, en particulier le Obadiah. Qu'elle connaisse même mon deuxième prénom, donné en hommage à mon grand-père maternel, prouvait bien quel genre d'amis nous étions.

— J'étais terriblement inquiète, espèce d'ingrat !

J'agitai les sourcils d'un air diabolique, mais elle le méritait pour avoir pensé que j'en avais encore quelque chose à faire.

— Mitch ? Sérieusement ?

Ses yeux s'agrandirent démesurément.

— Oh merde, Hagen.

Je me tournai en direction de cette nouvelle voix pour tomber sur Ben Watase, propriétaire du Castaway Grill, un restaurant situé juste derrière moi. Il grimaça avant de fermer, et de poser momentanément une main réconfortante sur mon dos, jusqu'à ce qu'il se rende compte que j'étais en sueur à cause de ma course.

— Beurk, dit-il.

— Qu'est-ce qui ne va pas ? demandai-je tandis qu'il essuyait sa main sur son jean.

— Tu es sale et poisseux.

— Non, je veux dire pourquoi tu fais cette tête ? Et pourquoi est-ce que tu ouvres aussi tôt ?

— On organise la Bar Mitzvah d'Eric, aujourd'hui, donc je devais venir plus tôt. Quelle tête ? interrogea-t-il comme si j'étais fou.

— Celle que tu viens de faire.

Il se tourna vers Gail.

— Tu ne lui as pas dit que l'acteur Ashford Lennox avait acheté la propriété des Emerson ?

— J'allais le faire…

Il reporta son attention sur moi.

— Ce connard a embauché Jeremy Chastain pour rénover la maison à ta place ! annonça Ben. Non, mais tu le crois, ça ?

Je n'avais pas eu le contrat pour des raisons qui n'avaient rien à voir avec mes compétences, et tout à voir avec le fait qu'Ashford Lennox et moi étions des plans cul occasionnels. Je ne mélangeai jamais les affaires avec le plaisir. C'était la recette du désastre.

— Je…

— J'allais le lui dire aussi, répliqua-t-elle, excitée et irritée à la fois. Mais l'information la plus importante, c'est que Mitch Thayer est de retour.

— Quoi ?

— Mitch Thayer, insista-t-elle, en écarquillant les yeux.

— Quoi ? demanda de nouveau Ben, cette fois avec plus d'incrédulité et une pointe de jugement.

— Tu m'écoutes ?

— Non, je t'ai entendu. Je ne comprends juste pas pourquoi ça l'intéresserait ?

— Merci, dis-je à Gail, en soutenant la supposition de Ben.

— Tu plaisantes ?

Elle semblait perturbée.

— Oh pitié, c'est de l'histoire ancienne.

Ben écarta ses préoccupations, tapotant mon torse du dos de la main.

— J'ai pas raison ?

— Si, tout à fait, le rassurai-je, tout en jetant un coup d'œil attristé vers Gail.

— Et puis de toute façon, qu'est-ce qu'il vient faire ici ? demanda Ben à sa femme.

— Il vient installer sa boîte, annonça-t-elle, souriant d'un air suffisant, visiblement ravie d'être au courant.

— Vraiment ? Après tout ce temps ?

— Yep, dit-elle, radieuse. Iron Age emménage là où se trouvait la scierie.

— Iron Age ? se moqua Ben.

— C'est un nom très mignon pour une entreprise qui réalise des meubles aussi beaux. Ça renseigne tout de suite sur le côté rustique.

— Je suppose, dit-il d'un air dédaigneux, pas franchement impressionné. Mais il y environ des millions d'endroits qui fabriquent des meubles dans le monde. IKEA, ça vous parle ?

— Mitch ne fait que des meubles haut de gamme, répliqua-t-elle, hautaine.

— Vraiment ?

Ben se mit à bâiller pour la taquiner.

Elle grogna.

Il éclata de rire et elle ne put s'empêcher de sourire. Nous étions tous amis depuis le lycée et, par conséquent, nous savions exactement ce qu'il fallait dire pour énerver ou amuser.

— Alors dis-moi qu'est-ce qu'il se passe avec ce Lennox et la maison des Emerson ?

— Ils sont en train de le transformer en Bed and breakfast, dit-il à Gail, en ayant l'air de s'ennuyer. Je veux dire, c'est exactement ce dont notre petite ville pittoresque a besoin, pas vrai ? Un autre Bed and breakfast.

— Mais au moins, les autres avaient eu le bon goût de ne pas faire appel à Chastain. À quoi pensait Lennox, bon sang ?

Elle avait l'air horrifiée.

— Il se dit que Chastain va arranger la structure de la maison et c'est tout. J'ai entendu Joanna dire que Lennox allait faire venir une équipe complète depuis New York pour s'occuper des finitions et du design, il a juste besoin de renforcer la maison.

Toby laissa échapper un rire depuis le siège passager, sa première réaction depuis plusieurs minutes.

— J'ai cru que tu étais mort derrière, le taquinai-je.

— C'était presque ça, me rassura-t-il. Est-ce que tu as vu ce truc à la Fast and Furious que ma femme a fait au milieu de la rue ? Elle se prenait pour Vin Diesel, mon pote.

Je ris tandis qu'il mettait une main sur son cœur.

— Qu'est-ce qu'il y a de si drôle à propos de Chastain ? lui demanda Ben.

— Je t'en prie, railla-t-il. Prenons une minute pour nous rappeler ce qu'il s'est passé sur le toit du lycée et le mur porteur à la ferme Hempstead.

— Il a eu de la chance les deux fois, insista Gail. Pour l'amour du ciel, le toit du lycée Schrader s'est effondré l'été dernier quand les cours étaient finis, et le mur porteur de l'étable a cédé juste au moment où Presto avait emmené ses chevaux dans les pâturages.

— Tu te souviens de la colère de Mal ?

— Évidemment, le reprit Toby. Ce connard de Chastain a failli tuer son mari ! Si quelqu'un avait failli tuer Gail, je pèterais les plombs

— Oh, mon amour, roucoula Gail en lui caressant le genou.

— Il a attaqué Chastain en justice pour…

Ben s'interrompit un instant pour réfléchir.

— Six millions de dollars à peu près ? Je crois que c'était un million pour chaque cheval qui aurait pu mourir.

— Il élève ces chevaux, merde. C'est sa source de revenus.

Gail recommença ses commentaires.

— Cette histoire l'aurait ruiné, sans compter que ces pauvres bêtes auraient été broyées !

— Ouais, acquiesçai-je. S'il était décidé à faire tomber un mur sur quelque chose, les purs sangs de Malachi Harel n'auraient pas dû être son premier choix.

— Je parie qu'il ne s'attendait pas à ce que Mal garde des chevaux si précieux chez lui.

— Chez lui ? À t'entendre, c'est tout petit. Tu sais combien d'hectares de terrain possèdent Mal et Preston ?

— Ils ont acheté le terrain des deux côtés de la rivière et il touche le tien, non ? me demanda Gail. Il n'y a que toi et eux en haut de cette montagne près de la réserve, c'est ça ?

Je la corrigeai gentiment.

— C'est une colline.

— Une colline sacrément haute, répliqua-t-elle. Mais sérieusement, pourquoi Lennox préfèrerait faire appel à Chastain plutôt qu'à toi ?

11

— Son entreprise est plus importante que la mienne, lui rappelai-je.

J'espérai qu'elle allait laisser tomber, je n'avais pas besoin que quelqu'un sache pour Ashford Lennox et moi. Si ça avait été sérieux entre nous, je l'aurais dit à tout le monde, mais étant donné qu'on baisait seulement de temps à autre… Je ne me sentais pas obligé d'en parler.

— Ouais, mais tout ce que tu as à faire, c'est de jeter un œil aux commentaires laissés sur les services et le travail. Seigneur, Hagen, ce type est une menace pour toi.

Je ne pouvais pas le nier. Faire des affaires avec Jeremy Chastain était douteux. J'avais dit à Ashford – que j'appelais Ash – de faire en sorte que quelqu'un repasse derrière lui pour vérifier le boulot.

— Mais revenons à cette histoire de Mitch, dit Gail sobrement. Qu'est-ce que tu vas faire ?

Tous les regards convergèrent vers moi.

— Quoi ?

— Hagen ! aboya Gail.

— Non mais vraiment, quoi ?

— On parle de Mitch !

— Pourquoi est-ce que tu m'engueules ?

— L'amour de ta vie est de retour.

Elle plaisantait ?

— Tu plaisantes ?

Ses yeux grands ouverts m'apprirent que non.

— Je n'en ai rien à faire, lui assurai-je. C'était il y a quoi, maintenant… dix-sept ans et quelques ? Je doute qu'il se souvienne même de qui je suis.

Cela fit rire tout le monde, même Toby, qui avait rencontré Gail à la fac et était revenu à Benson avec elle pour élever leurs enfants. Il ne le connaissait absolument pas, à part ce qu'on lui avait raconté : qui était Mitch Thayer et ce qu'il représentait pour moi.

— C'était il y a très longtemps, répétai-je à mes amis.

— Exact, mais ça ne veut pas dire que c'est moins important.

Pourtant, c'était le cas.

Ce n'était que l'une de ces histoires. Mitch avait obtenu une bourse pour aller jouer au football à l'université de Floride, et même s'il avait promis d'appeler et d'écrire pendant ma dernière année de lycée, quand nous serions séparés, et qu'il m'avait dit que je pourrais le rejoindre et habiter avec lui à la seconde où je serais diplômé, tout s'était rapidement volatilisé une fois qu'il était parti. Et je comprenais. Vraiment. Il était un étudiant de première année, un receveur, qui essayait de s'intégrer et de jouer, et de se créer un avenir avec un diplôme indépendant du monde sportif. Quand il avait commencé à s'afficher avec les plus belles filles à ses bras, pour se créer le plus beau camouflage que j'aie jamais vu, j'ai su que nos projets d'avenir étaient foutus. Il avait choisi un chemin séparé, à moi de faire de même.

Comme je n'avais pas un plan de carrière sportif sur lequel compter, j'avais intégré l'armée et effectué neuf années de service, jusqu'à ce que je sois d'abord blessé au front, puis capturé, secouru, et renvoyé à la maison, l'esprit et le corps bien trop démolis pour pouvoir servir l'armée à nouveau. Une fois rentré à la maison pour ma convalescence, j'avais rapidement plongé dans une spirale d'autoapitoiement, en me demandant ce que j'allais bien pouvoir faire pour le reste de ma vie, à fixer ce même plafond sous lequel j'avais dormi d'aussi loin que je m'en souvienne. Je ne voyais pas beaucoup d'options pour un homme qui avait un CV bourré de références de tir. Ma mère me demandait tous les jours ce que j'allais faire, et la réponse était toujours la même.

Rien.

Quand Gail commença à venir me rendre visite, ma mère, Jenny Wylie, finit par me donner l'ordre de sortir, de respirer l'air matinal et de prendre un peu le soleil. Entre la persistance de Gail et la fermeté de ma mère, j'allai faire un tour, juste pour ne plus avoir à supporter leur harcèlement.

Le lendemain du jour où j'avais eu ma révélation au parc avec Alma, j'étais debout avec mes béquilles, à préparer le petit-déjeuner au lieu de rester couché comme tous les matins, quand je remarquai que ma mère avait l'air triste. En l'observant, je fus frappé de voir que pour une fois, elle ne pleurait pas sur mon sort. Quand je m'installai dans la chaise en face d'elle de l'autre côté de la table de la cuisine, elle pencha la tête sur le côté, et me fit promettre de prendre soin de mon père.

— Pourquoi ? demandai-je soupçonneux, en fronçant les sourcils.

Elle me prit la main et la serra dans les siennes.

— Parce que je ne vais pas pouvoir le faire encore très longtemps, mon chéri.

Instinctivement, je refermai les doigts et elle poussa un soupir en me caressant la main.

— C'était une vraie bénédiction d'avoir non pas un, mais deux hommes merveilleux dans ma vie.

Je craquai. Elle craqua. Et le temps qu'elle me livre les explications sur son cancer de l'estomac, je la suppliai, à travers mes larmes, de me donner quelque chose, n'importe quoi, à faire.

— Je veux une maison dans les arbres.

Ce n'était pas la réponse que j'attendais. Je déglutis et me frottai les yeux pour mieux la regarder.

— Pardon ?

Elle rit.

— Tu voulais être entrepreneur, alors construis des immeubles, Obadiah, me taquina-t-elle en utilisant mon deuxième prénom, que je détestais. Apprends à construire, tu as toujours adoré ça, et construis-moi une maison dans les arbres. C'est là-dedans que je veux vivre.

— Tu plaisantes.

Son sourire était diabolique.

— Non, mon chéri, absolument pas.

Une maison dans les arbres.

— Tu es sûre ?

Elle acquiesça de la tête.

C'était ce qu'elle voulait, et que je sois damné si ce n'était pas ce que j'allais lui offrir.

Je suis allé voir Oscar Mendoza et je lui ai demandé ce que cela coûterait de construire une maison dans les arbres pour ma mère. Il fut content de s'en occuper, et en plus, il voulait me parler d'un boulot. J'avais travaillé dans le domaine de la construction pour lui durant mes quatre années de lycée, et puisque son fils, Hector, n'était pas revenu d'Irak, le fait de m'avoir comme salarié serait pour lui une bénédiction. C'était amusant que je ne me sois pas rendu compte que M. Mendoza voulait m'aider jusqu'à ce que je ne sois plus amer et en colère, et que je commence à penser à ma mère à la place.

La construction de sa petite oasis dans les arbres me prit une année, à dix mètres du sol avec des fenêtres sur tous les côtés, et des portes-fenêtres qu'elle laissait ouvertes tout le temps et qui menaient à un grand balcon. Je lui avais conçu un petit coin douillet pour lire, avec des étagères intégrées dans les murs des deux côtés, et son lit se tenait sous le cadre de la fenêtre qui surplombait les séquoias, et au-delà, il y avait la mer. Elle adorait l'échelle rétractable qui la conduisait au grenier de la maison, que j'avais transformé en véranda, pour qu'elle puisse observer les oiseaux au printemps, suivre les nuages en été, regarder les feuilles changer de couleurs en automne et compter les flocons de neige en hiver. Elle me répétait souvent que comme la pièce entière était faite de vitres, en particulier le plafond, et que les fenêtres avaient des persiennes extérieures qu'elle pouvait laisser ouvertes même en cas de pluie, c'était la plus belle chose qu'elle pouvait imaginer.

— Tu as réussi, soupira-t-elle en m'embrassant sur la joue. Tu m'as construit mon château.

Je n'oublierais jamais l'expression de son visage quand elle me dit que ses hommes avaient réalisé ses dernières volontés. Je lui avais bâti la maison de ses rêves. Mon père, Fenwick Wylie, l'avait emmenée en Italie. Elle allait quitter ce monde, heureuse de l'avoir connu.

— Je préfèrerais partir en premier, lui avais-je avoué.

Elle n'était plus assez forte pour me frapper, mais, bon sang, elle savait pincer.

— Aïe ! Mais pourquoi tu fais ça ?

Je gémis, frottant le dessous de mon biceps droit, certain d'avoir récolté un bleu.

Elle me lança un regard noir.

— Un parent ne devrait jamais avoir à enterrer son enfant, c'est contre nature. J'ai failli vivre cette épreuve quand tu étais dans l'Armée, ça m'a suffi.

J'ouvris la bouche pour la contredire.

— Donc tu t'assieds ici et tu restes fort pour ton père. Je vais vous manquer mais tu vivras à fond parce que c'est ce que je veux, Hage. C'est tout ce que j'ai toujours voulu.

Je l'attrapai et la serrai contre moi. Elle fit semblant de me repousser en éclatant d'un rire si joyeux que mon père arriva en courant. Ma mère l'avait toujours ensorcelé et ce fut encore le cas.

Après son décès, j'échangeai ma chambre avec celle de mon père. Il ne voulait pas avoir celle qui se trouvait en haut de la maison, reliée au grenier par une échelle. Je ne trouvais pas ça étrange d'être dans leur chambre. Après sa construction, nous avions habité seulement un an dedans, et c'était plutôt réconfortant de savoir que tout l'amour et toute la joie de ma mère rayonnaient littéralement des murs. Cette maison, que j'avais bâtie pour elle, avait transformé sa vie aussi bien que la mienne.

— Tu es fantastique, me dit mon père.

J'étouffai un rire parce que, oui, il était toujours aussi concis.

Il me frappa avec une paire de chaussettes roulées. Et il ajouta que je devais obtenir mon permis pour devenir entrepreneur et pouvoir réaliser aussi les rêves des autres.

— M. Mendoza a besoin d'un héritier, et je suis presque sûr qu'il aimerait que ce soit toi.

Je me retournai pour l'observer.

— Je ne suis pas son fils, mais le tien.

— Je suis capable de partager, répliqua-t-il en me souriant.

En fait, il s'avéra que M. Mendoza voulait que je travaille pour lui. Et si tant est que la chose soit possible, il le voulait encore plus depuis qu'il avait vu la maison dans les arbres, avec ses escaliers, ses panneaux solaires, et sa vue imprenable sur le ciel et la mer.

— Tu seras le concepteur innovant dont j'ai besoin, me dit-il.

Je n'ai pas compris jusqu'à ce que je sois chargé des bâtiments extravagants, des rénovations qui ne devaient pas ressembler à ce qu'elles étaient au départ, et de l'aménagement de petits espaces qui devaient donner l'impression d'être immenses et douillets. J'avais la réputation d'être celui qui pouvait regarder un immeuble et comprendre ce qu'il devait être.

— Tu es comme Michel-Ange, m'expliqua M. Mendoza. Tu es capable de voir la statue qui se cache dans un pilier de marbre.

Je le regardai, incrédule.

— Je te dis ce que tu es, affirma-t-il en me défiant de le contredire.

Je n'avais pas d'arguments à lui opposer.

Quand j'obtins mon permis, mon père fut vraiment fier. Pourtant, même ce moment-là, je le voyais faiblir progressivement. Il me serra fort contre lui et me dit qu'il m'aimait. Mais il ne pouvait survivre que pour moi, et ce n'était pas juste de le lui demander. Il était fatigué. Il avait vieilli pendant mon service militaire et une fois rentré à la maison, j'avais été choqué de voir le coup de vieux qu'il avait pris. La maladie de ma mère lui avait pris le reste. Il en avait fini, et je lui dis que je comprenais, tandis que nous regardions ensemble son dernier coucher de soleil à travers les arbres.

— Oui, soupira-t-il, caressant la rambarde du porche avant de se tourner pour me prendre dans ses bras. J'ai fait de bonnes choses.

— Tu as fait de bonnes choses ? le taquinai-je en l'étreignant fort.

— Oui m'sieur, j'ai épousé une femme merveilleuse et j'ai élevé un fils merveilleux. Gloire à moi.

Je ris doucement tandis qu'il s'attardait un peu plus longtemps que d'habitude dans mes bras. Il était parti le lendemain matin. Après les

16

funérailles, pendant le buffet dans notre maison, M. Mendoza me demanda d'être son associé.

— Vous n'avez pas à faire ça simplement parce que vous êtes désolé pour le décès de mon père.

Il me frappa derrière la tête. Visiblement, je n'allais pas échapper à quelques tapes parentales à l'avenir, malgré les circonstances.

— Quoi ? râlai-je.

— Tu es comme mon fils, et te voir t'épanouir dans ton nouveau rôle a été une bénédiction. Pourquoi est-ce que je n'en voudrais pas plus ?

Il n'avait pas tort.

— Fais juste ce que je te dis, nous signerons les papiers demain.

Un mois plus tard, quand tout fut légal et officiel, nous avons organisé une petite soirée privée au Castaway Grill pour fêter ça. M. Mendoza fut touché quand je lui dis que non, il n'était absolument pas question de changer le nom de son entreprise. Pour moi, Mendoza et Fils Construction, c'était clair et concis, sans être mignon ou spirituel ou trop sérieux, et il eut l'air très content.

— Je ne l'avais pas vu aussi heureux depuis très longtemps, me dit Blanca Mendoza, souriant à son mari tout en me tenant la main. Je remercie Dieu tous les jours que tu sois rentré à la maison sain et sauf.

Je serrai sa main à mon tour et m'apprêtai à partir. Mais elle me retint et je fus surpris du regard sévère qu'elle me lança.

— Madame ?

Ma question provoqua un haussement de sourcils.

— Quoi ?

Là, elle commençait à me rendre nerveux.

— Tu n'avais personne à amener avec toi ce soir ?

Je grognai.

— Qu'est-ce qui ne va pas avec Taylor Ealy ? demanda-t-elle. Il est gentil, il est instituteur, il est mignon. Qu'est-ce qui s'est passé ?

Comment étais-je censé lui expliquer que j'étais actuellement à la recherche d'une relation stable ? Et que même si les coups d'un soir restaient encore possibles – je n'étais pas un moine non plus – les hommes qui étaient exigeants sur le plan physique, qui s'exprimaient sur leurs envies, et qui étaient actifs au pieu étaient les seuls auxquels je pouvais envisager de donner une chance ? Les partenaires passifs, ce n'était pas mon truc. Taylor, même s'il était adorable, n'était pas pour moi. J'avais aussi des raisons plus personnelles et plus sombres.

Je grimaçai. Elle attendit.

— Peut-être que tu ne devrais pas essayer de me caser !

Cela ne la perturba pas pour autant. Blanca était sûre que j'avais besoin d'un gentil garçon à retrouver le soir à la maison. Tout comme sa fille, Marisol.

— Laisse-le tranquille, exigea M. Mendoza. Il trouvera quelqu'un quand il sera prêt. Pour le moment, nous avons du travail.

Trois ans et des centaines de projets plus tard, il avait finalement emmené sa femme ainsi que sa fille et sa famille faire un voyage en Europe. Celui que son fils, Hector, avait toujours rêvé de faire et qu'il n'avait pu accomplir faute de revenir vivant. Ce fut cathartique, et les photos qu'il m'envoyait par texto étaient vraiment magnifiques. Les plus récentes arrivaient d'Allemagne. M. Mendoza avait l'œil pour les photos et il avait pris de plus en plus de vacances pour transformer son hobby en métier. Il avait vendu un certain nombre de clichés après une exposition dans la galerie d'art locale. J'étais ravi qu'il me fasse suffisamment confiance pour me laisser tout gérer en son absence.

Ce que je n'aimais pas du tout, en revanche, c'était que même en étant si loin, à Brême, Blanca et Marisol m'envoyaient des SMS, pour me demander si j'avais eu des rendez-vous avec des hommes depuis leur départ. J'imaginais d'ici l'excitation dans leurs voix si elles apprenaient que Mitch Thayer était revenu.

L'horreur.

— Alors ?

J'avais décroché et Gail l'avait vu.

— Désolé.

— Pas grave. Dis-moi juste ce que tu vas faire quand tu le verras ?

Je fis l'idiot.

— Qui ?

— Mitch !

Je levai les yeux au ciel.

— Ah oui.

— Comment ça, ah oui ? répéta-t-elle, irritée.

J'expirai lentement.

— Encore une fois, tu es en train de parler de quelqu'un que j'ai connu il y a une éternité.

— Oui, mais…

— Et puis, il n'est pas marié ? poursuivis-je, incertain mais quasi sûr que j'avais lu quelque chose là-dessus il y a longtemps. Je croyais qu'il était marié.

— C'était il y a des années quand il jouait encore à la NFL avant d'être blessé, et de subir une opération pour remplacer sa hanche.

J'agitai les sourcils, taquin.

— Ce n'est pas comme si tu avais gardé un œil sur lui.

— Il a fait son coming out après avoir quitté la NFL.

— Oui. Je ne doute pas de toi, ajoutai-je pour la calmer, les mains levées en signe d'apaisement.

— Il y a encore peu de temps, il sortait avec ce présentateur télé, c'était quoi son nom ? Celui qui présentait la cérémonie des Oscars l'année dernière.

— Seigneur, grognai-je avant de me pencher pour l'embrasser sur la joue. Tout ça, c'est captivant, mais je crois que je vais surtout m'inquiéter pour la maison des McCauley que je suis en train de construire et qui surplombe la plage.

Le visage de Ben s'illumina.

— J'ai hâte de voir ça. Comment tu mets une maison dans la roche avec un tel dénivelé juste en dessous ? Il fait combien, quinze mètres ?

Je ne pus m'empêcher de grogner.

— C'est la partie facile. Essaie d'expliquer à Mme McCauley que non, elle ne peut pas avoir des toilettes classiques sur une satanée corniche. Ça, c'était marrant.

— Tu as mis quoi, du coup ? voulut savoir Gail.

— Des toilettes sèches comme j'ai déjà chez moi.

Elle plissa les yeux.

— C'est quoi son problème ?

— Elle pense que ça va sentir mauvais.

— Les tiens n'ont pas ce problème.

— C'est parce que nous ne sommes plus dans les années 1880, et les miennes ont un ventilateur. Et franchement, si tes toilettes sèches sentent mauvais, c'est que tu as fait quelque chose qui ne va pas quand tu les as installées, ou que tu n'as pas suivi les instructions.

— Je connais beaucoup de gens qui en ont maintenant pour économiser de l'eau.

— J'adore la manière dont nos conversations digressent, fit Toby avec un petit rire.

— On se voit plus tard.

J'allais partir quand Gail m'arrêta.

— Et à propos de Mitch ?

Je lui lançai un regard blasé.

— Chérie, il ne me verra probablement même pas. Cette ville n'est pas *si* petite.

— Mais si c'est le cas ?

Je haussai les épaules.

— Si c'est le cas, ce n'est pas grave. Tu verras. Tout change et on ne revient jamais vraiment en arrière.

— Tu en es sûr ?

— À 100%, la rassurai-je. Mitch Thayer et moi, c'est de l'histoire ancienne.

Elle pencha la tête et me sourit.

— On ne sait jamais.

Mais moi, je le savais. C'était fini, totalement fini, et parfois, il valait mieux ne pas remuer le passé.

EN TRAVERSANT la rue principale pour prendre un café chez Elixir, je souris en repensant à Gail qui avait l'air de s'inquiéter, même après tout ce temps, de Mitch Thayer et moi. Peut-être qu'au lycée, cela ressemblait à une de ces histoires qui duraient toute la vie.

À l'intérieur, la queue était longue, mais Beth Tommey, la femme de mon ami Derek, le propriétaire des lieux, siffla dans ma direction et me tendit un mug avec la manche protectrice et le bouchon déjà prêt.

Je souris timidement tandis que je sortais de la file d'attente pour atteindre la caisse où je récupérai ma tasse. Je me penchai pour attraper un billet de cinq dollars que je gardais dans ma chaussure de course.

— Arrête. Tu sais que tu ne paies pas pour le café.

Je me redressai et soupirai bruyamment pour qu'elle l'entende bien.

— Quoi ? me défia-t-elle. Tu croyais que travailler ici, gratuitement dois-je ajouter, pendant six mois le temps que Derek se remette de son opération du dos, n'allait pas te donner droit à du café gratuit pour la vie ?

Elle gronda.

— Ça suffit maintenant !

Non seulement le café gratuit quand Derek ou elle étaient présents, mais tous leurs employés me connaissaient aussi de vue.

— Et toutes ces améliorations que tu as faites pendant que tu étais là, Hage, ajouta-t-elle pensive, avec un sourire. Tu as donné à cet endroit tellement de charme avec ses fenêtres pivotantes, le panneau de verre principal, les lampes Edison,

et le plafond qui met en valeur les poutres de bois.

Quand j'y avais travaillé, il y avait eu des moments creux, et l'endroit n'avait aucune personnalité. Maintenant, il était chaleureux et doté d'une âme des années 1930 que les habitants trouvaient adorable et pittoresque, et les touristes agréable et différente. Tout le monde aimait le café et j'étais fier du résultat final.

— Merci, ma chérie, mais je…

— Tu sais, au début, quand j'ai emménagé ici, je n'étais pas sûre que j'allais réussir à m'intégrer, mais Gail et toi, et Ben et Joanna, avez été si gentils avec moi… J'ai tout de suite eu l'impression d'être à la maison.

— Nous avons tous de la chance de t'avoir, mais je ne veux pas que les autres te voient en train de m'offrir du café tout le temps. Ce n'est pas bon pour les affaires. Tu devrais me laisser…

— Oh bon sang, hoqueta-t-elle. Tu savais que Mitch Thayer était de retour ?

— Tu ne le connais même pas ! rétorquai-je, plus fort que prévu.

— J'ai vu les photos de classe, j'ai entendu les histoires, répliqua-t-elle rapidement, le visage lumineux, les yeux écarquillés. C'est tellement romantique, comme dans un film. Je veux dire, son retour et tout ça.

— Merde, pourquoi tout le monde s'intéresse à Mitch et moi ?

— Parce que c'est romantique, idiot.

Je grognai d'un air mélodramatique.

— Ça l'est !

Je la remerciai à nouveau pour le café avant de me diriger vers la sortie, pressé de partir avant qu'elle ne puisse ajouter quelque chose à propos de Mitch Thayer. Une fois sur le trottoir, je me dirigeai vers la maison quand j'entendis quelqu'un crier mon nom.

Une Jeep Wrangler modifiée roulait lentement dans le virage, au volant duquel se tenait Hamid Ajam, vêtu de… Je n'étais pas sûr de ce que c'était.

— C'est une combinaison de saut ?

— C'est ce qu'on porte sur les chantiers.

— Ah ouais ?

— Ne dis pas ça comme ça, ordonna-t-il, en tripotant son bleu de travail qui ne ressemblait pas du tout aux Carhartt [2] que j'avais. C'est exactement ce qu'il faut porter.

— Si tu te rends à une pendaison de crémaillère, répliquai-je, essayant de ne pas avoir l'air méprisant. Mais je te promets que peu importe la matière de cette chose, elle ne te protègera absolument pas.

Il secoua la tête comme si c'était moi qui étais ridicule, et pas lui.

— D'accord, j'arrête. Pourquoi est-ce que tu as une ceinture à outils dessus ? Tu es pédiatre, pour l'amour du ciel.

Il allait répondre quand j'ajoutai :

— Et pourquoi est-ce que tu la portes alors que tu conduis ?

— Je construis des jeux pour l'école primaire ce matin, avec toi dois-je ajouter, et Ellie a acheté la ceinture en me disant que c'était sexy.

Au moins, maintenant, je savais ce que je devais faire et que j'avais oublié.

— Ce n'est pas sexy ?

Je secouai la tête. Sa femme lui avait menti.

— Tu es sûr ?

— Ta femme veut juste que tu sortes de la maison pour qu'elle puisse finir de décorer votre salle de bain.

Il grommela.

— Elle veut tout faire.

— Je sais, acquiesça-t-il en se penchant pour m'ouvrir la porte. C'est de ta faute.

— Moi ?

— Qui s'est amusé à donner à la femme d'un médecin, mère de quatre enfants, la mission de teindre les sols ?

Je lui tendis mon café, avant de monter dans la Jeep et de mettre ma ceinture.

— Elle est vraiment douée pour ça.

Il gémit en me rendant ma tasse.

— Quoi ? C'est vrai. Sa manière de mélanger la couleur et de l'étaler… Tu as vu le rose qu'elle a obtenu pour la maison des Daugherty ?

Il hocha la tête.

— Ta femme est une artiste.

2 Entreprise américaine spécialisée dans la conception de vêtements de travail

— Ma femme ne veut pas seulement s'occuper des planchers, elle veut aussi devenir entrepreneuse, dans le bâtiment.

— Je sais, c'est génial.

— Pitié, arrête de parler. Tu es le seul homme que je connaisse qui arrive à rendre une femme normale complètement excitée à l'idée de faire des travaux manuels.

Je lui fis une grimace.

— C'est vrai ! Attends qu'on arrive à l'école. Dès que Joanna te verra, nous autres, nous serons très vite oubliés.

Mme Joanna Moran – présidente des parents d'élèves, chef de tous les comités de recherche et d'embauche dans le district scolaire de Benson, membre du country club de Falcon Cliff, chef des Dames Auxiliaires, et trésorière du comté – commença, en effet, à pousser des cris de joie à la seconde où j'entrai dans le gymnase de l'école primaire de Pilon, derrière Hamid. Elle passa devant lui, tout comme les cinq autres femmes derrière elle, et se jeta sur moi, enroulant ses mains parfaitement manucurées, couvertes d'or et de diamants autour de mon bras gauche. Elle me serra contre elle, sans s'émouvoir de mon odeur ou du fait que je n'avais pas l'air d'avoir pris de douche, ce qui était vrai.

— Oh, Hage, soupira-t-elle, nous avons un vrai problème.

Je souris et lui tapotai la main pendant que les hommes présents grognaient de plus belle. Particulièrement le mari de Joanna, Matthew Moran, également maire de la ville et président du conseil d'administration du country club.

— Matt, le saluai-je avec humour.

Toute l'animosité que nous éprouvions l'un pour l'autre au lycée s'était évaporée le jour où on m'avait secouru. Il avait veillé sur moi pendant tout le trajet entre l'hôpital de Berlin et la maison. D'abord, j'avais sauté sur une mine, puis j'avais été capturé avant de me retrouver coincé au milieu d'un déluge de balles entre ceux qui voulaient m'exécuter et ceux qui voulaient me libérer. Je ne pourrais jamais assez les remercier de m'avoir sauvé. Je savais que Matt avait utilisé ses contacts au bureau du gouverneur, ainsi que ceux qu'il avait dans l'armée quand il avait lui-même fait son service, pour s'assurer que mes proches sachent exactement où j'étais à chaque moment, à compter du jour où j'étais réapparu chez les vivants. Il n'y avait plus eu de rancune après cela.

— Hagen, répondit-il, avec irritation.

Je m'éclaircis la voix.

— Qu'est-ce qui ne va pas avec les poulies ? lui demandai-je, en observant de larges morceaux de contreplaqué peints, attachés de façon aléatoire avec des vis et du scotch.

Je pouvais déjà dire que rien n'avait été correctement pesé ou stabilisé à l'arrière pour que l'ensemble se tienne au lieu de tomber. La bonne nouvelle, c'était qu'au moins une grande partie de la scène était peinte. Cependant, vu les tâches présentes, je supposai que ce n'était pas encore complètement sec.

— Je n'en ai aucune idée, cracha-t-il. Il y en a une qui est censée aller en haut et l'autre en bas au même moment, mais rien ne se sépare. Tout bouge ensemble.

Je ris, finis mon café, embrassai Joanna sur la joue, lui donnai ma tasse vide et fis signe à Matt de me suivre. Il grommela quelque chose derrière moi.

— Tu as parlé ?

— J'ai dit que je te suivais depuis le primaire, je ne vois pas pourquoi je m'arrêterais maintenant.

Immobile, j'attendis qu'il me rejoigne pour passer un bras autour de ses épaules.

— Oh Seigneur, grogna-t-il, est-ce qu'on pourrait éviter d'être amis aujourd'hui ?

Mais il n'y avait pas moyen d'y couper après ça !

Nous TRAVAILLÂMES tous jusqu'à une heure de l'après-midi, puis descendîmes en procession jusqu'au *Boar and Bear* pour déjeuner et prendre une bière. Entre les gens et l'alcool, je me sentais bien mieux que je ne l'avais été depuis longtemps.

— Ohmondieu, s'écria Joanna, se tournant sur son siège pour me regarder.

Elle s'asseyait toujours à côté de moi quand nous sortions tous en groupe.

— Je suis si égoïste. Je n'ai même pas pensé à te demander.

— À propos de ?

— Mitch.

La table se tut.

— Pour l'amour du Ciel, grondai-je en me levant.

Un concert de *non* se fit entendre, des mains se levèrent en même temps pour m'obliger à me rasseoir.

Observant les visages de ceux que je connaissais depuis le lycée, je me rendis compte que nous étions tous dans le même bateau, que je le veuille ou non. Nous étions coincés ensemble. Beaucoup étaient partis et n'étaient jamais revenus, mais il y en avait encore plus qui étaient rentrés après leurs différentes aventures, certaines plus dangereuses que d'autres, pour faire de Benson leur maison permanente. Je connaissais certains d'entre eux, comme Matt, depuis le primaire, et je ne pouvais pas envisager qu'ils ne fassent pas partie de ma boîte.

— Vous vous rendez compte que Mitch Thayer et moi c'était il y a une centaine d'années, pas vrai ?

Nombreux hochements de tête en guise de confirmation.

Je les foudroyai du regard.

— Alors pourquoi est-ce que vous faites toute une histoire de son retour ?

— Parce que, soupira Sara Tomita, assise à côté de sa femme, Tammy, vous étiez l'histoire d'amour du lycée dont nous rêvions tous.

Tammy sourit.

— Je ne sais rien de tout ça, Hagen, mais d'après les photos de classe, vous étiez terriblement mignons ensemble.

— Et, au passage, il est toujours à tomber, s'extasia Joanna. Je l'ai vu avec ses enfants au marché, et j'en ai presque avalé ma langue.

— Je suis juste là, intervint Matt.

— Des enfants ? demanda Hamid.

— Il est toujours aussi beau, élégant et musclé, avec ce bronzage doré et ces magnifiques yeux bleus immenses.

— Est-ce que tu arrives toujours à me voir ? demanda Matt.

— Eh oui, il a deux fils, de neuf et six ans. Apparemment, ils sont la moitié de l'année avec lui, et l'autre avec son ex. Il les a de juillet à décembre cette année, donc ils passeront leur premier Noël ici, expliqua Joanna à Hamid.

— Oh, c'est super, dit Zadie Lawrence.

C'était l'ancienne capitaine de l'équipe des pom-pom girls, et, contrairement à tous les films d'adolescents que j'avais vus, une personne fondamentalement gentille.

— Ils pourront voir la parade d'Halloween et celle de Thanksgiving, et celle de Noël, et ils pourront nous aider avec les lumières, et…

— Je parie que ses enfants sont magnifiques aussi, commenta une autre personne.

— Toute cette famille possède des bons gènes.

— Est-ce que les parents de Mitch habitent toujours à Portland ?

— Oui, expliqua Joanna, reprenant les rênes de la discussion. Je me demande s'ils pensent revenir à Benson, maintenant qu'il a installé sa boîte ici. Ce serait génial, pas vrai ?

Tout le monde tomba d'accord là-dessus.

Je décidai d'agir à cet instant, dans la légère pause de la conversation, pour annoncer qu'il fallait que je rentre à la maison et que j'aille vérifier plusieurs chantiers.

— Je t'en dois une, dis-je à Matt.

— Non, chéri, c'est pour nous, assura Joanna. J'apprécie particulièrement que tu prennes du temps sur ton samedi pour venir aider les enfants.

Je me penchai pour l'embrasser sur la joue et elle posa affectueusement sa main sur la mienne.

— Tu ne veux pas que je te ramène à la maison ? demanda Hamid, en se levant.

— Je ne veux pas te presser.

— Non, j'ai six SMS pour me dire de ramener à la maison une espèce de moule, donc ce sera mieux, parce que tu sauras ce que je dois prendre.

— Du coup, on s'arrête chez Ty, je suppose ?

C'était un magasin de bricolage que notre ami Tyler Diggs avait développé jusqu'à en faire un magasin de la taille d'un Lowe's [3]. C'était logique vu le nombre de bâtiments qui se construisaient à Benson et j'étais vraiment content qu'il existe.

— Contente-toi de venir, grommela-t-il, tandis que les rires qui nous suivaient me faisaient sourire.

---

3 Magasin de bricolage américain comparable à nos grandes enseignes de bricolage.

II

À LA tele, je ne regardais que des émissions de sport, des comédies et la BBC. Ce qui fait que je ne savais honnêtement pas qui était Ashford Lennox quand il me bouscula pour entrer dans le bar. Il se montra grossier, ne s'excusa pas, ne m'adressa même pas la parole et il fit preuve de dédain envers les gens qui le dévisageaient. Sous le choc, ils sursautaient en le reconnaissant, ouvraient la bouche comme des poissons qui cherchent désespérément à respirer sur la terre ferm, ou ils s'illuminaient comme un sapin de Noël. Mais moi, je n'étais pas impressionné. Peut-être qu'il était une sorte de célébrité locale, je n'en savais rien, et je m'en fichais ; je savais seulement qu'il avait besoin d'une bonne leçon d'éducation.

Nous étions à *Flask*, un restaurant/lounge haut de gamme à Portland, et quand il débou la en essayant de forcer le passage, comme un éléphant dans un magasin de porcelaine, je glissai un bras autour de son torse et le tirai brutalement vers moi.

— Vous êtes qui, bordel ?

— On s'excuse quand on passe comme ça, grondai-je dans son oreille avant de le laisser partir. Et on ne double pas les gens. C'est terriblement grossier. À se demander comment tu as été élevé.

Il pivota pour me faire face.

Je le foudroyai du regard.

Mais quelque chose d'amusant se produisit : il m'observa de haut en bas puis s'approcha plus près encore, agrippant ma veste en inspirant brusquement. Il faisait la même taille que moi, culminant un petit peu au-dessus du mètre quatre-vingt, mais là où il était doté de longs muscles secs et nerveux, j'étais plutôt du genre massif et imposant, d'abord grâce à l'armée et maintenant la construction. C'était facile de voir qu'il n'était qu'élégance et raffinement, et que moi non. Je n'aurais même pas du poser les mains sur lui et je fus vraiment choqué quand il s'approcha de moi, faisant en sorte que je reste là où j'étais. Et son sourire était incroyable, les yeux brillants, cernés de lignes rieuses, des lèvres roses et pulpeuses arborant un sourire espiègle qui me donnait envie de le saisir à nouveau.

J'admirai ce bel homme des pieds à la tête et j'éprouvai soudain un besoin que je n'avais pas ressenti depuis très longtemps.

Je serrai la mâchoire sous les effets de cette faim qui courait sous ma peau. En temps normal, pour que je veuille me rapprocher de quelqu'un, j'avais d'abord besoin d'un lien amical, d'une confiance implicite, afin d'être sûr que je ne pourrai ni ne serai blessé. Ma réaction à sa présence me surprit et mon premier instinct fut de m'enfuir.

J'amorçai un demi-tour. Il resserra sa prise sur le revers de ma veste. Il voulait vraisemblablement de meilleures excuses.

— Hé, je suis désolé, dis-je avec difficulté, fasciné par son sourire, ce rictus féroce, et ses yeux émeraude, sombres. C'était impulsif et je n'ai pas l'habitude de...

— Pas grave, me rassura-t-il, une main toujours accrochée à mon manteau, l'autre posée sur ma hanche, m'immobilisant.

— Merde, lâchai-je, une nouvelle fois prêt à m'en aller.

— Pardonne-moi, enchaîna-t-il très vite, soutenant mon regard. Je ne m'étais pas rendu compte que je doublais les gens.

— Je n'aurais pas dû...

— Accepterais-tu de prendre un verre et de t'asseoir avec moi ?

Je le fixai, pas certain de comprendre pourquoi il n'était pas en train de me hurler dessus, et me décidai pour la réponse la plus facile. Il voulait simplement baiser, tout comme moi. Mon rendez-vous avait fini plus tôt, et au lieu de rentrer à la maison en prenant la route pendant de longues heures, j'avais opté pour dormir une nuit sur place.

— S'il te plaît, insista-t-il.

Cela ne me dérangeait pas du tout. Il était magnifique, et je pouvais dire à la façon dont ses vêtements lui collaient à la peau et à son corps penché vers moi, que son corps était musclé et bien bâti.

Une fois que j'eus fini de passer commande, nous nous dirigeâmes vers le fond du bar.

— Je m'appelle Ash, ajouta-t-il en me tendant la main, Ash Lennox.

Je la lui serrai.

— Hagen Wylie.

Il hocha la tête et sourit.

— Jamais personne ne m'avait encore agrippé, Hagen.

— Ah non ? répondis-je rapidement, avalant la tequila d'une traite. Je trouve ça difficile à croire, Ash.

— C'est vrai, beaucoup d'hommes auraient trop peur d'être poursuivis en justice.

— Tu es avocat ?

— Non, mais j'en ai toute une équipe à disposition.

Je hochai la tête. Vu la manière dont il me fixait, tout intéressé et énamouré, je me dis qu'il valait mieux juste demander ce que je voulais.

— Donc, passif ou actif ? demandai-je, parce que je préférais le savoir tout de suite.

Il toussa.

— Tu ne perds pas de temps, pas vrai ?

Je secouai la tête négativement.

— Passif, soupira-t-il.

Excellente nouvelle. Clairement, il aimait l'idée d'être dominé.

— Tu veux manger quelque chose ?

— Oui, dit-il en se levant rapidement et en engloutissant un shot de tequila au lieu de le savourer. Viens avec moi.

Il passa un appel tandis que nous quittions le bar branché, pour attendre quelques instants dehors avant d'attraper un taxi pour rejoindre un restaurant spécialisé dans la viande.

Je n'avais pas compris qu'il ne plaisantait pas jusqu'à ce que nous soyons arrivés et qu'un serveur nous ouvre la porte pour nous escorter à l'intérieur. Il était vraiment en train de *m'emmener* dîner.

— Oh, je croyais qu'on allait juste dans un fast food.

— Non, dit-il platement en m'étudiant. Je veux t'inviter à dîner et à boire.

Je haussai les épaules.

— Ce n'est pas nécessaire.

— Mais j'en ai envie.

Nous parlâmes de choses assez anodines et puis, tout à coup, il se pencha pour me demander si c'était une de mes habitudes de récupérer des hommes dans des bars.

— Parfois, répondis-je, détaché. Mais pas cette fois, n'est-ce pas ?

— Pardon ?

— C'est toi qui est venu *me* récupérer, lui rappelai-je.

Il réfléchit une minute.

— Merde, c'est vrai.

Je souris.

— Seigneur, tu sais depuis combien de temps je n'avais pas fait ça ?

— Aucune idée. Dis-moi.

— Je n'ai jamais eu à le faire. Les mecs me supplient de les emmener chez moi.

Cet homme n'avait définitivement aucun problème de confiance en lui.

— Ah oui ?

Il acquiesça lentement.

— Je vois.

— Oh ?

Je fis un geste dans sa direction.

— Il suffit de te regarder.

Ses yeux s'étrécirent.

— Tu ne sais vraiment pas qui je suis ?

Je ne savais pas s'il plaisantait.

— Non. Pourquoi, qui es-tu ? Tu as une sorte d'identité secrète de superhéros que je devrais connaître ?

Il secoua la tête.

— Non, je pensais que tu étais peut-être… oublie ça.

Il semblait ravi.

— Je ferai une recherche Google quand je serai rentré à la maison, promis-je.

— Non, ne fais pas ça, protesta-t-il, en me dévisageant. Dis-moi ce qui te plaît.

— Au lit ?

Rapide hochement de tête affirmatif.

— Je suis ouvert à tout, dis-je d'une voix rauque, admirant ses lèvres pleines et sa fossette près du menton. Tant que je suis actif.

— Ça me va, confirma-t-il, en battant des cils.

Je ris parce qu'il était si sérieux, comme s'il m'imaginait en train de faire des choses débridées et folles au pieu. Et j'étais prêt à le satisfaire sans que cela soit une épreuve. J'étais vraiment content d'avoir pensé à mettre quelques préservatifs dans la poche de ma veste.

— Est-ce que tu serais hostile à l'idée de partir maintenant ? demanda-t-il, impatient.

Je me contentai de sourire, étudiant la manière dont son costume lui allait, son rictus naturel, la lueur dans ses yeux et ses sourcils expressifs qui se relevaient quand il posait une question.

— Pas du tout.

Il appela tout de suite pour avoir l'addition.

Juste après minuit, alors que je me rhabillais dans sa chambre, il me demanda ce qu'il devait faire pour que je reste prendre le petit-déjeuner avec lui.

— Je ne peux pas, mais peut-être que tu peux venir me rendre visite.

— Visite ?

— Ouais, je n'habite pas ici. Une entreprise d'aménagement m'a envoyé ici parce qu'ils m'ont embauché pour faire une étude sur une propriété près de l'endroit où j'habite.

— Et où est-ce ?

— Benson.

— Ce nom ne me dit rien.

— C'est une petite ville à la périphérie de Brookings.

Il grogna.

— Oh non.

Visiblement, il savait où était Brookings et je lâchai un petit rire en remettant mon tee-shirt avant de fermer ma ceinture.

— Oh si.

— C'est presque à cinq heures de route d'ici, c'est ça ?

— Plutôt six, l'informai-je, en souriant parce que son gémissement était trop mignon.

— Et je n'habite même pas à Portland. Mais à Malibu.

— Et bien, dans ce cas, nous aurons tous deux de très jolis souvenirs, lui dis-je en me penchant, les mains de part et d'autre de sa tête. Je peux avoir un baiser d'adieu ?

Il agrippa le col de mon tee-shirt.

— Pas si vite, M. Wylie.

Qu'il s'en soucie était un peu inattendu.

— Pourrai-je t'appeler ?

— Bien sûr. Appelle-moi si jamais tu passes dans le coin, poursuivis-je.

J'essayai d'éviter d'avoir l'air condescendant parce que, sérieusement, il se moquait de qui ? Il essayait d'avoir une attitude décente, et bien que j'apprécie le geste, ce n'était pas nécessaire. J'étais un grand garçon : je savais reconnaître un coup d'un soir quand j'en voyais un.

— Donne-moi ton numéro.

— Voilà.

Je soupirai tandis qu'il m'attirait pour un baiser.

Une fois rentré à la maison, je fis une recherche Google pour découvrir qu'il était un acteur dans une série de HBO, *Blood Tracks*. Elle durait depuis six ans déjà, avec un postulat de base sans originalité qui mettait en scène un policier, joué par Ash, sur les traces d'un serial killer différent à chaque saison. Première saison, le type était un forain qui se déplaçait de ville en ville pour découper des gens ; deuxième saison, un prêtre persuadé d'avoir été choisi par Dieu pour être le fléau qui arpente la Terre et obliger les pêcheurs à se repentir. La troisième saison, c'était un homme qui entendait des voix, comme le Fils de Sam, et ainsi de suite. Chaque saison était encore plus dérangée que la précédente : plus sanglante, plus sombre, plus sexy, plus élégante. Et Ash devait jouer chaque émotion de sa palette.

Depuis qu'il avait obtenu le rôle du détective Mark Porter, il avait remporté un Emmy dans la catégorie « Meilleur acteur dans une série dramatique » quatre ans sur six. Il avait aussi joué dans des blockbusters d'été avec de gros budgets, quelques films indépendants d'art et d'essai plus confidentiels, et plus récemment, sa première comédie romantique. Il était attirant, charmant, un chouchou de tous les talk-shows et un présentateur durant la saison des prix. Mais faire la couverture des magazines depuis *Entertainment Weekly* jusqu'à *Men's Health* et de *GQ* à *Architectural Digest* ne faisait toujours pas de lui une marque à part entière. Pour le spectateur moyen, il était celui qui jouait le rôle d'un policier dans la série sur les serial killer, celui avec les beaux cheveux et le corps superbe, c'estquoisonnomdéjà ?

C'était amusant d'en apprendre plus, et il y avait des liens vers différents sites et des vidéos YouTube, où les interviews s'enchaînaient, diffusées par *Vanity Fair*, *Esquire*, *Details* et *People,* avec la liste des « Hommes les Plus Sexy de la Planète ». Il y avait des centaines et des centaines de photos et de clichés de presse, chacun plus beaux les uns que les autres. J'essayai de regarder l'épisode pilote de la série, et même si ce n'était pas pour moi – je ne supportai pas la violence –, c'était facile de voir à quel point son jeu d'acteur était naturel. Il crevait l'écran.

Il n'était pas encore une marque à part entière, il n'était pas reconnu immédiatement. Il était à deux doigts de devenir une superstar, et c'était pour cette raison – du moins, d'après moi, parce que je ne le lui avais pas demandé – qu'il n'était pas ouvertement gay. Pas plus qu'il ne cachait réellement ce qu'il était. Il n'avait juste pas de femme à son bras. On était en 2017 et beaucoup de célébrités se rendaient seules à des événements, ou se déplaçaient en groupe, donc sa sexualité n'était commentée nulle part dans la presse écrite. Pour lui, pour sa carrière, ce n'était pas un obstacle.

Ce que mes recherches m'avaient clairement fait comprendre, c'était que passer du temps avec moi lui avait surtout permis de s'encanailler. Cet homme n'était tellement pas fait pour moi que c'en était ridicule, mais honnêtement, cela m'était égal. C'était un super plan cul, mais ça s'arrêtait là. Je savais que je ne le verrais plus.

Mais, ça, c'était avant de tout savoir sur Ash Lennox.

Une semaine après notre rencard à Portland, je reçus un billet d'avion par mail ainsi qu'une douzaine de roses rouges avec de longues tiges, et une invitation pour l'opéra de Portland. Impossible de dire non à une invitation aussi romantique. Quand je descendis de l'avion juste après cinq heures, il m'attendait sur le tarmac avec sa voiture et son chauffeur personnel, et il semblait sincèrement heureux de me voir.

— Et toi qui pensais que je n'avais aucun habit de pingouin, le taquinai-je en me dirigeant vers lui.

— Non, répondit-il tendrement avec un sourire qui fit étinceler ses yeux verts comme des joyaux. Je comptais vraiment dessus.

À l'intérieur de l'auditorium Keller, il s'approcha de moi pour me dire à quel point il me trouvait beau.

— Tu n'es pas mal non plus.

— Laisse-moi te montrer où nous allons être assis.

Je le suivis, impressionné par les places sur les balcons.

— J'ai l'impression d'être Vivian.

Il leva les yeux au ciel à cette référence sortie de *Pretty Woman*.

— Sauf que, tu sais, tu n'es pas une prostituée.

— Enfin, pas que tu le saches, répliquai-je en souriant de ma boutade.

Il fit un bruit qui me fit bien comprendre que ma réplique était si ridicule qu'elle ne méritait pas une vraie réponse. Il me repoussa dans mon siège et s'installa rapidement à ma gauche. Je riais toujours quand le rideau se leva. Je fus surpris quand, quelques instants plus tard, il posa une main sur ma hanche et qu'il l'y laissa durant toute la représentation. Pour une histoire qui avait mal commencé et qui ne méritait pas nécessairement qu'on s'en souvienne, il faisait beaucoup d'efforts pour me prouver qu'il s'intéressait à moi et qu'il était présent. Comme ses actes ne correspondaient en rien avec la manière dont les choses avaient débuté entre nous, je ne savais pas comment le prendre.

À la fin du spectacle, il se rapprocha et me demanda si je baisais aussi au second rendez-vous. Je me sentis tout de suite mieux parce que je retrouvais le terrain familier de notre relation. Je pris ce rendez-vous pour ce qu'il était, un plan cul de grande classe. S'il habitait dans la même ville que moi, il m'aurait tout simplement appelé et m'aurait demandé de passer prendre de la bière et des préservatifs avant de venir chez lui. Il était riche, un acteur à succès, donc le procédé avait de la finesse et de la séduction, mais cela revenait au même : il voulait baiser.

— Tu sais, me moquai-je, je pense que la prochaine fois, tu n'auras pas à t'embêter à faire tout ça. Je parie qu'il y a des mecs bien plus près de chez toi qui accepteraient de coucher avec toi.

— Il ne s'agissait pas de ça.

Évidemment.

— Tu n'as pas à te donner autant de mal, tu sais ? Je sais ce que je veux.

Il grogna comme s'il était en train de mourir.

— Ça suffit avec les références de *Pretty Woman*.

— C'est ce que je viens de faire ?

Il rit, et son humour, son intérêt, ses yeux, tout cela me plaisait bien.

Je le pris à l'arrière de sa voiture, isolés par la fenêtre qui nous séparait du conducteur.

— Ça ne te tuerait pas de m'accompagner d'autres fois, dit-il en haletant, quand je refusai de venir ensuite avec lui pour dîner avec ses amis.

— Je dois rentrer à la maison. Certains d'entre nous doivent travailler pour vivre.

— Une seule nuit, supplia-t-il.

— Je dois rénover une garderie.

Il leva les mains, abaissa la vitre de séparation et informa son chauffeur qu'il devait me ramener à l'aéroport. Je l'embrassai avant de partir, et j'insistai pour que la fois suivante, ce soit moi qui organise notre rendez-vous. Je l'avais dit par réflexe, sous l'effet euphorique du sexe, et je me sentis tout de suite stupide. Cette comédie romantique pleine de clichés avait-elle un sens ? C'était sans conteste une rencontre unique. Je ne me voyais pas aller plus loin avec Ash.

— J'y compte bien, maugréa-t-il, hors d'haleine après avoir accepté ma langue au fond de sa gorge avec enthousiasme.

Je repoussai notre deuxième rendez-vous pendant des semaines après ça, incapable de m'absenter un week-end entier. Même s'il travaillait à Los

Angeles, c'était trop loin pour que je le rejoigne en quelques heures. Le sexe avait beau être excellent entre nous, nous ne faisions que baiser et aucun de nous deux n'acceptait de céder.

— Ton boulot n'est pas plus important que le mien, me cria-t-il au téléphone.

— Je suis d'accord, le rassurai-je avant de raccrocher.

— Je ne vais pas continuer à t'appeler, jura-t-il deux semaines après ça.

— Moi aussi, je t'appelle, je tiens à le signaler.

— Bien, je vais trouver quelqu'un d'autre avec qui passer du temps.

— Tant mieux, lui répondis-je franchement. Je ne veux pas que tu te sentes bloqué à cause de moi.

Ce fut son tour de raccrocher.

Je m'émerveillai de le trouver sur mon porche deux jours plus tard.

— Vous avez l'air de céder, M. Lennox.

Il grogna d'un air misérable.

Je fis demi-tour pour lui sauter dessus et le serrer contre moi, ce qui le fit rire à gorge déployée.

— Merde, grommela-t-il.

— Quoi ? demandai-je malicieusement entre deux baisers.

— Puis-je... Seigneur, Hagen, tu ne peux pas... putain !

Je parcourais son corps avec les mains et la bouche, et il frissonna devant l'attention dont il faisait l'objet.

— Hagen, soupira-t-il avant de pousser un gémissement agréable, rauque et sensuel. Puis-je t'inviter à dîner ?

— Tu aimes les restaus pourris ?

Je me détachai de lui et le fixai.

— Je les adore, répondit-il, le souffle court, allongé sur mon porche.

— Qu'est-ce que tu fais ?

— Je suis terriblement excité. Il faut que je me calme.

— Ou je pourrais juste te sauter maintenant et te nourrir ensuite.

Il accepta rapidement.

— Oui, s'il te plaît, faisons ça !

C'est ce que nous avons fait.

Dans un restaurant de Brookings, un café miteux que j'adorais, il se pencha par-dessus la table, les coudes à plat, le menton dans les mains, et me dis que je le rendais fou.

— Alors pourquoi tu t'embêtes ?

35

Il secoua la tête.

— Je n'en sais rien.

— Je soupçonne que c'est parce que tu aimes ma bite.

— Oui. Beaucoup. Mais j'aime aussi le reste.

Mon éclat de rire le fit sourire.

— Hagen, soupira-t-il, penaud, attrapant ma main.

Je fis semblant de ne pas l'avoir remarqué, jouant avec le distributeur de serviettes à la place. Je n'allais pas lui tenir la main, ou faire quelque chose de tout aussi romantique. Ce n'était pas nous. Nous n'étions pas un couple, et je n'avais aucune envie de l'être. La confiance implicite était nécessaire à l'amitié aussi bien qu'à tout autre type de relation sur le long terme pour moi, et il était hors de question que nous vivions cela en étant dans deux états différents. Et si j'étais honnête avec moi-même, ce que j'essayais toujours d'être, je n'étais pas prêt de toute façon. J'étais rentré de mon service militaire brisé à plus d'un titre, au-delà du physique, et je n'étais pas prêt pour une relation, quelle qu'elle soit.

J'étais censé voir quelqu'un, on me l'avait fermement suggéré quand j'avais été libéré de mes obligations militaires. Outre la thérapie physique, j'aurais dû aller voir un psy. Mais sur le moment, j'étais bien plus intéressé à l'idée de marcher à nouveau que de soigner mon cerveau bousillé. Une fois débarrassé de mes béquilles, ma mère m'avait donné une liste de noms, tous à Brookings et Portland, mais j'avais été trop occupé à lui construire la maison de ses rêves, et elle trop occupée à mourir pour que l'un de nous y prête vraiment attention.

— Tu peux rester dormir ? lui demandai-je, détournant la conversation, parce que le sexe, je pouvais gérer, pas de problème.

J'étais définitivement partant pour un plan cul.

— Tant que tu t'assures qu'il n'y aura aucun repos pour moi.

— Oh, je te le promets.

Je le regardai droit dans les yeux. Il inspira brusquement. C'était sexy, cet effet que j'avais sur lui, et j'aimais l'électricité qui parcourait ma peau quand il était là.

Le matin suivant, au moment de partir, il m'informa qu'il allait rénover le Bed and breakfast à Benson, et que tant qu'il était là, il serait content de me voir le plus possible.

— Je ne peux pas travailler pour toi, lui dis-je.

— Oui, chéri, je le sais.

— Dans ce cas, d'accord.

— D'accord

Il sourit.

Le lendemain, il était parti, mais il m'appela de son jet privé pour dire qu'il serait de retour vendredi soir et qu'il allait falloir que je prévoie du temps pour lui pendant le week-end. Il voulait me voir.

— Donc, tu prépares le terrain, dis-je avec entrain.

— Tout à fait.

Sa voix avait pris un timbre enroué.

— Assure-toi de me garder du temps dans ton planning.

— Je m'en occupe.

À la fin de la semaine, après le travail, je me précipitai à la maison, me douchai et me lavai. Debout devant le miroir, je me séchai le visage avec une serviette, quand je sentis un étrange papillonnement dans mon ventre. J'étais excité en pensant à lui. J'avais hâte de le voir, et je réalisai que je serai déjà dans son lit quand il rentrerait chez lui. Vingt minutes plus tard, je me glissai chez lui, utilisant la clé qu'il m'avait donnée, le cœur battant à tout rompre avant d'entrer dans sa chambre. Je commençai à baisser la fermeture éclair de ma veste quand je remarquai des fringues jetées par terre dans la chambre… Et je me rendis compte qu'il y avait déjà quelqu'un dans le lit d'Ash Lennox.

L'étranger était endormi, ses affaires sur la table de nuit : portefeuille, téléphone, et en me rapprochant, je remarquai tout de suite la même clé que la mienne.

Ce fut le détail qui me titilla, le détail auquel je pensais sans cesse : nous avions tous les deux une clé. Je n'étais qu'un parmi d'autres, et j'avais pensé, comme d'innombrables hommes avant moi, que cette petite pièce de métal signifiait plus de choses.

Même si j'avais seulement couché avec Ash quand il était à Benson, je savais maintenant que lorsqu'il partait, c'était open bar pour lui. Le truc, c'est que je n'avais aucun problème avec ça. Notre histoire n'avait rien de sérieux, il me l'avait clairement prouvé, même si j'étais agacé de découvrir qu'il se tapait l'assistant du réalisateur. Je croyais au moins que nous étions d'accord sur le fait que nous serions exclusifs quand il était à Benson. Mais je n'étais pas anéanti pour autant. Et je savais pourquoi.

La dernière chose brisée dans ma vie venait finalement de montrer des signes de vie. Quand j'étais enfin rentré à la maison, vidé par la guerre, l'idée même que je serais capable d'avoir une relation était inimaginable. Même si j'étais dans mon propre espace, mon cocon. Mais maintenant, des années plus tard, en regardant mon *absence* d'histoire avec Ash, je me voyais ouvert à la possibilité de vivre et de partager cette vie avec quelqu'un. Les choses commençaient enfin à changer pour moi, je me sentais prêt et, plus important encore, j'avais envie d'essayer. Un peu de nouveauté serait finalement bienvenu. Cette réflexion prit forme quand nos regards se croisèrent. Je l'accueillis à bras ouverts, intéressé à l'idée de changer moi aussi, de reprendre en main.

Peu importe la prochaine personne qui passerait ma porte, qui entrerait dans ma vie ou moi dans la sienne, il était temps. C'est incroyable, ces blessures qui guérissent quand on n'y fait pas attention.

III

Une fois qu'Hamid me déposa à la maison, je pris une longue douche brûlante, et quand la sonnerie familière de « Fast Love » retentit – parce qu'au départ c'était terriblement drôle –, je débattis un moment pour savoir si je devais répondre ou non. J'attrapai une serviette sur le portant à côté de la douche et je finis par décrocher en espérant qu'Ash serait de meilleure humeur après notre break de deux semaines.

— Hello.

— Je me demandai si tu allais venir me chercher ou pas.

Je raccrochai. Ce n'était pas la bonne manière de tout recommencer à zéro.

Quand il rappela, je laissai sonner cinq fois avant de décrocher.

— Je suis désolé, c'était idiot.

Je grognai.

— Laisse-moi recommencer depuis le début. Comment vas-tu ?

— Bien.

Je répondis avec précaution, refusant de me battre plus longtemps avec lui. Ce n'était pas nécessaire ; nous n'avions plus rien à perdre. Je ne comprenais toujours pas pourquoi il était aussi en colère.

— Et toi ?

— Je ne vais pas très bien. Tu m'as manqué.

— Tu racontes des conneries.

Je lui mettais le nez dans ses contradictions. Je lui avais manqué, mon cul !

— Qui est-ce qui n'est pas sympa, cette fois ?

— Ouais, c'est vrai.

Je lui accordai au moins ça, parce qu'il avait raison.

Il éclata de son rire agréable, profond et sexy.

— Je veux te voir.

Droit au but, comme toujours, ce qui était vraiment sa plus belle qualité.

— Je ne peux pas. Je dois aller vérifier des chantiers et je suis déjà crevé.

39

— Pourquoi ça ?

— J'étais en train de construire une aire de jeux pour enfant dans l'école primaire et je l'ai installée avec un système de poulies.

Il y eut un moment de silence.

— Tu ne dis jamais ce à quoi je m'attends.

— C'est bien, non ? Tu ne sais jamais à quoi t'attendre, comme ça.

— Je sais que je suis accro, ce qui est, je pense, ton intention.

Mon grognement narquois fut retentissant.

— Rends-moi service, soupira-t-il.

— Quoi ?

— Raconte-moi toutes les nouvelles excitantes qui ont eu lieu dans ta vie ces deux dernières semaines autour d'un long et agréable déjeuner.

— Non.

— Et pourquoi pas ?

Il avait l'air sur la défensive.

— J'ai déjà déjeuné.

— Alors pour dîner.

— Pourquoi est-ce que tu es aussi résolu à me nourrir, tout à coup ? Ce n'est pas vraiment notre truc.

— Oh ? Et c'est quoi exactement notre truc ?

— Baiser.

Je l'entendis inspirer brusquement.

— J'ai décidé de changer ça.

— Pourquoi ?

Impossible de rater le ton geignard dans ma voix. Au nom de quoi voulait-il subitement changer une relation qui nous satisfaisait mutuellement et qui était sans attache ?

— Et bien, parce que je me suis rendu compte pendant notre petite période de réflexion que je suis vraiment très attaché à toi.

— Vraiment ?

— Oui.

— Et tu t'en es rendu compte ces deux dernières semaines ?

— En fait, je le savais depuis un certain temps, mais j'étais réticent à l'idée de l'admettre.

— Comment ça ?

— Parce que t'avouer n'importe quoi d'un tant soit peu personnel ou privé demande d'avoir le cœur bien accroché, et parfois, je n'ai tout simplement pas le courage de supporter tes plaisanteries, ou ta nonchalance, ou ta manière de rationaliser.

— De quoi est-ce que tu parles ?

J'étais agacé parce qu'il avait raison. C'était grâce à lui que j'avais eu ma révélation : j'étais prêt à envisager d'avoir quelqu'un dans ma vie, mais cela ne voulait pas dire que je voulais que ce soit lui. Il n'était pas sérieux, pas à mon sujet. Du coup, j'avais tendance à être désinvolte, alors qu'en temps normal, je ne l'aurais pas été. Non pas que j'aie eu beaucoup de petits amis avec lesquels le comparer. L'intégralité de ma vie amoureuse, au-delà des types sans noms que j'avais sautés au fil des années, se résumait à Mitch Thayer et maintenant, Ash Lennox. Il allait vraiment falloir que j'élargisse mon champ de compagnons potentiels.

— De quoi est-ce que tu parles ? répondit Ash, irrité. À t'entendre, tous les sentiments que tu éprouves sont réels et absolus. Tous ceux que je pourrais ressentir sont changeants et volatiles.

Je l'avais dit, c'était vrai. Mais ce n'était pas parce que je ne le pensais pas capable d'aimer quelqu'un ou d'avoir des sentiments. Je ne le croyais tout simplement pas capable de m'aimer *moi* ou d'avoir des sentiments pour *moi*. Nous avions entamé une relation de façon presque désinvolte et je savais avec certitude qu'il couchait à droite et à gauche et que je n'étais qu'un parmi tant d'autres, mais qui s'en souciait ? Je ne faisais pas de jugement moral, juste pratique. Il n'était pas prêt à être monogame. Moi, si. Nous étions à deux étapes différentes de nos vies, et parce que j'étais prêt et pas lui, cela voulait dire que tout ce qu'il pourrait dire pour tenter de me convaincre ne serait qu'un tissu de bêtises.

Je m'éclaircis la voix.

— Tu voulais dire quoi ?

— Je disais que mes sentiments avaient changé.

— Vraiment, dis-je platement en me demandant en quoi cette façade était nécessaire.

Pourquoi notre arrangement informel devait-il changer ? Pourquoi en avait-il besoin ?

— Oui, vraiment. Pourquoi est-ce que tu as l'air aussi incrédule ?

— Oh, j'en sais rien, peut-être parce que jusqu'à maintenant, on s'est contenté de baiser.

— On est sortis ensemble à quelques reprises aussi, me corrigea-t-il.

— Ouais, mais sérieusement, on a surtout baisé.

J'insistais, je ne voulais pas qu'il transforme la situation en quelque chose qui n'existait pas.

— Est-ce que tu pourrais te retenir d'utiliser ce mot, implora-t-il. Parce que ça ne rend pas justice à ce qui s'est passé dans mon lit.

— Ah bon ?

— Non. Pas du tout. J'ai eu de longues relations avec des hommes qui ne faisaient pas autant attention à moi que toi.

Je ne savais rien de ces anciens amours. Tout ce que je savais, c'était qu'ensemble au lit, c'était très bon. Ash était tellement réactif et je m'émerveillais de sa soumission autant que de son enthousiasme. Il était démonstratif et exigeant, et j'avais envie de lui tout en appréciant d'être voulu en retour.

— OK, alors qu'est-ce que tu veux que nous fassions maintenant ?

— Un rencard.

— Un rencard de quel genre ?

— Du genre d'un rendez-vous traditionnel, espèce de Cro-Magnon. Qu'est-ce qu'il y a de si difficile à comprendre ?

— Tu veux dire aller au restaurant et des trucs de ce style ?

— Oui.

— Pourquoi ? grognai-je.

— Parce qu'on devrait le faire.

— Non.

— Oh mais si, on doit le faire.

— Pourquoi est-ce qu'on doit le faire ?

Je lui posai la question, parce qu'au fond, quel était le but ? Pourquoi essayait-il de faire de nous quelque chose que nous n'étions visiblement pas ?

— Parce que je ne veux plus seulement être un ami avec qui tu couches de temps à autre. Je veux être plus pour toi.

— Tu ne sors pas avec d'autres types ? demandai-je, le mettant sur haut-parleur pour pouvoir faire le tour de ma chambre.

— Non. Je baise juste avec.

— Explique-moi la différence.

— Je baise avec des étrangers, je couche seulement avec toi.

— Ah.

— Quoi ?

— Bon, on dirait que j'ai tiré le mauvais côté de la pièce. Je veux dire, ils ont tous droit à un peu d'action et moi, j'ai quoi, des câlins ?

Ash poussa un grognement, ce qui était un exploit en soi. Ashford Lennox, Monsieur Guindé en personne – propre sur lui, parfaitement rasé, l'acteur millionnaire toujours prêt à être photographié, sur le point de devenir une marque à lui tout seul, et nouveau propriétaire d'un Bed and breakfast, en était réduit à grogner ses réponses.

— Je croyais que les acteurs avaient toujours une bonne réplique bien sentie à dégainer…

— Ça, ce sont les comédiens. Tu dois confondre.

— Je te dis juste que ça, nous, c'est déjà plus sérieux que la plupart de mes rencontres.

Visiblement, nous avions tous les deux des idées très différentes de ce qu'était une relation « sérieuse ». Ce truc léger entre nous, pratique, signifiait maintenant plus pour lui que pour moi.

— Tu parles de ça comme s'il s'agissait d'un passage de *Shark Week*.

Il soupira profondément tandis que j'enfilai un boxer et un vieux jean Levis délavé.

— Écoute, commença-t-il, je ne suis pas en train de suggérer qu'on se marie, juste qu'on soit un peu plus que ce que nous sommes en ce moment.

— À savoir ?

— Hagen, tu…

— Quand tu viens ici, tu te contentes de coucher avec moi, et quand tu t'en vas, tu baises qui tu veux ?

— Je…

— C'est un accord qui me convient bien. Tu n'habites pas ici, après tout, et une fois que le Bed and breakfast sera rénové, tu rentreras à Los Angeles.

Silence.

— Alors ouais, on continue à s'amuser tant que tu es là, en vacances.

— Peut-être pas.

— Peut-être pas quoi ?

— Peut-être que je ne repartirai pas à LA, expliqua Ash. Il se trouve que j'apprécie le calme ici.

Je laissai échapper un rire.

— Quoi ? demanda-t-il.

— Tu dis n'importe quoi.

— Pardon ?

— Même le rythme de Portland est trop lent pour toi. Benson te rendrait amorphe.

— Ce n'est pas vrai.

— Oh, arrête. Tu t'attends vraiment à ce que je te croie ? Un citadin invétéré comme toi qui apprécie le calme d'une petite ville du Nord Ouest américain ? Tu essaies de me faire gober ça ?

— Je...

Je me moquai de lui et cela faisait du bien.

— Laisse-moi rire.

— Tu es vraiment agaçant.

— Ah *ça*, je veux bien le croire, dis-je, en gloussant purement et simplement.

— Hagen...

— Tu veux aller dîner ? proposai-je pour lui changer les idées.

— Non, je veux déjeuner maintenant et dîner plus tard.

— Et bien, je t'offre le dîner puisque j'ai déjà déjeuné.

— Moi aussi, semblerait-il.

— Quoi ?

Cet homme racontait n'importe quoi.

— Je n'ai pas... tu m'as retourné le cerveau.

— Ah oui ?

— Je me disais juste que si tu n'avais pas mangé, je te tiendrais compagnie, peut-être en prenant un verre ou un truc à grignoter, pendant que je serais assis à te regarder.

— À me *regarder* ?

— Pendant que tu serais en train de manger, compléta-t-il. Oui.

— Mais tu resterais juste avec moi.

— Oui.

— Parce qu'en fait tu as déjà mangé.

— Exactement.

— Humm.

Il avait seulement envie de s'asseoir et de m'observer. C'était très gentil de dire ça, mais aussi un peu bizarre. Ce n'était pas le genre d'homme à avoir envie de passer du temps avec moi. Il agissait différemment et cela commençait à me faire un peu flipper.

— Ne dis rien. Laisse-moi seulement venir te chercher.

— Est-ce que tu m'as entendu lorsque je t'ai dit que j'avais du travail ?

— Je te connais, dit-il doucement, en me cajolant. Tu pourrais travailler, tu pourrais toujours, mais tu n'y es pas obligé. On est samedi, tu sais ?

— Il s'avère que si, je dois bosser. Je dois aller jeter un œil à une rénovation en cours et je dois vérifier les escaliers dans le bâtiment des Goodwin.

— Très bien.

Il avait l'air exaspéré.

— Je viendrai avec toi. Prépare seulement un sac et je passerai te prendre pour t'emmener déjeuner.

— Est-ce que tu m'écoutes vraiment ? demandai-je, presque sûr que ce n'était pas le cas.

— Mince. Je voulais dire dîner. Je viendrais te chercher, et quand tu auras fini, on pourra aller dîner.

C'était une idée sympa, quelque chose qu'on ferait avec son petit ami, pas avec un plan cul, et vue ses manières un peu brusques, je n'étais pas certain que ce soit une très bonne idée.

— Alors ?

— D'accord pour le dîner, mais pour le reste on verra.

Cela me rappelait le premier job de Mitch, quand il était caddy dans un country club, et que je m'arrangeais pour être systématiquement présent à chacune de ses pauses. Il avait l'air de vouloir passer tout son temps avec moi. Flatteur, mais ce n'était ni nécessaire, ni souhaitable. Je ne rêvais pas d'une fin façon « Et ils vécurent heureux jusqu'à la fin de leurs jours » avec Ashford Lennox, parce que je savais déjà que je ne pouvais pas avoir une relation sérieuse avec un type qui ne l'était pas avec moi. Mais surtout, je ne lui faisais pas confiance, et s'il voulait être avec moi plus que quelques nuits de temps à autre, c'était un prérequis.

— Dis seulement oui, répondit-il sur un ton bourru. Prépare un sac et tu pourras rester avec moi cette nuit, et demain, nous pourrons remonter la côte en voiture et passer la journée à ne rien faire. Je promets de te déposer à ton bureau lundi matin.

C'était plutôt tentant. On allait sûrement coucher ensemble, mais je n'étais pas sûr que le fait de rester dormir était le meilleur choix à faire.

— S'il te plaît, dit-il, de sa voix la plus douce, presque caressante. Viens avec moi. Tu m'as manqué.

— Pourquoi ?

— Pourquoi est-ce que tu m'as manqué ?

— Ouais.

Il resta silencieux un moment.

— Tu vois ? Tu ne peux même pas…

— C'est très agréable d'être avec toi. Je me sens à l'aise.

C'était un compliment incroyablement gentil, et pas un de ceux que j'aurais pensé recevoir d'un tel manipulateur. Je détournai la conversation pour détendre l'atmosphère.

— Ça l'air d'être très ennuyeux.

— Tu es mon havre de paix, en quoi cela pourrait-il être mauvais ?

— Oh ?

Je ne m'attendais pas à ça. Il ne disait plus les mêmes choses qu'avant et je fus soudain inquiet pour lui. Jusque-là, je n'avais jamais imaginé que je pouvais le blesser.

— S'il te plaît, dit-il sur un ton sérieux qui ne lui ressemblait pas. Laisse-moi venir te chercher.

Il ne demandait jamais plus d'une fois, c'était la limite que lui imposait sa fierté. Il n'avait jamais partagé avec moi de la tendresse et des sentiments.

— Pourquoi ce revirement ?

— Ce n'est pas un revirement, je reste le même. J'ai toujours envie de passer du temps avec toi. C'est juste que d'habitude tu ne me laisses jamais faire.

— Nous sommes tous les deux très occupés, expliquai-je, en enfilant un tee-shirt.

— Oui, et je dois souvent partir, et la dernière fois, nous nous sommes disputé avant que je m'en aille.

— Ouais, je sais.

— C'était à cause de quoi ? Est-ce que tu t'en souviens ?

— Oui, dis-je en riant, tu étais en colère parce que je ne me prenais pas la tête à cause de Stone Riley.

— Oh, murmura-t-il.

— Je n'ai toujours pas compris pourquoi.

— Parce que notre accord stipulait que lorsque j'étais ici, nous étions exclusifs, explosa-t-il.

— Ouais, mais ton pote était chez toi, et je n'ai pas voulu vous interrompre, expliquai-je.

J'avais arrêté mon camion dans l'allée et, en levant les yeux, je l'avais vu sur sa terrasse en train de regarder l'océan. Et là, à côté de lui, il y avait Stone, le même type qui était dans son lit la dernière fois que j'étais venu chez lui, six mois plus tôt. Je m'étais penché, leur avais fait un signe de la main, puis j'étais parti. Il avait de la compagnie et, même s'il avait

46

avoué qu'il avait déjà eu plusieurs personnes à la fois dans son lit, je n'étais pas prêt à me battre pour attirer son attention. On ne pouvait pas parler de foule quand il n'y avait que trois personnes, mais j'étais encore en train de travailler sur moi pour apprendre à nouer des contacts avec une seule personne à la fois.

— Comme je te l'ai déjà dit, ce n'est *pas* mon ami.

— Désolé, j'aurais dû dire ton plan cul, pas ton ami. Mes excuses.

— Ne sois pas si narquois, et ce n'est pas un plan cul non plus. C'est l'assistant du réalisateur, c'est la raison pour laquelle il avait mes clés.

— Oh, allez, on sait tous les deux que tu te l'es tapé. Pourquoi est-ce que c'est un problème ?

— Mais c'était avant que l'on mette en place notre arrangement ! Je n'ai plus couché avec quelqu'un ici à Benson depuis que nous sommes tombés d'accord sur le fait qu'il n'y aurait que toi.

— Alors, tu le baisais avant que nous rédigions un papier officiel.

— Tu prends ça à la légère et tu te moques de moi. Je déteste ça.

Je ris. Il enchaîna :

— Je n'aurais jamais…

— Maintenant, réfléchis, dis-je gentiment. Cette première fois, quand je l'ai trouvé dans ton lit…

— Je n'avais pas couché avec lui ! Il était juste là !

Soit c'était vrai, soit ça ne l'était pas, mais dans tous les cas, le choc d'avoir trouvé quelqu'un dans son lit m'avait rappelé ce que je savais depuis le début : Ash Lennox n'était pas un type pour moi. Parfois, quand les choses devenaient routinières ou agréables, votre cerveau vous jouait des tours et vous faisait croire qu'une situation était plus stable qu'elle ne l'était réellement. Qu'on pouvait compter dessus. Comme lorsque vous restiez à l'hôtel plus d'une semaine et que vous commencez à y penser comme si vous étiez chez vous. Ce n'était pas vrai, mais votre cerveau s'y était habitué, mais mal habitué. J'avais eu l'impression de recevoir un seau d'eau glacé lorsque j'avais vu Stone à l'endroit où j'avais dormi. J'avais eu particulièrement besoin de ce cruel rappel de la réalité.

— Hagen !

Seigneur, mon esprit divaguait et il était en train de s'énerver.

— Pourquoi est-ce si important ?

— Parce que tu as pris la décision de ne pas me voir et de ne pas répondre à mes appels, parce que tu croyais que j'avais couché avec Stone !

— Ce qui n'était pas le cas, clarifiai-je, avec condescendance.

— Hagen !

Je ris.

— Arrête un peu. Je plaisantais. Laisse tomber.

— C'est moi qui devrais te dire ça. C'est toi qui as tiré des conclusions hâtives.

— Eh bien, parce que le type qui s'était retrouvé dans ton lit était de nouveau présent chez toi.

— Il était venu déposer des papiers que je devais signer, c'est tout.

Je soupirai lourdement.

— Et le soir où tu l'as trouvé dans mon lit, je ne savais absolument pas qu'il était là.

Il me l'avait déjà dit un million de fois.

— C'était un truc d'un soir qui ne s'est jamais reproduit.

Il me l'avait déjà dit aussi.

— Hagen.

— Et il avait une clé de chez toi parce que…

— Encore une fois, parce qu'il est l'assistant du réalisateur. C'est pour ça qu'il l'avait, pas parce que je lui en avais donné une.

— Je…

— C'est plus qu'énervant que tu ne me croies pas, lâcha-t-il d'un ton cassant.

Que je le croie ou non – et honnêtement, je ne le croyais pas –, je ne comprenais pas pourquoi est-ce que c'était aussi important. Nous n'étions pas *ensemble*. Il pouvait se taper des mecs à Benson s'il voulait. Tout ce que je souhaitais, c'était qu'il me prévienne, que je sache à quoi m'attendre.

— Et je n'arrive toujours pas à croire que tu sois parti cette nuit-là sans me laisser m'expliquer !

— À quoi cela aurait-il servi ?

— Tu n'as même pas eu la courtoisie de me hurler dessus.

Je lui aurais bien demandé pour quoi faire, mais à la place, un « Je n'en avais pas le droit. » sorti tout seul.

— Tu avais tous les droits de le faire !

— Ash…

— Je ne savais même pas que tu étais là jusqu'à ce que je trouve ta clé le matin suivant !

— Pourquoi est-tu es en train de crier ?

— Parce que j'aurais été hors de moi ! J'aurais pété les plombs, je t'aurais probablement frappé – et j'aurais sûrement frappé celui avec qui tu aurais été – et je t'aurais fait un scandale que tu n'aurais jamais oublié.

Je comprenais, vraiment. Il avait merdé sur notre arrangement et il était furieux de s'être fait prendre. Mais j'avais laissé tomber, je n'avais pas besoin de lui pardonner parce que nous n'étions pas engagés l'un avec l'autre. J'avais été déçu, oui, parce que je pensais que nous avions un accord, mais ce n'était pas la même chose qu'une promesse de rester monogame. Quand Mitch m'avait blessé, j'avais été dévasté parce qu'il m'avait fait des promesses. Ce n'était pas le cas de Ash. Il n'y avait donc pas de problème entre nous, et je voulais lui faire comprendre, mais je n'étais pas certain d'y arriver sans avoir l'air de dire des banalités.

— Pourquoi est-ce que tu es toujours aussi contrarié par cette histoire ? demandai-je doucement, gentiment.

— Parce qu'on avait dit qu'on serait fidèle dans les limites de notre accord !

Je me mis à la recherche de chaussettes dans le deuxième tiroir de ma commode.

— Oui, c'est ça.

— Et je n'ai pas couché avec lui cette nuit-là quand tu nous as vus. Nous ne l'avons fait qu'une seule fois et c'était avant que je te connaisse.

— Je ne sais pas pourquoi on est encore en train de reparler de ça.

— Je n'ai pas couché avec qui que ce soit à part toi quand j'étais ici.

— C'est ce que tu m'as dit.

— Comment est-ce que tu peux être aussi calme ?

— Je...

— C'est parce que tu n'en as rien à faire ! hurla-t-il, répondant lui-même à sa question.

— Ce n'est pas vrai, lui assurai-je

J'avais été blessé, en fait, mais pas pour les raisons auxquelles il pensait. J'étais triste parce que je pensais que nous avions un accord qui nous était mutuellement bénéfique. Je m'étais senti naïf et ridicule de découvrir que j'avais joué selon les règles et pas lui. Alors quand j'avais vu Stone à nouveau deux semaines plus tôt, j'avais trouvé plus facile de rentrer à la maison.

— Tu ne t'y intéresses pas comme j'aimerais que tu le fasses.

La situation n'avait aucun sens, sauf si ses sentiments avaient changé et étaient devenus bien plus tendres à mon égard. Je n'étais pas sûr d'y croire.

— Est-ce que tu penses continuer à crier ?

— Oui !

— C'est bon à savoir.

— Hagen !

— Quoi ? Je n'ai aucun droit de t'en vouloir, lui rappelai-je. Nous n'avons pas d'obligation l'un envers l'autre.

— Je voudrais que nous en ayons.

Je me tournai pour regarder le téléphone posé sur le lit à côté de moi, sans rien dire. Il resta silencieux lui aussi.

Après de longues minutes, il toussa alors que je continuais à fixer le vide.

— Hagen ?

— Ouais ?

— Je te promets que je ne savais pas que l'assistant de Maggie Rush, Stone Riley, allait venir 1) me faire une visite surprise, et 2) qu'il aurait les couilles de se mettre dans mon lit, nu.

— Je sais. Tu l'as déjà dit. Avant. La première fois que nous avons eu cette conversation.

— Écoute-moi. Je l'ai foutu dehors et j'ai appelé Maggie pour qu'il soit viré de mes contacts. Je serais bien venu te voir mais j'étais coincé par une conférence téléphonique. Je ne suis allé dans la cuisine – où j'ai trouvé la clé que tu avais laissée – que le matin suivant.

Je restai silencieux.

— Et quand il est venu déposer encore des papiers ce soir-là, il y a deux semaines, j'ai rappelé Maggie et elle l'a renvoyé sur Portland. Tu ne le verras plus.

— D'accord.

— D'accord ?

— Je valide ce que tu viens de dire pour que tu saches que je t'écoute.

— Hagen, grinça-t-il. Je veux que tu gardes cette clé.

— Je ne crois pas que ce soit une bonne idée.

— Tu pensais que je lui avais donné la clé comme je l'avais fait avec toi, mais ce n'était pas le cas. Il n'y a qu'à toi que j'en ai donné une. Point.

— Ce n'est pas…

— *C'est* important, parce que tu t'es senti spécial quand je te l'ai donnée et…

— Ce n'est qu'une clé, répliquai-je sèchement, parce que oui, malgré ce que je pouvais dire, quand il m'avait donné la clé, je m'étais senti touché.

— Mais ce n'était pas que ça pour toi.

Et il avait raison.

— Juste… laisse-moi une autre chance.

— Ce n'est pas une question de chance, ce n'est simplement pas nécessaire.

— Je pense que si.

— Et bien, pas moi.

J'étais catégorique. Le fait d'avoir accepté la clé dès le départ était une erreur. On donnait une clé ou on en prenait une – c'était l'étape logique suivante. Cela signifiait qu'il y avait des attentes entre les deux personnes, qui conduisaient généralement à des promesses. Si j'avais réfléchi sur le moment au lieu de me laisser bercer par mon bien-être post-orgasmique, j'aurais plaisanté avec lui et je ne l'aurais jamais acceptée. J'avais dit oui trop rapidement parce qu'il était enroulé autour de moi en train de poser de gros baisers humides le long de ma gorge.

— Pourquoi pas ?

— Parce que ça ne veut plus rien dire si tout le monde en possède une.

— Est-ce que tu m'écoutes un peu ? J'ai dit…

— Je sais ce que tu as dit.

— Alors ?

— Et en plus, c'est une violation de ta vie privée qui n'est pas nécessaire. Nous n'en sommes pas encore là.

— Si, parfaitement !

— Je ne vais pas pouvoir être d'accord avec toi vu que Stone était dans ton lit.

— Mais je ne voulais pas de lui dedans. Je ne l'avais pas invité, pas plus que je n'avais fait d'offre implicite, ajouta-t-il, implacable. C'était une erreur qu'il a fait tout seul.

— Bien sûr.

— Tu me crois ?

— Bien sûr, mentis-je.

— Alors ?

— Nous n'y sommes pas encore, répétai-je. Tu n'aurais pas dû me donner une clé et je n'aurais pas dû la prendre. Point.

51

— Mais je voudrais qu'on y soit.

— Quoi ?

— Je veux qu'on en soit *là*. J'y suis. Je suis prêt.

— D'accord.

— D'accord, quoi ?

— D'accord, je reconnais que tu veux davantage de notre relation.

— Mais qu'est-ce que ça veut dire, bordel ?

— Stone était dans ton lit, répétai-je.

Franchement, si un homme ne voulait que moi, jamais je ne trouverais un autre type entre ses draps. Cela n'arriverait pas. Il disait qu'il ne s'était rien passé mais j'étais toujours sur la défensive. Et je pinaillais parce qu'il en avait fait toute une histoire. S'il s'était contenté de dire, *ouais, je l'ai sauté*, j'en aurais déjà fini avec cette histoire au lieu de douter de lui. Mais il n'avait aucune raison de mentir. Il ne risquait pas de me perdre étant donné que rien n'avait vraiment commencé.

— Je t'aurais suivi si j'avais seulement su que tu étais venu.

On en revenait au premier incident avec Stone.

— C'est ce que tu as dit.

— Tu ne m'as même pas laissé l'opportunité de m'expliquer.

— Ce n'était pas nécessaire.

— Pour moi si. Je ne t'aurais jamais fait ça.

Je me raclai la gorge.

— Ouais, mais voilà, le truc c'est que tu voyages à travers le monde entier et pas moi. Je suis seulement ici. Donc, être exclusif quand je suis à la maison, cela a bien plus de poids pour moi que pour toi.

— Qu'est-ce que tu veux dire ?

— Pourquoi ne pas nous en tenir à ce que nous connaissons ? Quand tu es en ville, si tu as envie de me voir, tu m'appelles. Si je suis disponible, j'adorerai te voir. Si je ne le suis pas, alors…

— Mais ce n'est pas ce que je veux.

— Qu'est-ce que tu proposes d'autre ?

— De ne plus coucher avec personne d'autre. Du tout.

Je ne pus m'empêcher de grogner.

— On en revient encore à ça ?

Pourquoi est-ce qu'il insistait encore ?

— Hagen…

— Est-ce que tu te moques de moi ?

— Je…

— On sait tous les deux que tu as des plans cul partout dans le monde et qu'il y a des top models et des fêtards et je ne sais qui encore. Tu n'as pas envie d'avoir une laisse pour t'empêcher de faire ce que tu veux.

— Une laisse ? Comment ça ?

— La fidélité, la monogamie.

Il inspira brutalement.

— C'est ça le truc, en fait. Quand je suis parti…. tu m'as manqué.

— Tu dis des conneries. Personne ne te manque.

— Tu veux qu'on se dispute ou tu me laisses venir te chercher ?

— Aucun des deux, répondis-je désinvolte. Viens plutôt ici et je te préparerai un bon petit plat.

C'était une bonne alternative. Nous pouvions toujours manger ensemble, nous envoyer en l'air, et une fois que nous en aurions fini, je pourrais inventer une raison pour qu'il s'en aille. Ou pas. Mais l'idée, c'était de faire les choses à ma manière, pas la sienne. Et s'il ne venait pas me chercher chez moi, il n'avait rien à dire sur l'heure à laquelle il me ramenait à la maison.

La ligne fut silencieuse un moment.

— Tu sais cuisiner ?

Je souris de l'autre côté.

— Bien sûr, espèce de gros malin.

— Je… J'aimerais beaucoup, dans ce cas.

— Allez, viens.

— Mais pas ce soir, dit-il doucement. Ce soir, *j*'ai vraiment envie de cuisiner pour *toi*, et je me suis arrangé pour que les courses soient faites donc… est-ce que tu viendrais ?

— Je…

— S'il te plaît.

— D'accord.

J'acceptai, même si j'aurais préféré qu'il vienne dans *mon* lit. Être dans le sien, après Stone, même si rien ne s'était passé, ne me plaisait pas particulièrement.

— Bien, répondit-il, visiblement satisfait.

— Je viendrais après avoir…

— Non, je veux t'accompagner sur tes chantiers.

— Quoi ?

— Laisse-moi venir.

— Pourquoi ?

— S'il te plaît.

— Tu vas t'ennuyer comme jamais.

C'était une étrange requête et je ne comprenais pas ce qui le poussait à la faire ? Craignait-il que je change d'avis sur le fait de venir chez lui ?

— Non, ça ira.

— Laisse-moi y aller seul et je te retrouverai chez toi vers 18h.

Toux rapide.

— Je ne peux pas attendre.

— Bien sûr que si.

— Non.

— Pourquoi ?

— Parce que j'ai envie de te voir, insista-t-il.

— Pourquoi ?

— Arrête de faire ton connard, rétorqua-t-il en raccrochant.

J'ÉTAIS EN train de charger ma Ford F-150 quand il déboula avec une voiture de sport noir dont il fit rugir le moteur au moment où je levai la tête pour le regarder.

J'attendis jusqu'à ce que la vitre soit baissée côté conducteur.

— Alors ?

— Il va falloir que tu te gares là-bas, sous les arbres, si tu viens avec moi, l'informai-je, en indiquant du doigt un emplacement loin de la maison, pas le moins du monde impressionné.

— Pourquoi est-ce que je ne peux pas conduire ?

Je haussai un sourcil.

— Quoi ?

— Je ne crois pas que tous mes outils vont tenir dans ta jolie caisse, M. Lennox.

— Tu raterais une occasion d'être conduit dans une Aston Martin DB9 édition Carbone ?

L'idée seule semblait l'horrifier, vu l'expression surprise et sa manière d'agiter les mains ouvertes, comme si j'étais complètement fou.

— Oui, affirmai-je en désignant mon camion. Maintenant, sors de cette voiture tout de suite, parce que je dois y aller.

— Tu veux vraiment que je monte là-dedans ?

Il avait l'air atterré, regardant mon bébé comme si elle était faite de déchets au lieu d'être un petit paradis. Son air de dégoût et son nez retroussé n'étaient pas franchement subtils.

— Il a quel âge ?

— *Elle*, articulai-je, est de 1985, et je t'assure que ma chérie est en pleine forme.

Il fit la grimace.

— Tu sais quoi, rentre chez toi, lui ordonnai-je en riant, secouant la tête. Je savais que ton petit cul était bien trop précieux pour monter dans mon bébé.

—Attends !

Je l'observai par-dessus mon épaule.

— Je suis désolé, lâcha-t-il, en se dirigeant vers l'endroit que je lui avais indiqué quelques minutes plus tôt.

Il était mignon, tout hargneux et contrarié, et je me surpris à lui sourire. Il s'arrêta brutalement à mi-chemin et se contenta de me fixer.

— Quoi ? le provoquai-je.

— Personne ne m'agace autant que toi.

— Je le crois parfaitement, le taquinai-je. Viens ici.

Ses yeux s'assombrirent de désir et il me fit un sourire diabolique et paresseux.

Je pris son visage en coupe dès qu'il fut assez près et me penchai vers lui. Vraiment, je l'aimais bien. Notre histoire pouvait être agréable jusqu'à ce que nous atteignions sa date de péremption.

Il entrouvrit les lèvres à l'instant où les miennes s'approchèrent et je capturai sa bouche dans un geste possessif presque sauvage, ma langue caressant la sienne, alors que je le plaquai contre la porte de mon camion.

— Hagen, gémit-il, malléable et prêt.

Ses hanches arquées, ses jambes écartées et ses doigts accrochés à mon tee-shirt constituaient une invitation non dissimulée.

Je pouvais le prendre ici et maintenant – et il me laisserait faire. Ce corps que je connaissais déjà si bien m'appartiendrait : des mètres de peau parfaite et crémeuse qui recouvrait des muscles bronzés et bien dessinés par le sport. C'était vraiment le plus bel homme que je connaisse, puissant, sinueux. Je voulais absolument revoir ses longs doigts fins agripper mes draps.

Mais pas tout de suite. D'abord, il fallait que je me ressaisisse et que j'aille travailler. Je reculai de quelques pas, repris mon souffle et me calmai.

— Comment arrives-tu à t'arrêter ?

— Parce que je veux faire ce dont tu parlais tout à l'heure, passer toute la journée avec toi demain, mais si je ne fais pas mon travail aujourd'hui, je ne pourrai pas en profiter.

Il cligna plusieurs fois des yeux.

— Tu penses à moi ?

— À qui d'autre ?

Son sourire releva un coin de sa bouche.

— J'adore ça.

Mais j'essayais juste d'être attentionné. Nous sortions ensemble, nous passions du temps ensemble jusqu'à ce que l'un de nous s'en aille.

— Bien, on y va maintenant ?

— Oui, allons-y.

Il acquiesça, un large sourire aux lèvres, son regard étincelant de leur couleur verte si particulière, avant de se diriger du côté passager et de monter dans le premier véhicule que j'aie jamais possédé.

Une fois installé dans le camion, il se mit à l'aise, s'étira, la tête en arrière, ses lunettes d'aviateur posées sur le nez, et il se lança dans une conversation interminable sur le sexe entre nous, à quel point c'était bon pour lui, mais pas terrible pour son Bed and breakfast.

— Et pourquoi ça ? demandai-je en prenant à gauche sur Caraway Lane, me dirigeant vers la plage où se trouvait la maison des Goodwin.

— Chastain a déjà dépassé le budget et il n'a travaillé qu'une semaine sur la maison.

— Je t'ai dit d'embaucher soit Lee Constructions, soit Santoro Builders, près de Brookings.

— Les deux étaient occupés jusqu'au Nouvel An.

— Je ne t'ai jamais dit d'embaucher Chastain.

— Tu ne m'as jamais dit qu'il avait été poursuivi par un éleveur de chevaux non plus.

— Ouais, mais il a été poursuivi par tellement de gens que c'est difficile de suivre.

— Et bien, il va pouvoir m'ajouter à sa liste et je vais le ruiner s'il ne fait pas attention.

— Les gens ne se rendent pas compte que les avocats sont plus effrayants que la mafia.

— Ils sont naïfs, dit-il en riant.

56

En sortant du camion, une bourrasque de vent froid et vif me percuta de plein fouet, charriant l'odeur de l'océan.

— J'adore être ici, dis-je, admiratif, emplissant mes poumons d'air marin en observant la vue.

C'était un joli petit cul-de-sac tranquille, avec des séquoias dans les jardins et entre les maisons, et des érables alignés le long des trottoirs. Si je devais vivre en ville, c'était un des endroits où j'aurais voulu être. C'était drôle – pour la plupart des gens, le fait d'avoir d'énormes arbres centenaires dans leurs jardins et un océan juste en bas de la colline ne rentrait pas vraiment dans la définition d'une « ville », mais ici, à Benson, sur la côte de l'Oregon, c'était le cas.

J'étais si bien, au calme, tellement concentré sur ma respiration que je n'ai pas fait attention au premier cri. Mais je l'ai entendu la deuxième fois.

IV

— Bon sang, c'était quoi, ça ? aboya Ash, surpris.

Je regardais des deux côtés de la route depuis la maison des Goodwin, et là, en bordure, je vis apparaître un petit garçon. Il devait avoir cinq ou six ans. Quand il jaillit de l'autre côté de la maison, je me rendis compte que c'était lui qui était à l'origine de ce hurlement strident. J'en avais beaucoup entendu des cris de ce genre quand j'étais en Afghanistan.

Il était terrifié.

Le bruit qu'il faisait, ses pleurs paniqués, comme un animal blessé ; je connaissais ce son. Je l'avais émis moi-même une fois.

Je me ruai vers lui et le rejoignis à mi-chemin. Il agrippa mon tee-shirt, les yeux exorbités. Il hurlait toujours et était en hyperventilation.

Je n'avais pas le choix, je le secouai brutalement.

— Qui est blessé ?

Je lui demandai parce que je savais que cela ne pouvait être que ça. Il n'avait pas peur pour lui, mais pour quelqu'un d'autre. Ce regard aussi, je l'avais déjà vu.

Il me montra du doigt un point derrière lui, de là où il venait.

Après l'avoir repoussé vers Ash, je me précipitai, retraçant son chemin, émergeant devant une maison de deux étages, traversai le portail toujours ouvert et le jardin où se trouvait une piscine.

Je vis le corps d'un garçon, noyé sous deux mètres d'eau.

Sans m'arrêter, sans ralentir, je plongeai, percutai l'eau chaude et je mobilisai chaque parcelle d'énergie pour le rejoindre et le ramener à la surface le plus rapidement possible. La scène ne dura que quelques secondes, même si j'ignorais combien de temps il était resté au fond.

Dans l'armée, on nous enseignait les techniques de survie et j'étais toujours aussi surpris de voir à quel point je les avais utilisées pour aider les autres, et pas moi, toutes ces années. À cet instant, je fus extrêmement heureux d'avoir appris les gestes de premiers secours d'un sergent méticuleux, mais également très méthodique. Non seulement je connaissais les procédures pour les adultes, mais aussi celles pour les enfants, les nourrissons et toutes celles des gabarits entre les deux. Je me rappelais des étapes : le tourner sur le côté, se débarrasser d'un peu d'eau, appuyer, presser et insuffler de l'air dans ses poumons.

Au loin, j'entendais des hurlements, comme des sirènes, de plus en plus fortes à mesure qu'elles se rapprochaient. Puis, la voix d'Ash, apaisante, et je notai au passage que le niveau de décibel diminuait au fur et à mesure que le petit garçon répondait à son intonation délicate. Son calme m'apaisa aussi, et quelques secondes plus tard, quand le petit garçon me recracha de l'eau chlorée au visage, j'étouffai un sanglot de soulagement. J'entendis Ash réconforter le petit garçon.

— Tu vois mon grand, je te l'avais dit, tout va bien se passer.

Celui que j'avais sorti de l'eau vomit encore plus d'eau et je lui souris lorsqu'il ouvrit les yeux. L'autre garçon, plus petit, se précipita vers moi pour atterrir contre mon torse. Je m'assis et le serrai contre moi.

— Bran, murmura le garçon en s'accrochant à moi.

Celui à qui je venais de prodiguer les premiers secours tourna la tête, son regard glissa sur moi vers le petit garçon pour revenir sur moi.

— Qu'est-ce qu'il s'est passé ?

— Tu es tombé du plongeoir et tu t'es cogné la tête, répondit-il, la voix tremblante.

Il assimila la réponse, puis me regarda à nouveau avant d'essayer de s'asseoir.

— Non, non, non, reste tranquille jusqu'à ce que l'ambulance arrive, d'accord ?

Il fit la grimace.

— S'il vous plaît, n'appelez pas d'ambulance. Mon père va me tuer s'il apprend ce qu'il s'est passé !

Le garçon dans mes bras commença à pleurer en enfouissant son visage dans le creux de mon cou. Maintenant que le pire était écarté, la peur parentale redevenait bien réelle.

Je me tournai pour regarder Ash, qui se rapprocha et posa un bras sur mes épaules. Maintenant que l'adrénaline se dissipait et que la peur étendait son emprise glacée sur moi, je me mis à trembler.

— Tout va bien, murmura-t-il, en écartant les cheveux de mon visage. Tu as bien géré. Tu as été formidable. La réincarnation de Superman.

Je souris alors que mes yeux débordaient de larmes. Faire face à la mort ou à la possibilité de mourir, quelle que soit la méthode, ne cessait jamais de me prendre aux tripes. Depuis que j'avais découvert ce que cela faisait d'avoir des gens qui mouraient dans mes bras, que je savais que n'importe qui pouvait être perdu à n'importe quel moment, il devenait impossible de prendre les choses pour acquises. Je n'étais pas sûr de pouvoir le sauver quand j'avais plongé. Je me sentais vulnérable sans l'adrénaline. Je cachai mon visage dans l'épaule de Ash pour que les enfants ne me voient pas pleurer.

Au bout de quelques minutes, il essuya mes larmes, partageant un peu de sa chaleur corporelle, embrassa la tête du petit garçon quand il quitta mes bras pour se pelotonner dans le cocon chaleureux de l'étreinte d'Ash. Sa capacité à nous réconforter tous les deux en même temps, tout en donnant les indications nécessaires à l'opérateur du 911 pour nous rejoindre, me parut impressionnante, étant donné notre état de stress. Quand il remarqua que j'étais en train de le fixer, son sourire se fit plus doux.

— Je suis prêt à aller dîner maintenant.

Il hocha la tête, compréhensif.

— Alors, soupirai-je me retournant vers le garçon qui gisait sur le béton, qui me fixait de ses grands yeux. Comment tu t'appelles ?

— Bran Thayer, répondit-il. Mon père s'appelle Mitch Thayer.

Évidemment.

BRAN ÉTAIT, comme je le soupçonnais quand il avait prononcé son prénom, le diminutif de Brandon, et je m'assis à côté de lui au bord de la piscine, refusant de le laisser bouger. Je l'avais recouvert d'une serviette de plage que son frère Ryder, âgé de six ans, avait donné à Ash. Il l'avait emmené récupérer des tee-shirts, des sweats à capuches et des pulls, ainsi que des chaussettes et des chaussures pour eux. L'eau de la piscine était chaude, mais ce n'était pas le cas de l'air extérieur.

Le temps que les secours arrivent, une foule s'était rassemblée devant le portail. Les deux adjoints du shérif, notamment Theo Esposito – qui était revenu à Benson deux ans plus tôt avec son adorable épouse Tara –, empêchaient tout le monde de passer. Quand Ash revint avec Ryder, il s'excusa en me disant qu'il avait une urgence personnelle dont il devait s'occuper.

— À moins que tu n'aies besoin de moi, ajouta-t-il solennellement, me caressant la joue, cherchant mon regard. Si ça ne va pas, je reste avec toi.

— Non, je vais bien, promis-je.

Même si c'était gentil de sa part de proposer, ce n'était pas nécessaire.

— Mais est-ce que *tu* vas bien ?

Il fit la grimace.

— Mon père a mis en place des pensions alimentaires et des fonds de placement pour toutes ses ex-femmes et leurs enfants – moi inclus – et, apparemment, un de mes demi-frères est en train d'essayer de l'attaquer en justice à cause de l'argent qu'il est censé avoir. Il a reçu des papiers à propos d'une injonction du tribunal.

— On dirait qu'il s'agit d'un problème de premier ordre.

— Oui.

— Et ton père t'a appelé ?

— Je suis le pacifiste de ma tribu. À cause de toute cette histoire de célébrité.

— Ah.

— Donc je vais devoir gérer pendant un moment, dit-il en souriant.

Il se pencha pour m'embrasser sur le front.

— Et moi ? annonça Ryder.

Ash rit et se pencha pour l'embrasser aussi sur le front, avant de prendre le visage du petit garçon dans ses mains.

— Tu restes avec Hagen, d'accord ?

Il hocha la tête.

Ash tourna les yeux vers moi.

— Donne-moi tes clefs.

Je les pêchai dans ma poche pour lui donner.

— Je vais filer à la maison, passer des coups de fil et ensuite, je te rejoindrai à l'hôpital, mon héros.

— Arrête avec ça.

Il ramena de longues mèches de cheveux autour de mes oreilles.

— Peut-être que je devrais passer chez toi pour te ramener des fringues sèches.

— C'est fermé.

Il secoua les clés.

— Je pense que j'ai ce qu'il faut.

— Non, juste… ça va aller. Retrouve-moi à l'hôpital.

— À tes ordres.

— File.

Il me serra l'épaule, puis se leva et prit son téléphone, commençant son appel alors qu'il se dirigeait vers le portail. Esposito le laissa sortir et je me concentrai sur les garçons parce que Janelle Mafuolo, une des secouristes, nous avait rejoints. Nous nous connaissions depuis la deuxième année de primaire, quand elle avait amené du palusami [4] à partager le jour Cuisines du monde à la cantine, et j'avais été le seul à goûter. J'avais échangé avec elle quelques-uns des haricots cuisinés à la bostonienne de ma mère, et ça avait été un sacré échange.

Elle commença à me poser des questions.

— Combien de temps il est resté sous l'eau, Hage ?

— Je n'en ai aucune idée, répondis-je, en ébouriffant les cheveux de Ryder. Ça faisait combien de temps que Bran était là, mon grand ?

— Quand il a commencé à se noyer, j'ai couru pour venir te chercher, me dit-il.

— Je sais que tu étais censé les surveiller, tu ne les aurais jamais laissés seuls là-bas, commenta Janelle, en jetant un œil aux alentours.

— Ah non, je n'étais pas responsable d'eux, répondis-je tandis que l'autre secouriste,– Lockley, d'après son uniforme – plaçait une minerve autour du cou de Brandon pour l'immobiliser.

Il le souleva délicatement, installa une planche à mi-chemin sous son dos. Je fis la même chose de l'autre côté, et une fois qu'il fut entièrement allongé sur la planche, ils l'attachèrent avec précaution. Janelle se positionna pour pouvoir le soulever avec Lockley et ils se dirigèrent vers l'ambulance.

— Chéri, dit-elle à Ryder. Où est ton père ?

— Il devait aller travailler.

Elle hocha la tête.

— Alors qui était là pour vous surveiller ?

— Eric.

— Et où est Eric maintenant ?

— Il est allé au magasin.

— Mmmm-hmmm, fit-elle, dédaigneuse.

— Tu veux nous suivre à l'hôpital ou conduire ton camion ? me demanda Lockley.

Je marchai à côté d'eux avec Ryder, sa petite main dans la mienne.

---

4 palusami : plat traditionnel de l'île de Samoa constitué de feuilles de taro fourrées de crème épaisse à la coco.

— Mon camion vient juste de partir.

— Avec l'acteur beau gosse ? intervint Janelle, curieuse.

— Oui, dis-je parce qu'il n'y avait aucune raison de ne pas répondre aux questions, même si j'étais resté discret sur notre relation.

— C'est parti pour l'ambulance, dit-elle en me souriant affectueusement.

Sa réponse, plus que n'importe quoi d'autre, me rassura sur Brandon. S'il était en danger, quel qu'il soit, elle n'aurait jamais même posé la question.

— Donc, on va à l'hôpital pour le fun en fait ? demandai-je, sarcastique.

Elle acquiesça.

— Ouais. Et en plus, comme il est mineur, je veux être absolument certain qu'il va bien.

— Mais tu penses qu'il va bien.

— Oui. Combien de temps est-ce que tu crois lui avoir administré les premiers secours ?

— J'ai eu l'impression que ça avait duré une éternité.

— Non, je me doute, mais ça devait faire peut-être une minute ou deux, trois au maximum.

— Oui, je pense.

— Il a eu beaucoup de chance que tu sois là.

Je ne pouvais pas dire le contraire.

— C'est le destin.

J'y croyais aussi.

— Vous devez tous enlever vos vêtements mouillés, dit Lockley, en nous désignant Brandon, Ryder et moi. En attendant, nous avons des couvertures dans le camion pour vous réchauffer.

J'espérai avoir de la chance jusqu'à notre arrivée à l'hôpital. Sauver le fils de Mitchell Thayer était une bénédiction, voir l'homme lui-même beaucoup moins. Je lâchai un grognement en m'installant dans l'ambulance.

— Je trouve que c'est romantique, commenta Janelle, sachant exactement quel était mon problème.

— Tu es dingue.

— On me l'a déjà dit.

Elle me sourit.

C'était la journée la plus bizarre que j'aie jamais vécue.

DANS L'AMBULANCE, je veillai à ce que Ryder enfile un tee-shirt, des chaussettes et ses Nike. L'inquiétude que je ressentais se transforma en effroi total en voyant son sweat à capuche des Green Bay Packers [5].

Alors que Janelle s'occupait de Brandon, je me tournai vers Ryder.

— Alors mon grand, où sont tes parents ?

— Ma mère est à la maison et…

— Notre mère est à Carmel, où on vit la moitié de l'année, interrompit Brandon, attrapant ma main.

Je pris la sienne et la serrai gentiment.

— Et papa est en train de visiter un nouvel endroit où il va travailler.

Merde.

— J'ai demandé à Esposito de l'appeler, me dit Janelle. Je suis sûre qu'il va nous rejoindre à l'hôpital ou qu'il arrivera le plus vite possible après. Si Mitch ne décroche pas son téléphone, je demanderai à Esposito d'aller à la scierie pour lui parler.

— Eric était censé nous surveiller, mais il est allé au magasin, ajouta Brandon.

J'avais déjà entendu parler de ça, en effet.

Ryder hocha la tête.

— Il nous a dit de rester hors de la piscine tant qu'il n'était pas là.

Brandon lâcha un bruit de pur dégoût, typique d'un petit garçon.

— Il allait probablement nous préparer quelque chose d'immonde et il n'y aurait eu que papa et lui pour en manger.

— Ah bon ? Eric n'est pas un bon cuisinier ? demandai-je, désireux d'entendre parler des échecs du nouvel homme de la vie de mon ex.

C'était sûrement un peu mesquin, mais je m'en fichais.

— Tout ce qu'il fait est dégoûtant, m'assura Brandon.

Ryder fit semblant de vomir en signe de soutien.

— Je comprends. Pour ma part, je suis plutôt du genre à aimer les hamburgers avec du fromage.

Brandon gémit doucement.

— J'adore les hamburgers avec du fromage.

— Et bien, peut-être qu'après ça, votre père ira vous chercher des pizzas.

5 Equipe de football américain du Wisconsin.

Deux paires d'yeux s'illuminèrent à cette idée.

— Mais tu vas devoir passer tous les examens médicaux, dis-je à Brandon. Histoire d'être sûr que ton cerveau fonctionne normalement.

— Tu pourrais aller chercher une pizza.

— Je pourrais, mais je n'ai pas de vêtements secs.

— Désolé, me dit-il en serrant de nouveau ma main.

— Ce n'est pas grave. Qu'est-ce que c'est que des fringues humides entre deux amis ?

Il rit, tout comme Ryder, qui se pelotonna plus près de moi.

— Tu vas encore être trempé, le mis-je en garde.

— Ça ne me dérange pas, admit-il, avec un large sourire.

— Ahhhhh, ronronna Janelle.

Il fallait vraiment que je prenne la fuite.

LES TRENTE minutes suivantes, je restai assis aux urgences avec Ryder sur mes genoux, je discutai avec une infirmière, puis une autre, puis avec le Dr. Krause et un autre médecin. Je descendis en radiologie avec Brandon, parce que Ryder expliqua que son frère s'était cogné la tête contre le plongeoir. Une fois revenu, je fis une déclaration à Esposito, me séchai les cheveux avec une des cinq serviettes que le Dr. Krause m'apporta gentiment. J'étais toujours assis là quand les rideaux s'ouvrirent brutalement, cédant le passage au seul et unique Mitch Thayer.

En le voyant pour la première fois depuis dix-sept ans, ma première pensée fut que j'avais oublié à quel point ses yeux étaient bleus. Ils étaient brillants et magnifiques, de la couleur exacte d'un ciel d'été. Heureusement que j'étais assis, parce que vu la manière dont le tremblement se propageait dans mon corps, j'étais sûr que mes genoux auraient cédé. Ce qui m'agaça tout de suite. Pourquoi est-ce que je réagissais ainsi ?

— Oh, Bran, lâcha-t-il, soulagé.

Il se précipita vers son fils, attrapant la main qui n'était pas dans la mienne et la serra très fort.

Les yeux de Brandon s'emplirent rapidement de larmes et il me lâcha pour pouvoir s'agripper à son père. Ryder descendit de mes genoux, courut de l'autre côté du lit et se jeta sur Mitch, qui le serra contre lui de son bras libre.

Je me levai pour partir et me retrouvai face au Dr. Krause.

— M. Wylie ?

Il paraissait perplexe à en juger par ses sourcils froncés et ses lèvres pincées.

— Son père est là maintenant, expliquai-je, déposant la serviette humide sur la chaise que je venais de quitter.

— Oh, d'accord.

Il continua de me sourire, comme s'il attendait quelque chose, comme s'il y avait plus.

— Je ne vais pas rester.

Je ne comprenais pas du tout pourquoi il essayait de m'inclure, alors que, visiblement, je ne faisais pas partie de la famille.

— Je ne veux pas m'imposer.

— Comment pourriez-vous vous imposer ? Vous avez sauvé la vie de cet enfant.

— Oui, mais…

— Non ! s'écria une petite voix aigüe.

Surpris, je vis Ryder contourner le médecin pour me serrer le bras à deux mains, et s'y accrocher de toutes ses forces.

— Je suis d'accord avec ce *non*.

Au son de sa voix que je connaissais aussi bien que la mienne, je levai les yeux et observai le beau visage de Mitch, les petites rides aux coins des yeux qui accentuaient seulement son allure. Rien n'avait disparu ou perdu en intensité, il avait seulement gagné du charme. C'était toujours un homme splendide et je sentis une première douleur dans ma poitrine.

— Ne t'en vas pas maintenant, dit-il d'une voix rauque. S'il te plaît.

La bouche sèche, je fis difficilement rentrer de l'air dans mes poumons. J'essayai de me rappeler que j'avais fait la guerre et que cette situation ne pouvait pas être plus effrayante que ça. Mais mon estomac refusait de me croire, il sautait et se tordait dans tous les sens.

Hochant la tête, je me forçai à sourire, pris la main de Ryder et restai debout tandis que le Dr. Krause informait mon premier amour de l'état de santé de son fils.

Je le trouvais beau quand il avait dix-huit ans, mais ses trente-cinq ans lui allaient bien, et je me surpris à fixer son profil pendant qu'il écoutait le médecin avec attention.

Par moments, il arpentait la salle, sans effort, avec fluidité, et j'étais hypnotisé par de petites choses, comme le col de son tee-shirt qui caressait sa nuque bronzée, les veines de ses avant-bras musclés, et ses mains qu'il ouvrait et fermait, encore et encore.

La dernière fois que je l'avais vu, il était jeune, tout comme moi. Il n'avait pas encore acquis ces larges épaules que je remarquais aujourd'hui, ce torse sculpté ou ces longues jambes musclées. Ce qu'il restait de sa jeunesse, c'étaient ses magnifiques yeux bleu azur. Des yeux que je scrutai tout en admirant son visage anguleux. Des détails qui me revenaient dans mes rêves me submergèrent.

— Tu as sauvé mon fils, dit-il en baissant les yeux de quelques centimètres pour me faire face.

Il inspira profondément tout en étudiant mon visage.

— Je...

C'était même difficile de respirer.

— Ryder m'a trouvé, c'était juste du hasard.

Il secoua la tête et je l'entendis inspirer profondément.

— Non. Le hasard n'existe pas.

Je ne pouvais pas continuer à le regarder dans les yeux, alors je me concentrai sur son menton. Sa barbe dorée de trois jours était très sexy et je ne pus m'empêcher d'admirer les traits de cet homme ; l'angle dur, ciselé de sa mâchoire, ses petites pattes d'oie et la colonne vulnérable de sa gorge.

— Tu l'as sauvé et tout ce qu'il a, c'est une grosse bosse derrière la tête.

Je hochai la tête, levai les yeux vers lui, certain que ce serait la seule et unique fois où je pourrais l'observer de près. Parce que mon idée, c'était de ne plus jamais me trouver dans la même pièce que lui.

S'il te plaît mon Dieu, pas encore. Je ne pouvais pas m'impliquer avec lui. Cela me briserait une deuxième fois.

— Je voulais venir te voir mais... je ne savais pas quoi dire.

Fixer tout ce bleu me rendait muet.

J'avais su, dès l'instant où il était entré dans la classe, pendant ma deuxième année de lycée, que j'avais envie de lui. Il avait jeté un œil vers le fond de la salle, dans ma direction, et j'avais admiré sa perfection de surfeur bronzé. Il avait croisé mon regard et, à partir de cet instant, ne jamais le quitter des yeux avait été l'une des plus grandes joies de ma vie, pendant plus de trois ans.

— Hagen, je...

— Mitchel !

Un homme apparut subitement entre nous et passa les bras autour de mon ex. Il était jeune, plus proche des vingt ans que des trente-cinq de Mitch. Je penchai pour vingt-deux, vingt-quatre ans. Il était entièrement musclé, rasé, bronzé, sculpté par la gym à la perfection. Je reculai d'un pas, puis deux, puis cinq, et je le vis serrer Mitch avec effusion contre lui alors même que ce dernier continuait de me fixer.

— Attends, ordonna-t-il, les mains sur le torse de l'homme qui était collé aussi intimement contre lui. Ce n'est pas ce que tu crois.

Mais c'était le cas. Je savais qui j'étais en train de regarder. Ryder me l'avait déjà dit. C'était le Eric qui avait dit aux garçons de rester hors de la piscine et qui était parti faire des courses. Je n'étais pas stupide.

— Pas de soucis, le rassurai-je, en me penchant de côté pour faire signe à Brandon. Je reviendrai te voir plus tard, champion. Reste en dehors de la piscine jusqu'à ce que tu ailles mieux.

— Tu t'en vas ?

— Ton père est là maintenant, lui rappelai-je. Sois gentil.

Brandon ouvrit la bouche, mais je pivotai et m'éloignai, atteignant le milieu du hall avant de me rendre compte que dans ma hâte de partir, j'agrippai toujours la main de Ryder. Il m'avait suivi sans poser de questions, et il me souriait avec indulgence, attendant l'action géniale suivante que j'allais mettre en oeuvre.

— Bordel de merde, grommelai-je à voix basse, en m'immobilisant.

— Je crois que ça fait deux pièces d'un coup pour la boîte à jurons, m'informa-t-il. Ma mère ferait une attaque si elle m'entendait dire quelque chose comme ça.

— Une attaque ?

Il hocha la tête avec enthousiasme.

Je soupirai.

— Je pense aussi.

Il me posa une main sur l'épaule.

— On devrait aller déjeuner après ça. Je meurs de faim.

C'était tellement drôle, tellement décalé, énoncé comme s'il avait trente-six ans au lieu de six, très sophistiqué.

— Vraiment ? Tu crois qu'on devrait faire ça ?

— Ouais. Et si c'est toi qui parles à Papa d'aller manger des pizzas, il nous y emmènera probablement.

— Ah oui ?

Il éclata de rire.

— Je suis sûr que si tu lui demandes, il vous emmènera, pas vrai ?

Lent hochement de tête.

— Mais j'ai pas envie d'y aller sans toi.

68

— Écoute, je…

— Hello.

Je tournai la tête et me trouvai nez-à-nez avec Eric.

Il me lançait des regards noirs.

Je restai silencieux.

Rapide raclement de gorge avant de croiser les bras.

— Je suis la nounou.

Je plissai les yeux.

— En fait, laisse-moi préciser, cracha-t-il, visiblement en colère. J'*étais* la nounou. Maintenant, je suis renvoyé à Portland.

Je n'étais pas sûr de savoir quoi répondre. S'attendait-il à des excuses de ma part pour avoir fait son boulot ?

— Non pas que ça me mette en colère, ajouta-t-il à toute vitesse. Ces enfants me rendaient dingue.

— Tu t'en vas vraiment ? demanda Ryder joyeusement.

— Oui, répondit Eric comme si c'était lui qui était en primaire, et non le petit garçon.

— Super ! exulta Ryder, en s'éloignant de moi pour applaudir.

Le regard d'Eric était glacial.

Ryder le fixa d'un air profondément dédaigneux.

— Je te l'avais dit, c'est mon père, pas le tien.

J'observai Ryder, parce qu'il n'y avait pas moyen que ces paroles viennent de lui.

Il se mordit la lèvre, comme s'il savait qu'il avait été particulièrement effronté et qu'il avait peut-être été un peu trop loin.

— C'est ce que tante Jessie m'a dit de dire.

Eric lâcha un soupir exaspéré, puis tourna les talons et partit.

— Tante Jessie ? dis-je, incapable de retenir un sourire.

Celui que Ryder me renvoya était juste aussi diabolique.

— Ouais.

— Ça lui ressemble bien.

Son petit visage s'illumina.

— Tu connais ma tante Jessie ?

— Oui. Je la connais très bien.

Large sourire, maintenant.

— Elle va venir nous voir la semaine prochaine.

C'était une bonne nouvelle. J'avais toujours été très proche de la petite sœur de Mitch. Elle m'avait manqué quand elle était partie à la fac.

69

— Qu'est-ce qu'elle fait maintenant ?

— Elle est soliste au Théâtre du Ballet.

L'ensemble de la réponse semblait avoir été soigneusement répétée.

— Tu t'es entraîné à le dire ?

Il hocha rapidement la tête et c'était tellement mignon que je me surpris à le prendre dans mes bras à nouveau et à le serrer fort contre moi, avant de me souvenir que j'étais toujours trempé après mon passage dans la piscine.

— Désolé, m'excusai-je.

— J'aime bien ça.

Il poussa un gros et long soupir. Il posa la tête sur mon épaule et il se laissa aller de tout son poids en passant ses bras autour de mon cou. Quelques secondes plus tard, Mitch s'approcha, les mains dans les poches de son jean. Il se mordait la lèvre inférieure exactement comme son fils. Il me jaugeait avec prudence.

— La nounou ? le taquinai-je.

Un sourire soulagé fit lentement son apparition, retroussant ses lèvres, et allumant une petite lueur scintillante dans les profondeurs bleutées de ses yeux. J'avais toujours adoré voir leur couleur s'éclairer de joie ou s'assombrir de tristesse.

— Je t'avais dit que ce que tu croyais, dit-il, bougon.

Je lui renvoyai son regard.

— Il est trop jeune pour moi, dit-il en riant.

— Tu es une grande star de la NFL, lui rappelai-je.

— C'était il y a très longtemps.

Il soupira et me caressa la joue du bout des doigts, son pouce glissant le long de mon sourcil, mais seulement pendant une fraction de seconde. Il écarta sa main comme s'il s'était brûlé.

— Désolé, c'était… trop intime. Excuse-moi.

Je hochai la tête.

— Ça faisait longtemps.

— Oui.

— Je veux juste que tu saches : ton visage m'a vraiment manqué.

Mon estomac se tordit alors que je serrai une dernière fois la main de Ryder et que je me levais pour faire face à son père.

— Il faut que j'y aille.

Ryder remit sa main dans la mienne.

— Mais tu vas venir manger avec nous.

— Vraiment ? demanda Mitch d'un ton rêveur.

— Non, j'ai déjà déjeuné, dis-je au petit garçon en ignorant son père. Je dois rentrer à la maison, prendre une douche et changer de vêtements. Tu devrais prendre une douche toi aussi. Le chlore sent mauvais.

Ryder acquiesça.

— OK, je vais prendre une douche. Est-ce que tu viendras après ?

— Non. Je dois aller faire le tour de mes chantiers aujourd'hui.

— Tu travailles où ?

Je jetai un œil à Mitch.

— Tu m'aides un peu ?

— Mais moi aussi je veux savoir tout ça, dit-il fermement, d'une voix basse et enrouée, qui fit battre mon cœur un peu plus fort.

— Oh ?

Il arbora immédiatement une mine renfrognée.

— Qu'est-ce que c'est censé vouloir dire ?

— Tu es rentré depuis combien de temps ?

— J'étais en train de me motiver, gronda Mitch. Te parler… ce n'est pas si facile.

— Je vois, dis-je, la voix rauque, presque étranglée.

Je lâchai la main de Ryder et poussai ce dernier vers Mitch.

— Je te verrai plus tard mon grand, d'accord ?

— Quand ?

— J'appellerai ton père, et peut-être que vous pourrez venir voir la maison dans les arbres que j'ai construite pour ma mère. Elle a une pièce avec un plafond de verre, pour pouvoir regarder les étoiles toute la nuit.

— C'est vrai ? Est-ce que je pourrai y dormir ?

C'est à ce moment-là que je réalisai que j'étais en train de divaguer, et je me demandai pourquoi. Pourquoi parlai-je de ma maison alors que Mitch était juste à côté ? À moins que je ne veuille faire savoir à Mitch que j'avais réalisé un rêve de petit garçon.

— Tu peux demander à ton père, lui dis-je et j'eus envie de mourir sur-le-champ.

Seigneur, est-ce que je pouvais arrêter de parler, merde ?

— Est-ce qu'on pourra tous venir dormir ? demanda Mitch.

J'arrêtai de respirer. Ce n'était pas subtil et, au secours, j'avais envie de m'enfuir. J'aurais dû assister à des conférences sur comment passer pour un abruti auprès de son ex.

— Est-ce que tu as perdu…

— Il faut que je te parle, insista-t-il. Bientôt.

Il se rapprocha de moi, trop près, déglutissant avec difficulté, son regard rivé au mien.

J'ouvris la bouche pour répondre, mais il prit la main de Ryder, ajouta qu'il m'appellerait, et retourna dans le box de Brandon. Il ne regarda pas en arrière contrairement à Ryder, qui agita la main.

Autour de moi, je vis quatre infirmières penchées sur le comptoir, qui me souriaient.

— Vous n'avez pas des patients à voir ?

— Toi et Mitch Thayer, hein Hage ?

— La ferme, dis-je à Melinda Graves, la femme de mon ami Sean.

Elle soupira bruyamment.

Je sortis en vitesse, descendis les escaliers de l'entrée au moment où mon pick up se garait à côté de moi.

— Salut beau gosse, tu veux que je te prenne ?

Ash avait l'air vraiment décalé en conduisant mon bébé, presque incongru. Il y avait des choses qui n'arrivaient pas naturellement, et l'une d'elles, c'était d'être un acteur millionnaire conduisant mon pick up délabré.

— Il ne faut plus jamais que tu conduises mon pick up.

— C'est comme ça que tu me remercies d'être venu jusqu'ici te chercher ?

Mon éducation reprit le dessus.

— Merci d'être venu, dis-je, machinalement.

— Ce sera pour plus tard, m'expliqua-t-il en souriant. Et quand je propose de te prendre, je veux parler de…

— Sérieusement ? Tu fais des blagues de cul ?

— Oui, me taquina-t-il. Je n'ai jamais vraiment mûri au-delà de douze ans.

Il était drôle et charmant, mais j'étais contrarié, et à cran comme jamais je ne l'avais été avant de parler avec Mitch Thayer. Mais cela n'avait aucun sens. J'étais un adulte. Je l'avais laissé dans mes rêves d'enfant il y a bien longtemps. Mais alors, pourquoi est-ce que j'agissais comme un cas désespéré devant lui ? Pourquoi est-ce que je me sentais aussi mal que le jour où il m'avait quitté, il y avait un million d'années ?

— Hage ?

Mais c'était un peu comme quand on écoutait une chanson ou qu'on sentait une odeur et qu'on était instantanément transporté des années en arrière. Pour moi, c'était encore pire parce que s'il y avait une personne

72

au monde qui était capable de restaurer la normalité dans ma vie, c'était lui. Ma foi en Mitch, en ce qu'il était, qui me connaissait comme seul un amoureux le pouvait, n'avait pas changé. Si seulement mon cœur pouvait être autant en sécurité avec lui que le reste de ma personne.

— Hagen ?

Mais c'était dingue. C'était trop de pression à mettre sur les épaules de n'importe qui, et en plus… S'il avait eu envie de me voir, il serait venu me chercher à la seconde où il était arrivé en ville. Et puis, dix-sept années s'étaient écoulées entretemps. Quelque part, je l'avais idéalisé, après tout ce temps, sans même m'en rendre compte. Maintenant, l'idée d'être avec Mitch, de le laisser revenir dans ma vie, était bien plus que dangereuse. Je ne voulais plus être brisé. J'avais refait ma vie. Je refusais de me laisser broyer à nouveau juste parce que j'avais un faible pour un homme avec des yeux bleus à tomber, un sourire à se damner et un corps que je connaissais presque aussi bien que le mien.

Non. Plus jamais.

Non pas qu'il ait envie de moi. J'espérais probablement quelque chose qui n'existait pas de toute façon.

Toute cette histoire était en train de me retourner le cerveau et il fallait que je descende de mon manège doré avant qu'il n'explose avec des « si ». Je devais faire quelque chose pour l'homme qui se tenait devant moi et pas pour celui qui hantait mes rêves.

Lui faisant face, je lâchai un rapide soupir.

— Tu sais quoi, j'en ai marre. Allons chercher ta voiture et tu pourras me ramener chez toi.

— Donc, tu as fini de travailler pour aujourd'hui ?

— Oui, je pense que c'est bon.

— Un peu d'alcool ?

— Seigneur, oui. Beaucoup.

— Et un dîner maison ?

— S'il te plaît.

— Monte dans la voiture, Hage.

Pour une fois, je fis exactement ce qu'on me demandait.

V

IL ME ramena à la maison. Je pris une douche tandis qu'Ash passait encore des coups de fil, me jurant qu'après, ce serait fini pour la journée.

— Pourquoi ne puis-je pas venir là-dedans avec toi ? demanda-t-il pour la deuxième fois.

— Je croyais que tu voulais me ramener chez toi.

Il soupira. J'éclatai de rire, alors il ouvrit la porte de la douche pour m'observer. Il fronça encore les sourcils un moment, puis son expression s'évanouit et il me reluqua avec insistance.

— Tu es magnifique quand tu es tout mouillé.

Je lui souris et vis sa mâchoire se contracter.

— Honnêtement, si tu te casses quelque chose, tu ne seras pas aussi sexy.

Je m'ébrouai avant de fermer la porte devant lui.

— Tu ne devrais pas !

Après avoir arrêté l'eau, j'attrapai une serviette posée en haut de la cabine de douche et me séchai.

— Tu as des yeux en amande, c'est comme si tu les plissais tout le temps.

Je l'ignorai et partis à la chasse aux vêtements propres.

— Tu n'es jamais impeccablement rasé, tu as ces petites lignes ridicules aux coins de la bouche quand tu souris, et tu es…

— Tu n'aimes plus mon visage maintenant ? criai-je depuis mon petit dressing.

— Je l'adore, il me rend fou, me rassura-t-il, déboulant à grandes enjambées dans la pièce.

Il se rapprocha pendant que j'enfilais des sous-vêtements et un jean. Je me tournai vers lui au bout d'un moment et il prit mon visage dans sa main.

— Je suis dingue de toi, depuis ta tignasse jusqu'à tes pieds constellés de veines.

— Tignasse ?

Je me sentis offensé.

Il se jeta sur moi et m'embrassa passionnément avec une espèce d'urgence. Il promenait les mains partout sur mon corps, surtout près de ma braguette.

C'était excitant et je me laissai faire jusqu'à ce que je me rende compte que les étagères du placard étaient dans mon dos et qu'il était entre moi et la porte. Je n'avais plus de place pour manoeuvrer et aucune voie de secours pour m'échapper.

Mon besoin de m'enfuir fut instinctif et pendant un moment – juste une seconde éphémère –, une étincelle de panique s'alluma brutalement. Elle arriva si soudainement, et se répandit si vite, que j'en tremblais. Pourtant, cela faisait des années qu'elle n'avait pas été un problème majeur.

— Lâche-moi.

J'entendais ma voix, rocailleuse, qui se brisa légèrement sous le coup de la panique. J'arrivais à peine à respirer.

— Pas moyen, me taquina-t-il en me repoussant pour s'appuyer sur moi et m'immobiliser. Tu trembles, murmura-t-il, comme si c'était une bonne chose.

L'air se figea dans mes poumons, un frisson coula le long de ma colonne vertébrale et mon cœur commença à tambouriner dans ma poitrine. Je tremblai de panique alors qu'en même temps, j'étais rouge d'excitation. Il m'écarta les jambes du genou et il se rapprocha encore, me poussant en arrière pour essayer d'ouvrir mon jean.

Là, je ne pouvais plus.

Je le repoussai fermement, lui faisant perdre l'équilibre, et sortis rapidement de l'espace confiné dans lequel nous étions.

— Qu'est-ce que tu…

Il ne put finir sa tirade outragée, cependant, parce que je pivotai et l'agrippai pour l'embrasser à en perdre haleine pour cacher ma panique.

— C'était quoi ça, bon sang ?

Il haletait au moment où je le relâchai.

Je haussai un sourcil.

— Je t'ai dit que j'étais claustrophobe.

J'avais la voix rauque et j'espérais qu'il ne se rendrait pas compte que j'étais essoufflé, non pas à cause de l'étreinte vigoureuse que nous avions échangée mais à cause de ce qu'il venait de se passer.

— Tu es dans une pièce immense, s'indigna Ash.

Je haussai les épaules :

— Maintenant, oui.

Il me dévisagea pendant que j'attrapais un tee-shirt Henley et que je l'enfilais avant de me ruer de nouveau dans la salle de bain pour mettre du gel dans mes cheveux. Je fus surpris de le voir dans l'embrasure, adossé au chambranle de la porte.

— Quoi ?

— Est-ce que ça va aussi te faire hyperventiler ?

— Je n'étais pas…

— Ce n'était pas de la claustrophobie, m'informa-t-il, se déplaçant dans la salle de bain lentement, m'observant. Tu avais peur.

Je me moquai de lui, même si c'était la vérité.

— C'est ça, parce qu'on était dans une petite pièce, ajoutai-je, espérant qu'il allait laisser tomber.

Il semblait déconcerté.

— Alors tu n'y vas jamais ?

— Pas avec quelqu'un qui me bloque la sortie, dis-je nonchalamment. Est-ce qu'on pourrait arrêter de parler de ça maintenant ?

— Je pense… j'ai connu d'autres personnes qui étaient claustrophobes, et ça ne se manifestait pas comme ça, dit-il sur un ton neutre, son inquiétude à peine masquée derrière l'intonation délicate.

— Ah, vraiment ? je l'appâtai, furieux contre moi de l'avoir laissé voir ma panique.

Et plus encore parce qu'il allait maintenant me traiter comme si j'avais un problème.

— Cela ne se manifeste jamais comme ça ? C'est ton opinion de professionnel ?

Il leva la main.

— Ne sois pas sur la défensive et…

— Non, non, poursuivis-je en croisant les bras, le regard dur. Je t'en prie, dis-moi, je suis sûr que ça m'aiderait de bénéficier de tes nombreuses années d'expérience dans le domaine.

— Juste…

— J'adorerais entendre ton analyse de ce que tu as cru voir, puisque visiblement je ne suis pas du tout claustrophobe.

— Hagen…

— Non, vas-y, je suis certain que tout le monde sur cette planète a exactement les mêmes symptômes de claustrophobie et qu'ils se manifestent de la même manière, et puisque tu es un psychologue en plus, peut-être que tu pourrais me faire une ordonnance pour des médicaments qui me soigneraient tout de suite puisqu'apparemment je...

— OK, hurla-t-il, se jetant sur moi. Tu es contrarié, j'ai compris.

— Quoi ? Contrarié ?

Il leva les mains.

— Tu pourrais s'il te plait...

— Ne fais pas comme si tu me connaissais mieux que moi, je ne le fais pas pour toi.

— Bien sûr que si ! gronda-t-il, debout à côté de moi, adossé sur le comptoir, les mains de part et d'autre. Tu es toujours en train de me dire que je ne m'intéresse pas à toi, alors que c'est faux. Ou que je ne suis pas sérieux en ce qui nous concerne quand je le suis vraiment.

C'était vrai que je faisais ça. Je le faisais tout le temps.

— Et je sais que j'ai merdé avec cette clé, poursuivit-il, mais...

— Non, dis-je fermement. On arrête avec ça. Je comprends ce qu'il s'est passé.

Il eut l'air surpris.

— Quoi ?

— Rien. Je... tu me crois ?

Et en voyant son air touché, je changeais d'avis sur le sujet. Car cela voulait vraiment dire quelque chose pour lui que je le croie et je me sentis ému que ce soit le cas.

— Oui.

Il eut un sourire hésitant.

— Je suis très heureux de l'entendre.

Debout face à face, nous essayions tous les deux de nous déchiffrer mutuellement.

— Et aussi, j'ai fait changer les serrures.

— Oh ?

— Au cas où il y aurait eu des copies faites sans que je le sache. J'aurais bien pris des portes sans clés, mais il n'y a pas de société de surveillance qui contrôle les alarmes ou qui pourrait réinitialiser les serrures ou ouvrir la maison à distance.

Je ricanai.

— Le seul système d'alarme ici ce sont tes voisins.

— Oui, j'avais compris.

— Et tu n'en as pas, lui rappelai-je.

— Toi non plus.

— J'ai Mal et Preston. Ils habitent à l'angle de la rue.

— À t'entendre, on croirait que c'est juste à côté, mais en fait, ils seraient incapables de dire si tu es chez toi ou non, si tu as été agressé ou non, s'ils ne viennent pas jusqu'ici.

Je tournai la tête vers lui.

— Tu as raison.

Il posa la main sur son cœur et je ne pus m'empêcher de sourire parce que je fus immédiatement soulagé. Il était en train de laisser tomber ses questions sur l'origine de ma panique, et mon Dieu, je ne pouvais lui dire à quel point j'appréciais son geste. Je n'étais pas prêt à l'éloigner de ma vie et il me semblait que – s'il ne poussait pas trop sa chance – je n'aurais pas à le faire.

— Je veux dire, à propos de ça, en tous cas, le taquinai-je en souriant.

Il soupira, s'appuyant sur le comptoir pour me faire face, les deux mains sur mon cou, ses pouces caressant l'angle de ma mâchoire.

— Mais c'est tout, je ne veux pas que tu prennes la grosse tête.

— Dieu m'en préserve, murmura-t-il, continuant de me fixer.

Je fis la moue pour négocier un baiser, afin de nous ramener à la normalité.

Son éclat de rire m'amusa.

— Quoi ? dis-je innocemment.

— Dépêche-toi un peu, grommela-t-il, se penchant pour m'embrasser avant de me laisser passer et de retourner à la porte. Je veux te nourrir pour pouvoir coucher avec toi.

— Comme tu es romantique, dis-je en riant avec lui, en le taquinant, le calmant, pour retrouver notre équilibre.

Notre échange léger était le bienvenu.

Il se rua sur moi, mais je fus plus rapide et feintai sur la gauche, puis la droite, déjouant ses plans.

— Tu as le plus beau des sourires, tu le sais ça ? dit-il derrière moi tandis que nous revenions dans ma chambre.

Je lui souris.

— Est-ce que tu sais que tu as l'air diabolique ? Tu es terriblement décadent. Les gens se sont jetés sur toi toute ta vie.

— Peut-être pas autant, le repris-je. Je ne ressemble pas à l'incarnation de tous les fantasmes.

— À quoi ?

— Oh pitié. Tu es très beau et avec tes costumes à mille dollars, et toute ta perfection, je comprends mieux pourquoi les hommes essaient de plonger bite la première dans ton lit.

— Tu ne comprends rien du tout, m'assura-t-il, m'empoignant les cheveux d'une main, me tirant vers lui, pour un autre baiser.

J'aimais les étreintes vigoureuses, j'adorais ça, mais à cet instant, si proche de la panique aveuglante qui m'avait saisi, je préférai me libérer pour l'envoyer dans sa voiture. Je n'étais pas prêt pour une conversation à cœur ouvert avec lui. Je voulais simplement l'attirer hors de la maison.

Il rit, pensant visiblement que nous étions toujours en train de jouer, et fis ce que je lui avais demandé. Quand je rejoignis les voitures quelques minutes après lui, il avait l'air un peu perdu quand je montais avec lui.

— Quoi ?

— Je ne vois pas de sac.

— J'envoie bouler le taff aujourd'hui, mais ça veut dire que je vais devoir travailler demain.

— Non, insista-t-il en me montrant la maison. Va faire un sac.

— Je vais rentrer et rester ici, si tu ne laisses pas tomber, répondis-je sèchement, souhaitant décompresser avec lui, mais pas disposé à le laisser tout diriger.

J'avais des responsabilités et je ne laissais pas tomber les gens, ce n'était pas mon genre. C'était un principe qui m'avait été inculqué ça l'armée : mes actions affectaient les autres. C'était trop profondément enraciné en moi pour que je puisse l'ignorer.

Le silence retomba.

— Je veux que tu restes avec moi.

— Je resterai la nuit, mais il faudra que tu me ramènes tôt demain matin.

— Seigneur, ce que tu peux être chiant, grogna-t-il.

Il m'attira vers lui pour m'embrasser. Je ris quand il se repositionna sur son siège.

— Tu ne peux pas m'embrasser pour m'obliger à céder.

— Je te ramènerai lundi matin.

— Non. Demain matin ou je m'en vais.

Il gronda.

— Très bien. Mais si tu fais la grasse matinée, ce sera uniquement de ta faute.

— Ne t'en fais pas, ça n'arrivera pas.

— Ça ne va pas te tuer de faire ce que je te demande.

— Ça pourrait, le taquinai-je.

— Mets ta ceinture, bordel.

— Tu es terriblement autoritaire.

— La ferme ! jeta-t-il.

Je fis ce qu'il m'avait demandé et il dirigea la voiture vers le portail d'entrée, puis braqua pour pouvoir dévaler la montagne.

— Tu devrais faire attention aux cerfs, lui rappelai-je avant de fermer les yeux et de m'allonger, apaisé, relâchant les dernières bribes de panique.

— Le vent fait du bien, pas vrai ?

— Oui, murmurai-je, en ouvrant péniblement les yeux. J'aurais dû rester à la maison et aller me coucher.

La journée avait été sacrément intense, entre la construction des jeux des enfants le matin, la montée d'adrénaline en sauvant Brandon, le choc émotionnel en voyant Mitch, et enfin, la crise de panique inattendue.

— Pas encore.

Il sourit, passa la seconde, et lâcha le levier de vitesse pour poser la main sur ma cuisse.

— Hey, on met les deux mains sur le volant quand on conduit, dis-je en riant doucement.

Il tourna brutalement et posa sa main sur ma nuque.

— Oh, fis-je quand il se pencha par-dessus le frein à main.

— Ne fais pas le difficile, d'accord ? Laisse-toi faire.

C'était plus facile à dire qu'à faire, mais j'allais essayer.

— D'accord.

Il me regardait comme s'il souffrait.

— Merci, souffla-t-il, m'attirant vers lui.

Sa bouche fondit sur la mienne, sa langue s'insinua dedans.

Je ne sais pas combien de temps dura le baiser et j'avais un peu de sang sur le menton quand il se recula pour me dévisager.

— Désolé.

— De quoi ? demandai-je en me tapotant la lèvre du dos de la main.

— Je t'ai mordu.

Je haussai les épaules.

— Je m'en fiche.

— C'est juste que… parfois, j'ai envie de te dévorer.

Je souris.

— C'est un peu excitant, hein ?

— Je pense que c'est un peu flippant que tu sois capable de mettre au jour cet aspect de ma personnalité.

— Ça ne te fait pas ça avec Stone ? dis-je avant même d'avoir eu le temps de réfléchir.

Il se laissa retomber dans son siège.

— Je pensais qu'on en avait fini avec ça.

— C'est le cas, l'apaisai-je. Je suis désolé, c'est sorti comme ça. Pardonne-moi.

Il me regardait comme si j'étais un cobaye sous un microscope.

— S'il te plaît, laisse tomber.

— Je pourrais te dire la même chose.

— Je te le promets, c'est la dernière fois.

— Je t'ai vraiment blessé.

Je détournai le regard en direction du trottoir. Je m'étais senti blessé parce que j'avais été aveuglé, c'est tout, et pas pour une autre raison. Quand je savais à quoi m'attendre, j'allais toujours bien.

— Hagen ?

L'horodateur à l'extérieur eut soudain toute mon attention.

— Tu es plus attaché que tu ne le penses.

Dire des choses sans réfléchir, il n'y avait rien de pire. Cela donnait aux gens plus d'informations que prévu, et des choses qu'ils ne devraient jamais savoir.

— Dis-moi.

— Tu ne me réponds pas, murmurai-je, lui faisant face lentement. Et j'ai vraiment tourné la page. C'est juste sorti comme ça, et... c'était idiot.

Je détestais son regard empli de ce qui ressemblait à de la pitié, parce que cela lui donnait un pouvoir qu'il n'avait pas. Parce que c'était l'idée que nous puissions être quelque chose de plus que je pleurais, et pas ce que nous étions réellement l'un pour l'autre.

— Ce n'est pas stupide.

Mais ça l'était. J'étais un idiot et un crétin, et tout était de ma faute, pas de la sienne, parce qu'il ne m'avait fait aucune promesse, jamais. Depuis le début, nous batifolions, sans jamais être sérieux un seul instant, peu importe ce qu'il m'avait dit plus tôt dans la journée. Même l'achat du Bed and breakfast, que j'avais toujours trouvé un peu romantique, restait uniquement un investissement.

— Putain, lâchai-je à voix basse.

81

— Stop, dit-il doucement. Je te jure que j'arrive à entendre ton esprit tourner à plein régime.

— Ash…

— Écoute-moi un instant, d'accord ?

J'acquiesçai.

— Si tu ne veux rien faire, on ne fait rien. Si tu veux simplement t'allonger chez moi et regarder la télé, ça me va. C'est juste que j'ai pensé à toi non-stop pendant les deux dernières semaines et que je n'arrête pas de penser que j'ai merdé, même si à aucun moment la présence de Stone à la maison cette nuit – ou dans mon lit la première fois – n'était ma faute.

Ce n'était pas sa faute. Pas du tout. Je secouai la tête et fermai les yeux. J'aurais dû le savoir et j'aurais dû être capable de passer à autre chose, de ne pas le forcer à faire pénitence. Surtout pour quelque chose que je lui avais déjà pardonné, même si je n'avais pas besoin de le faire en premier lieu.

Ma tête me faisait mal. Mais pourquoi ? Pourquoi est-ce que cela me gênait de ne *pas* être en couple officiellement avec lui ? Pourquoi est-ce que cela me posait un problème *aujourd'hui* ? Pourquoi… maintenant… quelque chose avait changé, quelque chose d'important, quelque chose d'extérieur ….

…. bleu.

Bleu.

Tout ce bleu.

Azur.

Le bleu de ses yeux.

— Putain, grommelai-je, si énervé contre moi que je pouvais presque sentir le dégoût, à l'arrière de ma langue, comme du café amer.

— Hagen ?

Putaindebordeldemerde.

C'était dingue. Comment allais-je pouvoir lui expliquer cela ? Que voir Mitch Thayer me donnait envie d'avoir ce que j'avais autrefois, quelqu'un qui ne serait qu'à moi.

Nous étions allés chez lui, dans sa maison qui surplombait l'océan. Il avait tout juste dix-huit ans, prêt à partir pour la fac un mois plus tard, et moi j'avais dix-sept ans, redoutant son départ un peu plus chaque jour d'été qui s'écoulait. Ses parents étaient partis en vacances et nous étions seuls à passer du temps ensemble ce dimanche après-midi. Je n'attendais pas mes parents avant le dîner. Il m'avait embrassé à la seconde où nous avions passé la porte, me poussant brutalement contre la porte verrouillée, et il me ravagea la bouche. Je reculai pour l'attirer avec moi, prêt à le conduire dans sa chambre. Je savais que je l'aimais parce qu'à cet instant, avant la passion ou les regards lascifs, ses magnifiques yeux s'étaient assombris d'inquiétude.

— Tu ne dois pas te sentir obligé, m'assura-t-il. Ça ne changera… je veux dire, je sais qu'on l'a beaucoup fait, mais je crois que peut-être tu n'en as pas envie.

J'arrêtai de bouger pour étudier son visage.

Il se racla la gorge et enfonça profondément les mains dans ses poches.

— Enfin, je…merce…

Il fixa le sol en frottant la pointe en plastique de sa Converse, qui avait été blanche, un jour. Sa mère aimait passer l'aspirateur sur les épais tapis, alors il s'attaquait aux rangées visibles.

— Ce n'est pas comme ça, Hage.

— Pas comme quoi ?

Il leva les yeux pour me regarder.

— Mitch ?

— C'est juste que… même si on ne couchait plus ensemble jusqu'à ce que je m'en aille, ça ne changerait rien à mes sentiments. Je ne t'aimerai pas moins.

Je frissonnai. C'était dur de respirer quand il me regardait avec une telle d'intensité.

— Ce n'est pas comme si je pouvais arrêter.

— C'est bon à savoir.

Il a reporté le regard sur le tapis.

— Je pense à toi tout le temps et il faut que tu saches que même quand je ne serai plus là, ça ne changera rien. Je t'aimerai toujours autant.

— Moi aussi.

Il hocha la tête rapidement.

— Je ne veux juste pas que tu penses qu'il faut qu'on couche ensemble pour sceller quelque chose entre nous. Tout va bien.

Je me contentai de l'observer, fasciné par sa beauté, émerveillé par son cœur, captivé par toutes les choses qui composaient l'esprit, le corps et l'âme de Mitch Thayer.

— Wouah, dis-je.

Il redressa la tête, reportant toute son attention sur moi.

— Je suis content de savoir qu'on n'a plus besoin de faire quoi que ce soit.

Je soupirai, enlevai mon tee-shirt et le jetai par-dessus le canapé avant d'ouvrir mon jean, et de descendre la fermeture éclair pour révéler que je ne portais pas de sous-vêtement.

— Au moins maintenant, je n'ai plus à m'inquiéter de marcher nu en craignant de me faire attaquer ou… Mitch !

Il se jeta sur moi, promenant ses mains et sa bouche partout à la fois. Il recula en m'entraînant avec lui, finit par me porter, parce que nous déshabiller dans l'entrée prenait beaucoup trop de temps.

Quand il me déposa sur son lit, je lâchai un petit rire qui le fit jurer.

— Quoi ?

— Ne ris pas comme ça. Ça me fait bander.

— Pourquoi est-ce que c'est une mauvaise chose ?

— Je ne veux pas… il faut que je sois prudent.

Je redevins sérieux et silencieux.

— Je te l'ai déjà dit, je ne peux pas tomber enceinte.

Il grogna et j'éclatai de rire.

— Sois sérieux.

— Je vais essayer.

— Je suis juste… je m'inquiète.

— Tu ne devrais pas, je te l'ai dit un million de fois. J'ai envie que tu sois plus brutal, plus dur, et toi, tu ne veux pas. Alors si pour ça, je dois t'obliger à perdre le contrôle, je le ferai.

Il secoua la tête, mais j'attrapai son visage à deux mains pour l'immobiliser.

— Mitch ?

— Je suis plus fort que toi. Je pourrais te faire mal.

Il était plus fort. Je n'avais pas encore fait ma poussée de croissance et mon corps était encore mince et longiligne.

— Tu ne le feras jamais, dis-je, catégorique.

Je le lâchai et roulai sous lui pour m'installer face à l'oreiller, le dos arqué, le cul en l'air.

— Seigneur, Hage.

Sa voix était rauque.

— Prends-le lubrifiant, ordonnai-je, la voix éraillée et grave.

Il poussa un grognement rauque et se dépêcha de faire ce que je lui avais demandé. J'entendis le tiroir de la table de chevet grincer et le pop de l'ouverture du tube

— Et va plus vite cette fois. Je veux que tu… putain, grognai-je tandis qu'il glissait ses doigts lubrifiés dans mon anus, poussant pour enduire le passage, avant de les enlever rapidement.

Je serrai les poings sur les couvertures et inspirai son odeur à pleins poumons dans les draps et les coussins de son lit défait. Il poussa pour entrer en moi, toujours prudent, gentil, mais sans s'arrêter comme il le faisait d'habitude pour vérifier que j'allais bien. Il m'écoutait, me faisant confiance, il me croyait sur parole, et quand il fut entièrement en moi, je criai son nom.

— Je crois que je suis mort, gronda-t-il, la voix à peine plus forte qu'un murmure.

— Bouge maintenant, d'accord ?

Et il le fit, encore et encore, dans ce lit où nous créions presque de la magie ensemble. Plus tard, allongé à ses côtés, haletant, collant de sueur, de sperme et de lubrifiant, je me tournai vers lui.

— Je t'aime infiniment.

— Je t'aime aussi infiniment, répondit-il, souriant, content de lui, de ses prouesses en tant qu'amant, et de ce que son corps pouvait faire. Je t'appartiens Hage, juste à toi.

Je le savais. Et même si les choses allaient changer plus tard, à cet instant, et pendant très longtemps par la suite, Mitch n'aimerait que moi. Je me souvenais à quoi cela ressemblait. J'arrivais à me souvenir de ce que cela faisait d'être l'unique détenteur du cœur de quelqu'un d'autre.

C'était ce que je voulais – ce dont j'avais besoin – à nouveau.

— Hagen ?

C'était il y a des centaines d'années, et j'avais été trop jeune pour comprendre que les gens ne restent jamais amoureux ainsi bien longtemps. Premier amour, jeune amour, c'était de la merde, mais parce que je n'avais jamais été amoureux, avant ou depuis… j'arrivais à me souvenir de ces sentiments comme si c'était hier.

J'étais parti à la guerre en m'accrochant à ce besoin que j'avais de lui. Je l'avais arboré comme une bannière chaque jour, jusqu'à qu'il soit totalement broyé, et donc, une part de moi – celle à laquelle je ne m'autorisais jamais, jamais à penser – assimilait Mitch à celui que j'avais

85

été. Celui que je crevais d'envie de redevenir. Quelqu'un capable de croire. Quelqu'un d'innocent.

L'homme qui avait aimé Mitch Thayer me manquait, parce qu'après l'Afghanistan, je ne l'avais plus jamais revu. Mais si Mitch pouvait revenir, il y avait peut-être une chance de revoir Hagen Wylie aussi. Ou du moins le Hagen qui croyait qu'être plaqué contre un mur ne signifiait pas une électrocution ou des coups de fouet ou des coups de poing, ou n'importe quelle autre forme de torture qui allait suivre.

— Hagen ? répéta Ash d'une voix stridente, effrayée.

Bordel de merde. Chaque fois que je pensais faire des progrès, je me rendais compte que j'avais seulement enterré des choses au fin fond de mon esprit encore plus longtemps.

— Tu étais où ?

— C'était une erreur, dis-je solennellement, en me sentant horrible. Je ne veux pas t'utiliser.

— M'utiliser ?

Hochant la tête, je me penchai vers la poignée de la portière. Le truc avec Stone m'avait rappelé que Ash n'était pas à moi, ce qui l'avait rendu dangereux, et m'avait mis sur les nerfs. Et maintenant, en remuant le passé de façon inopinée avec Mitch, je pouvais blesser Ash si je ne faisais pas attention, alors qu'il avait toujours été honnête avec moi.

— Je crois que je devrais juste rentrer à la maison et...

— Non, me coupa-t-il gentiment, en m'attrapant la main. Ne sors pas de la voiture. Dis-moi juste ce que je dois faire.

Je n'en avais aucune idée, parce que rien ne pouvait améliorer les choses.

— Hagen.

Il se rapprocha de moi, ses lèvres caressant les miennes, une fois, deux fois, avant de m'embrasser avec passion.

Je ne voulais pas penser, alors je lui rendis son baiser, lui montrant que je pouvais être tout aussi affamé que lui, le faisant finalement céder jusqu'à ce qu'il s'arrête, haletant. J'ouvris lentement les yeux.

— Est-ce que tu as la moindre idée des messages contradictoires que tu envoies en ce moment ?

— Oui, et je suis vraiment désolé.

— Hagen...

— Je devrais probablement rentrer à la maison, admis-je, lessivé. Je suis crevé.

Il secoua la tête, en soutenant mon regard en même temps.

— Tu me rends dingue, mais je pense savoir quel est le problème.

— Ah oui ?

— Hummm.

— Raconte-moi.

Il posa une main sur ma nuque et l'autre sur ma hanche, caressant mon entrejambe de ses longs doigts.

— Tu n'as plus envie d'être un plan cul. Tu t'en es rendu compte tout seul, et là, quand tu as vu ton ex aujourd'hui, ça t'a renforcé dans tes convictions.

Je me serais levé et je serais sorti de la voiture, pour mettre de la distance entre nous, s'il ne m'avait pas tenu dans ses bras. Au lieu de cela, j'arquai le dos contre le siège tandis qu'il serrait mon sexe, qui durcissait. Il avait un effet très primal sur moi, il l'avait toujours eu, et j'aurais tellement voulu me soumettre à sa volonté au lit parce que je voulais désespérément le sentir en moi. Je l'imaginais constamment en train de me prendre et j'aurais voulu être assez courageux pour lui demander ce dont j'avais réellement besoin.

— Ce genre de chose m'arrive aussi, confessa-t-il contre ma gorge, repoussant doucement mon menton pour que je sois obligé de pencher la tête en arrière. Voir quelqu'un ou un lieu va me faire penser à ce que je suis en train de rater.

— Ash, gémis-je tandis qu'il me mordillait la mâchoire, avant de l'embrasser. Tu ne sais absolument pas à quel point je suis bousillé.

Il n'existait aucun médicament miracle capable de soigner ce qui n'allait pas chez moi. Je le savais. Je savais aussi qu'un bon psychiatre serait nécessaire à l'avenir.

— Ai-je raison au sujet de ton ex ? Voir Mitch Thayer a clarifié les choses pour toi.

Oui et non.

— Tu as raison. Je ne veux plus être un plan cul et c'est tout ce que tu peux réellement m'offrir pour l'instant parce que tu ne vis pas ici et que tu es célèbre et que je…

— Écoute. Je veux que tu viennes chez moi, d'accord ? Laisse-moi juste prendre soin de toi.

— Je n'ai pas besoin qu'on s'occupe de moi, j'ai seulement besoin…

— De plus, conclut-il. Je sais et c'est ce que je veux te donner.

— Mais je n'ai pas envie de ça avec toi, dis-je avant même d'y avoir pensé.

Même s'il s'agissait de la vérité, c'était difficile à dire et, j'en étais certain, tout aussi difficile à entendre.

— Et si tu y réfléchis bien une seconde, tu te rendras compte que tu le sais déjà.

Il secoua la tête.

— Je suis désolé mais je ne crois pas que tu saches vraiment ce que tu veux.

Mais je le savais.

— Tu ne peux pas être ce dont j'ai besoin, Ash, et nous le savons tous les deux, nous ne sommes pas stupides. Nous pouvons toujours nous amuser, mais c'est tout.

— Hagen...

— Je devrais y aller, dis-je tristement, fatigué de me battre, non pas contre lui mais contre moi-même.

Il était temps de sortir de la voiture.

— Non, rétorqua-t-il, les mains sur mes hanches, refusant de bouger. Parce que j'ai l'impression que si je ne dis pas quelque chose maintenant, tu vas sortir de ma vie.

Je m'immobilisai et croisai son regard.

— Ce n'est pas vrai. J'ai l'intention d'être ton ami aussi longtemps que tu le voudras.

Il eut l'air surpris, cela se lisait sur son visage.

— Tu es sérieux ?

— Oui. Je me suis dit que peu importe ce qu'il se passait, nous resterions toujours amis.

— Vraiment ?

— Pas toi ? Si nous ne baisons pas, nous ne sommes plus rien l'un pour l'autre ? Sérieusement ?

Il recula de son côté de la voiture et me fixa.

— Quoi ?

Son sourire fut inattendu et il fit briller ses yeux.

— Donc nous sommes amis, même s'il se passe quelque chose à côté ?

— C'était l'idée.

Il soupira.

— Est-ce que tu vas bien ?

— Oui, répondit-il et je le vis se calmer progressivement, son affolement oublié. Je me sens beaucoup mieux.

En avisant son sourire paresseux, ses yeux pétillants et sa posture arrogante, je me sentis beaucoup mieux. La pression de devoir prendre une décision dans l'immédiat était retombée.

— Moi aussi.

— Donc, nous nous en tiendrons à notre plan. Je vais te nourrir et te soudoyer avec de l'alcool, et nous verrons ensuite quels autres problèmes nous pourrions nous créer.

Je fixai cet homme magnifique alors qu'il fermait les yeux un instant et respirait l'air frais et humide provenant de la mer.

— Je peux être ce que tu veux, tu sais, regarde un peu.

— Ce n'est pas un problème de « peux-tu » mais plutôt de « est-ce que tu veux que », et je ne veux pas être le mec qui va poser des ultimatums sur…

— Mais tu viens juste de dire que ce n'était pas comme ça. Si on ne peut pas être plus l'un pour l'autre, tu ne vas pas t'enfuir, tu seras toujours là, dans ma vie. Qu'est-ce que je peux vouloir de plus ?

C'était la vérité et je le pensais.

— Mais pour l'instant, ne tourne pas la page sur ce que nous pourrions être.

Le prenant par la main, je m'installai confortablement à nouveau et me calai dans le siège.

— Merci, murmura-t-il, serrant délicatement mes doigts avant de s'éloigner du bord de la route.

— De quoi est-ce que tu me remercies ?

— De prendre le risque.

VI

Nous avions dû passer au supermarché, parce qu'Ash devait récupérer quelques ingrédients dont il avait besoin pour le dîner, un truc provenant du mesquite [6]. Des fragments de bois, des morceaux de bois, je n'écoutais pas vraiment.

— Tu devrais prendre du propane, lui dis-je.

Il ouvrit la bouche, sous le choc. Son visage horrifié me fit rire.

— Je vais me contenter d'oublier qu'un tel sacrilège est sorti de ta bouche.

Il était toujours en train de marmonner en s'éloignant, m'ayant ordonné d'attraper des bâtonnets de cannelle, du cumin et des brochettes en bois. Apparemment, il était en train de préparer un chiche-kebab.

Au rayon des épices, j'entendis mon nom et j'eus juste le temps de me tourner avant d'être heurté de plein fouet par la vingtaine de kilos d'un petit garçon de six ans.

— Hagen, babilla-t-il, tirant sur mes bras jusqu'à ce que je m'agenouille pour lui dire bonjour.

Il était en train de s'installer tranquillement sur un de mes genoux quand Brandon et Mitch nous rejoignirent.

— Papa, regarde.

Ryder exultait.

— Je vois, répondit Mitch, de cette voix rauque, presque cassée. Tu n'as même pas besoin de lui téléphoner puisqu'il est ici.

— Téléphoner ? demandai-je sans réfléchir.

— Oui, il, euh… voulait t'appeler, expliqua Mitch, en passant la main dans ses cheveux blonds épais, qu'il avait transmis en différentes teintes à ses fils.

Aucun d'eux n'avait la couleur châtain de Mitch, ceux de Brandon étaient plutôt dorés et ceux de Ryder presque vénitiens.

— On voulait tous t'appeler, ajouta Brandon, en me souriant timidement. Je voulais te remercier moi-même pour ce que tu as fait.

6 Acacia provenant du Mexique.

Je posai la main sur sa joue un instant, avant de me relever.

— Il n'y a vraiment pas de quoi.

— Papa dit que vous étiez amis au lycée, dit Ryder, glissant sa main dans la mienne pour s'y accrocher.

— C'est vrai, mais c'était il y a une centaine d'années au moins. Ce qui est environ le temps que vous auriez dû passer aux urgences, dis-je à Mitch en me rapprochant. Comment tu as réussi à le faire sortir aussi vite ?

— C'est rapide deux heures ?

Il cligna des yeux.

— Très, confirmai-je. Ce sont les urgences après tout.

Son incrédulité était amusante.

— Je vais supposer que les anciennes superstars de la NFL n'ont pas à attendre comme nous autres.

Son sourire s'élargit.

— Encore une autre raison de sortir avec moi.

Je hochai la tête, sans le prendre au sérieux. Nous étions seulement en train de papoter.

Il se rapprocha de moi.

— Tu es libre pour le dîner ? Parce que j'adorerai que tu viennes [7] à la maison, dit-il en haletant, les yeux rivés sur ma bouche.

J'éclatai de rire.

— Que tu viennes manger à la maison, corrigea-t-il rapidement.

Sa manière de mimer le mot *merde*, le rouge aux joues, en secouant la tête, était adorable.

— En fait, j'ai d'autres projets, lui dis-je, en regardant les deux garçons. Mais peut-être que demain soir après le boulot, on pourrait aller dîner tôt puisque tu dois aller te coucher tôt.

— Pourquoi ? demanda Brandon.

— Parce qu'après-demain, c'est lundi, et que vous avez école.

Ils gémirent tous les deux.

— Ce n'est que l'école pas la prison !

— Non. Pas pour nous. On ne va pas commencer lundi avec tout le monde, bouda Brandon. Papa a des rendez-vous toute la journée à Portland, et il doit parler à des investisseurs de trucs.

— Donc, on doit aussi y aller, compléta Ryder, ronchon. On doit partir demain matin.

7 Double sens en anglais du mot *come* : « venir » et « jouir ».

91

Je croisai le regard de Mitch.

— Tu sais qu'il y a un bus, pas vrai ?

— Oui, je sais, mais ce n'est pas le problème.

Je compris à ce moment-là.

— Plus de nounou.

— Plus personne, oui. Il faut qu'il y ait quelqu'un à la maison quand ils rentreront.

— Je te parie qu'il y a un paquet de personnes qui voudraient…

— Mais les garçons ne les connaissent pas, me coupa-t-il. Et ce sont mes enfants, d'accord ? Ce ne sont pas des chats qu'on pourrait laisser seuls à vaquer à leurs occupations en leur lançant de la nourriture.

Je comprenais et je me souvenais en même temps de Gordo, le chien de Mitch. C'était un vieux clébard que Mitch avait trouvé dans la rue, issu d'un croisement étrange, qui lui donnait des touffes de poils sur ses oreilles dressées, comme un loup, et sur ses pattes, qui semblaient complètement en décalage avec son petit corps délicat. Quand Mitch avait été coincé à Seattle pour la nuit avec l'équipe de football et que ses parents étaient en déplacement à Los Angeles, un orage avait frappé Benson. Il avait effrayé le petit chien et l'avait fait fuir de chez lui, seul dans la nuit. Quand j'étais venu vérifier l'état de Gordo, et que je ne l'avais pas trouvé, j'avais passé la nuit, avec mon père, à chercher sous la pluie la créature agaçante qui avait rongé plus d'une de mes paires de baskets, quand je les laissais sur le sol chez Mitch.

— Comment ça se fait que ce chien soit dehors pour commencer ? m'avait demandé mon père alors que nous marchions dans les rues sous nos parapluies.

— Mme Thayer n'aime pas que le chien reste dans la maison, alors il a uniquement le droit de rentrer quand elle travaille, avais-je expliqué avant d'appeler à nouveau Gordo.

— Je ne comprends pas le concept d'enchaîner un animal à l'extérieur, j'irais lui parler quand ils rentreront de Seattle.

— Tu peux faire ça, papa.

Il avait grogné tandis que nous continuions à chercher Gordo.

— Où est-ce qu'il irait chercher Mitch ? m'avait-il demandé quelques minutes plus tard. Tu y as pensé ?

Soudain, je m'étais rappelé que nous étions allés ensemble sur le terrain de foot de l'école. Il était bien là, pelotonné sous les gradins. Quand je l'avais récupéré, il avait commencé à hurler. J'avais alors ouvert mon manteau pour enfouir le chien trempé et puant contre mon torse. Les pleurs et les gémissements s'étaient fait alors entendre.

— Il a besoin d'un bain, avait déclaré ma mère une fois que nous fûmes rentrés à la maison.

Je lui avais donné un bain et l'avais nourri avant de le mettre au lit. Quand Mitch était rentré trois jours plus tard, il était venu très tôt le samedi et nous avait trouvés tous les deux en train de dormir.

— C'est génial, avait-il soupiré, et j'avais entendu ses chaussures heurter le sol avant qu'il ne se glisse sous les couvertures avec moi, entièrement habillé, l'odeur de l'avion toujours présente. Mes deux hommes favoris au même endroit.

Je lui avais souri et il m'avait embrassé la joue avant de se pencher pour me serrer contre lui et faire une bise au chien.

— Je pense qu'il devrait vivre chez moi, lui avais-je dit. Et tu pourras nous rendre visite à tous les deux. Je te promets de prendre soin de lui, et puisque tu me vois tous les jours, tu pourras le voir aussi.

Il avait poussé un soupir de contentement.

— Je promets de bien m'en occuper.

— Je ne m'inquiéterai jamais à propos de ça, avait-il murmuré, en me faisant rouler sur le dos. J'ai toute confiance en toi avec toutes mes affaires.

Je savais que c'était le cas. Le chien était seulement la dernière chose d'une longue liste. Ses parents étaient riches et il me confiait des choses qu'il me faudrait des années pour lui remplacer, en cas de perte ou de casse. Cela rendait mes parents nerveux de me voir conduire sa voiture, porter ses montres, utiliser son ordinateur portable ou ses écouteurs, ou d'avoir ses blousons de sportif qui gisaient sur le dos d'une chaise dans ma chambre. Ils s'inquiétaient, ses parents s'inquiétaient, mais pas Mitch. Il était toujours sûr que le soin que je prenais de son cœur s'étendait à tout ce qui avait un lien avec lui.

Et plus tard, quand le vrai test eut lieu, que tous les journalistes venaient à Benson à chasser le scoop parce que Mitch était candidat pour le Heisman [8], et qu'ils me demandaient à brûle-pourpoint si Mitch était gay, et ce que nous avions été l'un pour l'autre au lycée… même quand il m'avait quitté et que j'avais vu toutes les filles… même là, en dépit de tout, je gardai ses secrets aussi bien que possible. Les albums de promo nous présentaient

8 Trophée Heisman : récompense remise au meilleur joueur universitaire de football américain.

seulement comme des amis, rien de plus, et même s'il avait été le Roi du Lycée, et que j'avais été présent, même s'il avait été Roi de la fête du lycée, et que j'avais été présent, rien n'indiquait que j'avais été son cavalier. Bien sûr, d'autres gens savaient qui j'étais et ce que je représentais pour lui, mais personne n'avait rien dit. Même ceux qui me haïssaient – comme Ellie Sawyer. Ils adoraient Mitch, donc ça s'équilibrait. Les journalistes repartirent sans une interview et je n'avais jamais eu reçu de remerciement de la part de l'homme que j'avais protégé.

Je ne l'avais jamais revu avant aujourd'hui.

— Hagen ?

Je toussai et me rendis compte que mon esprit avait divagué au milieu de la conversation.

— Désolé, je réfléchissais.

Il acquiesça.

— Et bien, j'étais justement en train de dire que j'allais devoir faire confiance à quelqu'un en ce qui concerne mes garçons, pas vrai ? Et il n'y a personne à Benson, pas encore.

Je n'avais pas d'enfants, mais je comprenais son inquiétude. J'étais très protecteur envers les enfants de Gail, et par le passé, j'avais proposé plusieurs fois de m'en occuper. Notamment les fois où Toby et elle auraient été contraints de les laisser à des voisins ou à des gens qu'ils ne connaissaient pas très bien.

Un *ils me connaissent* m'échappa.

— Quoi ?

— Tes enfants me connaissent, répétai-je, avec plus d'assurance la deuxième fois. Je peux les surveiller. Je peux les emmener à l'école et les récupérer après, si tu as besoin. Il n'y a pas de problème.

— Oui, mais…

— Pourquoi est-ce que tu ne les déposes pas chez moi demain matin ? On pourrait passer la journée ensemble.

Il ne comprit pas tout de suite.

— Je suis désolé, quoi ?

— Ils peuvent rester avec moi pendant que je vais au travail, et après, on prendra le dîner, et je pourrais les emmener à l'école lundi. Est-ce que tu seras rentré pour aller les récupérer le soir ?

— Pas avant mardi après…

— OK, alors dans ce cas, je les dépose et je vais les chercher lundi, et je les redépose à l'école mardi matin.

— Je…

— Tu me fais confiance, n'est-ce pas ? Tu sais que je connais les gestes de réanimation cardio-respiratoire.

— Je te fais confiance avec tout ce qui est à moi, dit-il, la gorge nouée. Tu le sais.

Je le savais. Il m'avait fait confiance pendant des années, et à la fin, ce n'était pas moi qui avais changé. C'était lui.

— Bien, dans ce cas, problème résolu.

— Hagen, est-ce que…

— Comme ça, tu peux y aller sans t'inquiéter. Si tu es coincé et que tu as besoin que je les récupère à l'école mardi aussi, préviens-moi.

— Je ne peux pas te demander ça.

— Tu n'es pas en train de me demander, c'est moi qui te le propose, le rassurai-je, en lui tapotant l'épaule. C'est plus grave de ne pas commencer les cours dès lundi.

— S'il te plaît, papa, supplia Ryder. Je préfère aller à l'école plutôt que d'attendre dans un bureau pendant que tu parles.

La tête de Brandon refit une apparition.

— Allez, papa, je déteste partir avec toi en voyage d'affaires. C'est nul.

Mitch reporta ses yeux bleus lumineux sur moi.

— Je ne veux pas…

— À moins qu'il n'y ait quelqu'un d'autre à qui tu veuilles demander, ajoutai-je pour lui offrir une porte de sortie.

— Non, dit-il brusquement. Il n'y a que toi.

Un éclair de tristesse inattendu me déchira la poitrine en l'entendant prononcer ces mots. Mais j'avais cru tout ce qu'il disait il y a bien longtemps et j'avais appris dans la douleur que ce n'étaient que des conneries.

— Très bien, répétai-je, inspirant doucement.

Je me blindai, parce que les enfants pouvaient entrer dans ma forteresse mais pas leur père.

— Si tu en es sûr.

— Oui, j'en suis sûr. Ils vont à Haggerty ou à Willow ?

— Haggerty.

— C'est parfait. Prépare-leur juste un sac avec des affaires pour dormir et aller à l'école, amène leurs sacs à dos, et nous serons parés. Peux-tu les déposer entre 8h30 et 9h demain matin ?

— Hagen, je…

Il me prit par le bras et m'éloigna de quelques pas des garçons.

Pourquoi insistait-il ? J'étais en train de lui proposer une solution, comme je l'aurais fait pour n'importe lequel de mes amis, et nous pouvions toujours être amis, non ? Si c'était le cas, alors pourquoi était-il…

— À moins que tu ne veuilles pas que je m'en occupe ?

— Non, c'est…

Merde, merde, merde… J'avais dépassé les limites. Je n'avais pas du tout réfléchi, j'avais juste ouvert la bouche pour proposer, et c'était visiblement la mauvaise chose à faire, et pourquoi est-ce que je l'avais fait en plus ?

— Putain, marmonnai-je.

— Non, attends.

Je n'aurais rien dû dire, ce n'était pas mon rôle.

— Je n'ai même pas… merde.

— Hagen.

— J'ai été un peu vite, je… Je n'ai pas bien réfléchi…

— Bébé, ronronna-t-il.

J'avais agi impulsivement et de façon stupide, je n'aurais jamais dû ouvrir la bouche. Mais plus que tout le reste, je voulais juste m'enfuir pour ne pas le voir me regarder comme si j'étais triste et pitoyable, à essayer de faire revivre le passé. *Je ne le voulais pas*, mon offre n'avait rien à voir avec Mitch mais avec ses enfants, sauf que je ne pourrais jamais l'expliquer sans avoir l'air pathétique. Vraiment, vraiment pathétique.

— J'arrive presque à voir ton cerveau qui est sur le point d'exploser, soupira Mitch alors que les garçons nous rejoignaient.

J'aurais vraiment aimé que le sol m'engloutisse sur-le-champ.

— Tu es adorable.

— Tu sais, commençai-je doucement, jetant rapidement un œil aux enfants, tu ne me connais plus vraiment, donc si tu ne veux pas…

— Je te connais, rétorqua-t-il sèchement. Ce n'est pas le problème.

Je me sentais perdu.

— Alors ?

— OK, très bien. Ce serait bien.

On n'aurait pas dit.

— Hé, les garçons, laissez-moi un peu parler avec votre père, d'accord ? Restez juste là où vous êtes.

Agrippant Mitch par le bras gauche, je l'éloignai juste un peu pour ne pas être entendu le temps d'arrondir les angles.

— Écoute, je suis désolé si j'ai dépassé les limites, et tu peux juste dire aux garçons que…

— Non, dit-il rapidement, les deux mains posées à plat sur ma poitrine pour que je ne puisse plus bouger. C'est déjà énorme qu'après tout ce que je t'ai fait subir tu acceptes encore de m'accorder un peu de temps.

— Oh, c'est bon, c'était il y a une éternité, et en plus, notre histoire n'a rien à voir avec tes enfants.

Il expira brutalement.

— OK, donc je vais poser mes couilles sur la table, et être honnête et te dire qu'il y a deux raisons à mon retour ici, à la maison. La première, c'est que c'est un endroit génial pour élever des enfants, et les miens ont été passés à la moulinette avec le divorce, donc ils ont besoin de stabilité. La seconde c'est toi.

— Mitch, je…

— Je suis sincère, poursuivit-il, son regard rivé au mien. Donc je vais te dire que je suis profondément désolé de la manière dont je t'ai traité et de ce que je t'ai fait, mais je ne peux pas regretter d'avoir épousé Barb parce qu'elle m'a donné mes fils.

— Bien sûr.

— Et il y a des choses qui sont en train de changer chez elle, et je vais devoir m'améliorer et être un père célibataire pendant un certain temps, pour qu'elle puisse réaliser ses rêves, elle aussi, vu qu'elle a mis sa vie entre parenthèses quand je jouais au football, et que c'était elle qui se chargeait de leur éducation à temps plein.

— Donc tu vas avoir besoin d'aide, conclus-je, en reculant d'un pas.

Cette distance m'était nécessaire, tant la chaleur qui émanait de lui, l'odeur de son savon et de sa virilité, étaient un peu trop pour moi.

— Laisse-moi t'aider si je peux. Nous sommes de vieux amis. C'est ce que font les vieux amis.

Il envahit mon espace à nouveau.

— Je n'ai pas seulement envie que mes enfants te voient, Hage. J'ai envie de te voir, moi aussi. Je veux sortir avec toi.

— Je…

— Non, c'est un mensonge.

Je levai les yeux de ses chaussures défoncées vers son visage.

— Je veux que nous nous remettions ensemble.

Je perdis la voix parce que c'était la chose la plus ridicule que j'aie jamais entendue.

— Hage ?

— Tu ne me connais même plus, murmurai-je, la voix rauque.

Il se pencha vers moi, si près que s'il avait tourné la tête, nos nez se seraient touchés.

— Je te connais mieux que quiconque, à l'exception de tes parents.

Et il avait raison. Du moins… avant que je ne parte à la guerre.

— J'ai été vraiment désolé d'apprendre qu'ils étaient morts tous les deux.

Je m'éclaircis la voix.

— Merci pour les fleurs que tu m'as envoyées à chaque fois.

— Je voulais être présent, mais quand ta mère est décédée, j'étais en convalescence suite à une opération pour remplacer ma hanche, et quand tu as perdu ton père, j'étais en cure de désintoxication.

— Oxycontin.

— Oh, tu es au courant.

Je haussai les épaules, essayant d'avoir l'air décontracté, de ne pas lui laisser voir à quel point je me sentais mal de savoir qu'il s'était battu seul contre son addiction.

— Qu'est-ce que tu veux que je te dise ? Quand je vois ton nom dans les journaux, je les lis.

— Et bien, pour information, je suis complètement clean depuis un peu plus de trois ans maintenant. Je ne bois même plus, et laisse-moi te dire que l'alcool et la drogue étaient les seules choses pour lesquelles j'avais l'habitude de sortir de mon lit.

— Le football est dur pour le corps, hein ?

— Tu n'imagines pas à quel point.

Mais si. Je connaissais des choses qui étaient mauvaises pour les muscles et les os. Les éclats d'obus, par exemple. Les éclats d'obus, ce n'était vraiment pas très bon pour le corps.

— Et bien, on dirait que tu as combattu beaucoup de démons.

— C'est le cas.

— Et, grâce à ça, tu es devenu plus fort.

— Je le suis, et maintenant, j'ai une vie personnelle sur les rails, une vie professionnelle, je déménage mon entreprise ici, et tout a l'air parfait.

— Bien. Ça me fait plaisir.

— Il n'y a qu'une chose dont j'ai besoin.

— Et c'est ?

— Toi, Hage. J'ai besoin de toi.

C'était une bonne réplique, bien servie avec ces magnifiques yeux bleus où je pouvais tout voir : la détermination, l'honnêteté et l'envie. Mais nous n'étions plus au lycée et je ne croyais plus aux fins heureuses. Ce rêve s'était évanoui avec lui.

— Hagen ?

Il s'attendait à quoi, que je fonde à ses pieds ? Ridicule.

— Hage ?

Je le foudroyai du regard.

— Les choses ont changé.

— Comment ?

— Je suis différent.

— Explique-moi ça.

Je levai les mains au ciel.

— C'est une conversation qui prendrait un peu plus de cinq minutes.

— Oui, c'est ce que j'espérais, alors rentre avec moi à la maison et nous en parlerons.

— Je ne peux pas faire ça.

— Pourquoi pas ?

— Parce qu'il y a quelqu'un d'autre.

— Ash, c'est ça ?

Ma surprise dut se voir sur mon visage.

— Il s'est présenté à Ry quand ils sont entrés pour aller chercher les fringues qu'ils ont mis après que tu as sauvé Brandon.

— Oh.

— C'est un acteur qui a tourné dans cette copie de *Cinquante nuances* avec twist vampirique, c'est ça ?

Je ne connaissais aucun film de vampires.

— Je ne…

— Le type de *Blood Tracks*, c'est ça ?

Je hochai la tête.

— Il est sexy.

J'approuvai à nouveau.

— Et d'après ce qu'a dit Ry, c'est un type très sympa.

— Oui. C'est vrai.

Il changea de position, prit appui sur son autre jambe.

— Oui. Je m'en fous complètement.

Je le regardai droit dans les yeux.

— Mitch…

99

— Quoi ? Il n'habite même pas ici.

Je croisai les bras en l'observant.

— Comment le sais-tu ?

— Derek me l'a dit.

Évidemment. Derek Toomey, qui était le propriétaire d'Elixir, où je prenais mon café, où *tout le monde* en ville prenait son café, et qui avait joué au football avec Mitch au lycée, avait vendu la mèche.

— Il a dit que Ash avait acheté la maison Emerson, qu'il était en train de la rénover et qu'il n'est là que certains week-ends.

— Ça pourrait changer.

— Oh ? *Pourrait* ?

Il articula bien le mot.

— Ça va changer, repris-je avec plus de conviction.

Il grogna.

— Tu ne le connais pas.

— Oui, tu as raison, dit-il, condescendant. Mais je sais que c'est un acteur qui habite LA et qui ne s'installera pas définitivement dans une petite ville côtière de l'Oregon.

— Les acteurs peuvent vivre partout, puisqu'ils voyagent pour travailler.

— C'est vrai, mais ils doivent faire travailler leur réseau, et ils doivent être vus, et faire des émissions de télé, et être toujours sous les yeux d'un producteur, à moins que les rôles ne soient écrits pour eux et que leurs noms apparaissent au-dessus du titre.

— Tu ne sais pas tout.

— Je sais que le nom de ton mec n'est pas positionné au-dessus du titre, du moins pas pour l'instant.

Il haussa les sourcils dans ma direction, me mettant au défi de le contredire.

— Peut-être que ton mec sera un grand, un jour. Il pourrait l'être, mais, comme je te l'ai déjà dit, je m'en fous complètement. Ce que je sais, c'est qu'ici, dit-il en pointant le sol, ce n'est pas le lieu où il peut être pour sa carrière ou devenir quelqu'un.

— Tu ne sais sérieusement rien de lui.

— Vraiment ?

— Vraiment. Ce n'est pas parce que tu es parti que d'autres personnes n'aiment pas cette ville.

— Seigneur, Hage, combien de temps est-ce que tu vas encore t'accrocher à ça ?

J'étais en train de balancer plein de merdes aujourd'hui, d'abord à Ash, et maintenant à Mitch.

— Je…

— Et il aime peut-être cette ville – j'en doute, mais c'est possible –, mais il ne peut pas vivre ici, parce que vu sa célébrité à Hollywood, il doit être là-bas, habiter sur place, pour être vu, se faire remarquer et faire toutes les bonnes choses, celles qui sont intelligentes pour obtenir des opportunités. Il ne risque pas de sacrifier sa carrière ni ce qu'il veut, pour toi.

Je lâchai un hoquet et fis machine arrière.

— Merci bien. Ravi de savoir ce que tu penses vraiment de moi.

Il s'avança, plus près, trop près, une main sur ma hanche, la deuxième de l'autre côté de mon cou.

— Tu en vaux largement la peine, Hage, mais lui ne le sait pas et comment le pourrait-il ?

Je regardai partout, sauf ses yeux.

— Regarde-moi.

Mais je ne pouvais pas.

— Maintenant.

Merde. Des ordres. Il savait que j'avais toujours obéi aux siens. Quand je croisai son regard, et que je me retrouvai submergé par tout ce bleu, ce fut presque trop.

— Il ne restera pas, promit-il. Il ne peut pas.

Je déglutis péniblement.

— Mais moi oui, affirma Mitch.

— Tu… Je ne peux pas te faire confiance.

— Si, tu peux. Ça m'a pris beaucoup de temps, mais je sais ce qui est important et je sais ce dont j'ai besoin.

— Oh pitié, Mitch, marmonnai-je en me libérant. Tu as toujours su ce dont tu avais besoin. Pas la peine de faire une introspection poussée pour ça.

Il arborait un sourire paresseux et décadent, et je m'étouffai presque de voir à quel point j'essayais d'être méprisant malgré mon rêve d'être de nouveau avec lui.

— Je peux supporter tout ce que ta fierté exigera, m'expliqua-t-il, triomphant. Tant que tu me laisses te voir.

— Pourquoi voudrais-tu voir quelqu'un qui ne pense pas que tu es le meilleur ?

— Oh, mais si, tu sais que je suis le meilleur, m'assura-t-il. Tu l'as toujours su.

Cet homme exsudait la confiance en lui, une chaleur brute sensuelle et je retins ma respiration par inadvertance.

— Tu as tort, Mitch.

J'étais agacé et euphorique à la fois. Son insistance et ses plaisanteries étaient exactement les mêmes qu'autrefois. Il allait essayer de me faire craquer par la logique jusqu'à ce que je cède. Et parfois, comme la fois où il m'avait soutenu qu'il devait m'emmener au bal de fin d'année alors que je m'inquiétais que des recruteurs et des coachs sportifs de la fac ne voient les photos, sa logique était biaisée. Mais elle avait toujours fonctionné pour lui. S'il voulait absolument quelque chose, j'allais toujours céder.

Ce jour-là, j'étais parti de chez lui rapidement, des larmes de rage occultant ma vision, et j'avais manqué le virage pour rentrer chez moi, et au lieu de ça, j'avais couru dans la forêt, le long d'un ravin, pour remonter de l'autre côté, les bras devant moi alors que je jaillissais d'un nid de branches. Je m'étais pris les pieds dans une racine et m'était écroulé violemment sur le sol. Ce n'était pas très grave. La poussière, les fleurs et le sol étaient doux, mais j'avais eu le souffle coupé tandis que je fixais la canopée vert émeraude.

— Tu es un imbécile, merde ! gronda Mitch en se précipitant à côté de moi, à genoux, une main sur mon torse. Et ne t'avise pas de t'enfuir encore comme ça.

Je respirai difficilement, des larmes coulaient de mes joues jusque dans mes oreilles.

— Je ne peux pas aller au bal de fin d'année avec toi. Ce n'est pas malin.

— Tu es…

— C'est ce que ton père m'a dit et le Coach aussi…

— Regarde-moi.

Mais je ne pouvais pas.

— Hagen.

Mon prénom sortit comme un ordre.

Je tournai la tête pour le dévisager.

— Je n'irai pas sans toi et tu auras une boutonnière identique à la mienne. Je viendrai te chercher et je te ramènerai chez toi. Nous allons danser, et si tu ne veux pas dire que c'est un rendez-vous, et bien je ne vois pas ce que ça pourrait être d'autre.

— Tout le monde essaie de te protéger, moi inclus, alors tu devrais juste suivre le mouvement.

— Ce qui veut dire ?

— Ce qui veut dire que nous n'y allons pas ensemble.

— Pas question, dit-il implacable. Tu vas venir avec moi et c'est tout ce que j'ai à dire.

— C'est une erreur.

Il s'allongea sur moi et je me déplaçai pour écarter les jambes et les glisser sur ses hanches. Je voulais le sentir plus près de moi.

— Tu vas venir avec moi, on va faire des photos, et c'est tout. Tu as compris ?

Il était venu me chercher. Il avait accroché une fleur identique à la mienne sur son costume et m'avait fait grimper dans sa Jeep Wrangler, puis il m'avait embrassé longuement, délicatement jusqu'à ce que je me trémousse dans mon siège. On avait dansé toute la nuit, sauf quand il avait été sacré Roi du Bal et qu'il avait ouvert le bal avec Joanna Redding – maintenant Joanna Moran. C'était la photo présente dans notre album de promo. C'était celle que tous les journalistes avaient vue. Mais ça ne voulait pas dire que Mitch n'avait pas obtenu ce qu'il voulait. En fait, c'était tout l'inverse.

Il avait voulu que je vienne au bal avec lui. J'étais venu. Il avait voulu que je sois présent dans les gradins pendant ses matchs, à ses côtés dans et en dehors de l'école ainsi que dans son lit, aussi souvent que possible. J'avais été là aussi. Il demandait, je m'exécutais, pas parce qu'il me forçait, mais parce que je l'aimais. Si inconditionnellement que je savais sans l'ombre d'un doute qu'il m'aimait aussi.

J'en avais fait le centre de mon univers… jusqu'à ce qu'il ne le soit plus. Jusqu'à ce qu'il parte.

Aujourd'hui, celui que j'avais été n'existait plus, et il fallait qu'il s'en rende compte.

— J'ai changé.

Même moi, je pouvais entendre la tristesse derrière les mots.

— Non, répliqua-t-il avec arrogance.

— Tu n'en sais rien.

— Bien sûr que si.

Je haussai les épaules.

— Crois ce que tu veux.

— Pourquoi est-ce que tu résistes alors que je sais pertinemment que tout ce que tu veux, c'est me donner une autre chance ?

— Ce n'est pas… vrai.

— Hummm.

— Ash et moi, nous sommes en train de changer les choses.

— Et qu'est-ce qu'il va faire, se ranger ?

— Oui.

— Pendant combien de temps ? Pour toujours ?

— Je ne…

— Et quand il ne sera pas en train de travailler ? Il se passera quoi ?

— Quand il ne sera pas en train de travailler, tout ira bien.

Il haussa les sourcils, incrédule.

— Sans doute, commença-t-il avant de baisser la voix, qui devint un murmure rauque. Ton cul est tellement sexy, je suis sûr qu'il ne pense à rien d'autre qu'à te baiser.

J'étais furieux.

Il était en train de me reluquer, mais cette façon de faire et cette manière de me considérer appartenaient toutes deux à une époque révolue, quand il y avait quelque chose entre nous. Je trouvais que c'était sexy à seize, dix-sept ans. À trente-quatre ans, c'était vulgaire.

— Mon cul ne te concerne plus, m'énervai-je. Sans compter qu'il n'appartient qu'à moi.

Je le repoussai et m'éloignai.

J'eus le temps de faire deux pas avant qu'il ne m'agrippe par l'épaule pour m'obliger à lui faire face.

— De quoi tu parles, bon sang ?

Je me penchai plus près de lui en le pointant du doigt.

— Peut-être que tu ne me connais pas aussi bien que tu le penses. Les choses ont changé.

Son regard restait rivé au mien. Il ne cillait même pas.

— N'importe quoi. Je te connais et je sais que ce que tu préférais plus que tout, c'était d'être allongé en dessous de moi. Tu adorais que je te prenne avec passion. Personne à part toi ne m'a jamais assez fait confiance pour me laisser faire ce que je voulais au lit. Parce qu'ils me connaissaient et qu'ils savaient quelle était ma force.

Il le dit sans aucune hésitation, ses mots frappants juste, et résonnant en moi.

Ils étaient vrais. Chacun de ses mots. J'avais mal au cœur, parce qu'avant la guerre, il s'agissait seulement d'une question de confiance, et qu'après, c'était plus une peur galopante. Il avait été le seul et unique homme pour lequel j'avais été passif.

Libérant brutalement mon bras, je me dirigeai vers les enfants, mais il me rattrapa à nouveau et se glissa devant moi pour me barrer le passage.

— Il n'est pas pour toi si tu ne lui fais pas confiance par rapport à tes besoins au lit.

— Tu ne sais plus ce dont j'ai besoin au lit.

Il s'avança plus près de mon visage.

— J'ai bien l'intention de le savoir, et à ce moment-là, il faudra que tu sois honnête et que tu craches le morceau sur ce qui t'a fait changer à ce point.

Je secouai la tête.

— Ce n'est pas de l'amour si tu ne peux pas être honnête avec lui.

— Ce n'est *pas* de l'amour, espèce d'imbécile ! grondai-je à mi-voix.

Ses mains se faufilèrent derrière mon cou, les doigts noués dans mes cheveux, m'empêchant de bouger, gentiment mais fermement. J'étais piégé dans son emprise, il affichait son pouvoir sur moi.

— Alors je ne suis pas très inquiet à son sujet, parce que tu m'as aimé autrefois, donc je sais que cela se reproduira.

— Comme si ça avait un tant soit peu d'importance pour toi.

Bref éclat de rire, cassant et déterminé.

— Je me doutai que cette réflexion allait sortir, alors vas-y, donne tout ce que tu as.

Je reculai d'un pas.

— Ce n'est pas nécessaire. Pourquoi voudrais-je me battre avec toi, pour évacuer les reproches ? Tu as fait ton choix, et il était bon, comme tu me l'as fait remarquer, parce que tu as eu tes enfants. Je veux bien être ton ami, mais c'est tout, rien de plus. Plus jamais.

Rien pendant un moment, et puis il dit :

— D'accord.

Il le précisa, pragmatique, sans émotion, acquiesçant trop rapidement, et même si je savais qu'il ne l'avait fait que pour me faire plaisir, malgré tout, je me calmais.

— D'accord, répétai-je, en écho.

Je m'écartai de lui, mais il me saisit immédiatement le poignet et le maintint fermement.

— Ce n'est pas d'accord, idiot, rétorqua-t-il, en m'éblouissant de son sourire à la fois sexy et espiègle, celui qui avait fait la couverture de tous les magazines. Je viens chercher ce que je veux et rappelle-toi que tu cèdes toujours.

— Plus maintenant.

— C'est ce que nous verrons, dit-il, de sa voix douce comme de la soie.

J'étais furieux et excité, tout à la fois prêt à le frapper et à l'embrasser. Cela ne servait à rien de nier que je le voulais, mais j'avais aussi besoin de fuir, pour m'éloigner de lui avant que mes défenses ne s'écroulent. C'était stupide de passer ne serait-ce qu'une minute de plus avec lui et pourtant…. J'avais proposé de m'occuper de ses enfants. On pouvait dire que j'étais un peu masochiste, peut-être ne voulais-je pas vraiment m'éloigner de cet homme.

— Hé, dit-il dans mon oreille, la voix chaude et suave, plus près que je ne l'imaginais. Je vais bien en prendre soin, d'accord ? Je ne te quitterai plus jamais.

— En prendre soin ? demandai-je, en me tournant pour le regarder.

— Ton cœur. Je vais le chérir cette fois, je te le promets. Autrefois, j'étais jeune, mais aujourd'hui, je suis un homme.

— Mitch…

— Papa, regarde ! annonça joyeusement Ryder. Ash est là aussi !

Nous nous tournâmes tous les deux vers Ash, debout, un panier à la main, un sourire désarmant aux lèvres, qui nous fixait, mon ex et moi.

— J'ai entendu dire que les garçons et vous auriez bien besoin d'un bon hamburger, dit-il en se dirigeant vers Mitch, la main tendue. Ashford Lennox.

— Mitchell Thayer, répondit-il en souriant, prenant la main d'Ash fermement dans la sienne. Merci beaucoup d'avoir été là pour mes enfants aujourd'hui.

Et il le pensait vraiment. La sincérité était évidente dans son attitude, sa manière de lui serrer la main ou de soutenir son regard. Malgré tout, ce qu'il éprouvait vis-à-vis de moi et Ash n'avait rien à voir avec ce que Ash avait pu faire pour Ryder.

— Je vous en prie, répondit Ash avec sincérité. Et puis-je ajouter que c'est un plaisir de vous rencontrer en personne. Ce ballon que vous avez attrapé durant le match contre les Eagles pendant la Wild Card 2010, d'une main, et puis les deux pieds plantés dans le sol avant de tomber hors limite…

Il inspira brutalement.

— C'était magnifique.

Mitch sourit, mais c'était un sourire complaisant, pour Ash, rien à voir avec celui que j'avais eu un plus tôt, chaleureux, langoureux et sensuel.

— Merci.

— J'ai été désolé d'apprendre que vous avez dû prendre votre retraite.

Mitch haussa les épaules.

— Qu'est-ce vous voulez que je vous dise. Quand on prend un coup comme celui que j'ai reçu il y a trois ans, on est fini. Parfois, c'est aussi rapide que ça. Ce qui paraît petit et insignifiant au premier abord peut changer votre vie.

Ash hocha la tête et posa la main au creux de mes reins.

— Et bien, vous avez bien réussi après le football. Mon architecte à Los Angeles utilise beaucoup de vos meubles pour ma maison.

— Ça fait plaisir à entendre, répondit Mitch, d'un ton raide.

Il s'avança d'un pas vers moi.

— Combien de maisons avez-vous, si je peux me permettre ?

— Pourquoi ? Vous envisagez de me vendre encore plus de meubles ? le taquina Ash sans aucune trace d'humour dans la voix ou le regard.

— Moi, non, répliqua Mitch, en riant.

J'étais fasciné par tant d'hypocrisie. Pourtant, l'un d'eux était un acteur qui n'avait pas vraiment fait son coming-out, et l'autre avait été une figure emblématique du sport avant de faire son coming-out. Ils avaient tous les deux l'habitude de faire semblant.

— De plus, il vaudrait peut-être mieux que j'essaie de rencontrer votre architecte plutôt que vous.

— C'est tout à fait vrai.

— Alors, une maison ? Trois ? insista Mitch pour que je sache, ses yeux passant de moi à Ash.

— Quatre, en fait, répondit tranquillement Ash, dont la main glissait sur ma hanche, me rapprochant encore de lui. Une ici, une à Malibu, une à Manhattan et une à Vail.

— Oh, j'adorais skier mais depuis que je me suis rompu les ligaments croisés antérieurs, ce n'est plus pareil.

— Vous devriez essayer le snow, je trouve que c'est mieux.

Mitch hocha la tête.

— Je ne sais pas si ce serait mieux, mais c'est une idée.

Le silence retomba, une pause tandis qu'ils s'observaient mutuellement. Au moment où j'allais signaler que nous devions partir, Ryder se planta devant moi et leva les yeux en un signe d'impatience.

— Oui ? l'encourageai-je en souriant.

Je ne pouvais pas m'en empêcher, il était si mignon.

— J'ai faim, annonça-t-il.

— Et bien, je suis sûr que ton père va…

— Tu as dit qu'on irait manger des pizzas ensemble.

— Je n'ai pas dit ça, contrai-je.

Il se mordit la lèvre inférieure.

— Mais tu as dit que tu nous ferais des cheeseburgers.

— Je n'ai pas dit ça non plus, mais je te promets que je t'en ferai demain soir.

— Demain ? demanda Ash brusquement.

Je le regardais, me détachant des enfants qui essayaient de me faire culpabiliser pour m'obliger à leur faire à manger.

— Oui, je vais garder les enfants pendant que Mitch sera en déplacement.

— Oh ?

— Oui. Pourquoi ?

— Non, je… C'était l'idée de qui ?

— La mienne, l'informai-je, m'éloignant à la fois de lui et de Mitch pour me diriger vers Brandon, suivi par Ryder. D'ailleurs, je devrais prendre des affaires pour…

— Attends, dit Ash alors qu'au même instant son téléphone se mettait à sonner.

J'attendis et il me regarda.

— Réponds, insistai-je, en lui faisant un signe de la main. Ça pourrait être important.

Il avait l'air déchiré, mais quand il le sortit de sa poche, il eut l'air surpris et décrocha.

— Amy ?

Je m'éloignais pour lui donner un peu d'intimité.

— Vous aimez le bacon dans vos cheeseburgers ?

Brandon avait l'air estomaqué, c'était adorable.

— On peut mettre du bacon dans son cheeseburger ?

Je jetai un œil à Mitch.

— Vraiment ?

Il avait un immense sourire aux lèvres.

— Ils le mangent avec du homard.

Je fis la grimace et Ryder aussi.

Le rire de Mitch, un grondement rauque, sexy, fit tressauter mon estomac.

— OK, OK. Je suis désolé, mais non, ta mère était la seule que je connaissais qui mettait du bacon dans ses cheeseburgers.

— C'est trop triste. Je parie que tu rends la chapelure obligatoire, aussi.

— Ce n'est pas le cas ?

— Dégoûtant, grognai-je, en me dirigeant vers le rayon. Venez les garçons, allons-y.

— On n'attend pas Ash ? demanda innocemment Mitch, en me suivant alors que je marchais entre ses deux fils, une main sur l'épaule de Brandon, et l'autre sur celle de Ryder.

— Il nous rattrapera quand il aura fini son coup de fil.

Attrapant un panier à l'entrée, je le donnai à Brandon et nous fîmes le tour pour récupérer les ingrédients dont j'avais besoin afin de confectionner le cheeseburger au bacon mondialement célèbre de ma mère.

— Le secret, c'est le gouda, expliquai-je à Ryder, qui hocha la tête avec enthousiasme.

Au final, j'avais rassemblé des choses que j'allais devoir emmener chez Ash, pour ensuite les ramener chez moi. Quel gâchis !

— Est-ce que tu peux me rendre un service et ramener tout ça chez toi. Tu me les redonneras demain matin.

— Ou, dit Mitch, en prenant le panier des mains de Brandon parce qu'il commençait à être lourd, les garçons et moi pouvons te ramener à la maison maintenant. Tu pourras les faire ce soir, comme ça, moi aussi j'en aurai un. Tu veux que je prenne des steaks pour aller avec ?

— Non, je…

— Hage !

Je vis Ash courir vers moi, l'air triste.

— Qu'est-ce qui ne va pas ?

Il fit la grimace.

— Ils sont en train de remplacer Michael Tarr dans le nouveau Jack Ryan et ils veulent que j'auditionne pour le rôle.

— Merde, dis-je, excité, en lui serrant la main. C'est génial !

Son soupir et son sourire me prouvèrent qu'il était content.

— Oui !

— Tu es sûr ? le taquinai-je.

— Oui, d'accord, c'est plutôt génial, acquiesça-t-il.

— Carrément, oui ! Et c'est celui pour lequel tu as auditionné il y a quelque temps et que tu n'avais pas eu ?

— Oui, mais le directeur a dit qu'il m'avait bien aimé.

— Et devine qui va avoir le rôle finalement ?

Il haussa les épaules.

— Ce n'est pas encore fait.

— Je pense que si.

— Tu fais beaucoup de bien à mon ego !

Je l'enlaçai et le serrai contre moi, très fort, tournai la tête et l'embrassai dans le cou avant de reculer.

— Où est-ce que tu vas auditionner ?

— Vancouver.

— D'accord. Bonne chance et appelle-moi pour me dire comment ça s'est passé.

Ash jeta un œil à Mitch et me prit gentiment le bras pour m'éloigner de quelques pas avant d'ajouter :

— J'aimerais que tu viennes avec moi.

— Quoi ?

— Tu m'as bien entendu… Va chez toi, prépare un sac et allons-y.

— Comment est-ce que c'est censé marcher ? demandai-je, une main sur sa joue, admirant son visage avant de reculer. Tu ne veux pas que tout le monde me voie et pose des questions, pas vrai ?

Il enfonça les mains dans ses poches.

— Je pense que ça ne me gênerait pas trop.

— Oui, mais pourquoi faire ça maintenant alors que tu vas passer l'audition ? Quand tu l'auras, on ne pourra plus se voir pendant des mois, de toute façon.

Il fronça les sourcils froncés, en réfléchissant.

— Ce que je veux dire, c'est que tu vas commencer tout de suite et que tu n'auras plus une minute à toi.

— Si j'ai le rôle.

Je lui souris.

— Tu vas l'avoir.

Il se racla la gorge.

— Est-ce que tu m'écoutes quand je te parle ?

— Mais oui, Ashford.

Il gronda doucement.

— Juste… Merde, j'ai envie de te voir, tu comprends ? Je… tout ce que je fais, ce n'est pas si marrant quand on a personne avec qui le partager.

— D'accord, quand tu l'auras eu, je viendrai te voir. Est-ce que ça te va ?

Il me dévisagea.

— Ash ?

— C'est que… te laisser ici avec Mitch Thayer n'est pas très malin, et à part te mettre un coup sur la tête pour te kidnapper, je n'ai pas d'autres options.

— De quoi est-ce que tu parles ?

Il posa une main sur ma poitrine.

— Il te connaît très bien. Rien que le fait de voir comment il te regarde, ça me donne des envies de meurtre.

— Tu te trompes complètement.

— Non, je ne me trompe pas, et ces deux enfants adorables n'arrangent pas la situation.

— Tu es…

— Dis-moi qu'il ne veut pas se remettre avec toi.

Je haussai les épaules.

— Si, et alors ?

— Alors, je peux dire, rien qu'en le regardant, qu'il veut ce qui est à moi.

Je plissai les yeux.

— Oh bon sang, quoi ? s'exclama Ash.

— Ce qui est à toi ? Sérieusement ? En quoi le fait que nous tentions quelque chose, du moins que nous nous laissions une chance et sortons ensemble, signifie que je suis quelque chose qui t'appartient ?

— Hagen…

— Nous sommes tombés d'accord sur le fait de passer du temps ensemble quand tu es en ville, insistai-je. C'est agréable et facile, et nous nous amusons bien tous les deux. Donc, ne t'en fais pas, je serai là quand tu reviendras.

— Mais…

— Inquiète-toi juste d'avoir le rôle. C'est la seule chose qui compte.

— Je…

— Et éclate-toi bien aussi.

— Je vais aller travailler, crétin, pas baiser.

— Ce qui doit arriver, arrivera. C'est même toute la beauté de ne pas être dans une relation exclusive.

— Tu es en train de me rendre dingue.

J'inspirai et lui posai une main sur l'épaule avant de river mon regard au sien.

— Ce n'est pas le but. Je n'essaie pas d'être une espèce de distraction, je te le jure.

— Hagen…

— Tout ce que je veux, c'est que tu te donnes à fond pour tout déchirer pendant l'audition.

— Tu ne m'écoutes pas.

— Je t'écoute, et toi, tu dois te concentrer sur ce qui est important, lui dis-je franchement, parce que je savais qu'il voulait être une star du cinéma plus que n'importe quoi d'autre.

La pire chose qui pouvait lui arriver, à mon sens, c'était de se laisser distraire, d'une manière ou d'une autre, par moi.

— Mais je veux que tu sois là quand je reviendrai.

Je souris.

— Où est-ce que je pourrais être d'autres ?

— Je veux dire, je veux que tu sois comme tu es maintenant, libre de tout engagement, pas dans une relation avec quelqu'un d'autre.

— Ne t'inquiète pas pour…

— Je m'inquiète ! gronda-t-il, la mâchoire serrée. Alors rends-moi service, veux-tu ? Ne couche pas avec Mitch Thayer jusqu'à ce que nous nous soyons parlé.

Je lâchai un grognement agacé.

— Non, sérieusement. Fais au moins ça pour moi. Ne retombe pas sous le charme d'un « premier amour » de merde, ne va pas penser que tu peux l'aider à élever ces deux adorables gosses, pas tant que tu ne m'auras pas laissé au moins une chance de défendre mon cas.

« Premier amour » de merde était très juste. Il n'avait aucune idée de la hauteur des murs qui entouraient mon cœur. Ils étaient épais et fortifiés, impénétrables pour un homme qui, je le savais, me blesserait si je le laissais se rapprocher de moi. J'avais été naïf, mais c'était il y a très longtemps. Je n'étais plus un petit garçon et je savais quelles étaient les conséquences de croire des promesses vides et des mots creux.

— Tu peux compter sur moi.

— Et décroche le téléphone quand je t'appelle.

— Oui, chef.

— Si tu changes d'avis sur le fait de venir, je peux t'envoyer…

— Épate-les.

Je l'encourageai joyeusement, très excité pour lui. Il se pencha rapidement, m'embrassa sur la joue, me passa le panier qu'il portait, salua les enfants et Mitch, et disparut.

— Alors, dit Mitch en marchant à côté de moi, la main posée au creux de mes reins, on cuisine chez toi ou chez moi ?

VII

COMME PRÉVU, les enfants devinrent dingues une fois chez moi. La cabane dans les arbres eut un succès énorme : l'échelle pour atteindre la véranda, la terrasse extérieure sur laquelle ils pouvaient faire tout le tour, sentir le vent, l'océan et la pluie, la télé qui sortait du mur, et bizarrement, les toilettes sèches. Ils aimaient aussi Ed, qui était ce qui se rapprochait le plus d'un animal de compagnie.

— Il ressemble à Hedwige, de Harry Potter, babilla Ryder.

— Oui, enfin il n'est pas aussi câlin qu'elle, alors ne va pas essayer de le serrer contre toi.

— Est-ce que je peux le caresser ?

Comme j'étais dehors en train de faire cuire des steaks, je coupai un petit morceau du mien et le mis dans la main de Ryder.

— D'accord. Garde la main ouverte et il va venir se servir directement dedans.

Il acquiesça joyeusement et avança lentement vers la chouette blanche, posée sur son perchoir, sur le plus proche des grands séquoias de ma propriété.

Je me tournai pour regarder Mitch.

— Je te promets que la chouette ne leur fera pas de mal.

— Est-ce que tu m'as entendu poser une question ? Parce que ce n'est pas le cas. Je te fais confiance. Je t'ai toujours fait confiance.

Je ravalai ma réplique. Le *Ah oui* aurait été un peu trop agressif et fielleux. Comment osait-il agir comme s'il me connaissait ? Comment osait-il me traiter comme si rien n'avait changé ?

J'étais blessé, en colère, toujours rongé par des choses que j'aurais voulu dire mais que je n'avais jamais pu exprimer. Il avait laissé un vide béant dans mon cœur impossible à combler. Il m'avait fallu tellement de temps – celui que j'avais passé dans l'Armée, puis par la suite, celui que j'avais passé à la maison une fois rentré – pour me retrouver. J'étais enfin moi-même, sans lui, et l'idée de reculer ne serait-ce que d'un pas me terrifiait.

— Tu as quelque chose à dire ?

— Non, murmurai-je avant de me retourner pour regarder son fils près d'Ed.

Il tendit la main et la chouette se pencha très lentement, prenant le morceau dans sa main. Ed le jeta en l'air et l'engloutit dans son gosier. Il observa ensuite le garçon et s'approcha d'un saut.

— OK, mon grand, maintenant, tu peux lui caresser la gorge, mais sois gentil.

Ryder caressa la chouette dans un geste délibérément délicat, que je n'aurais jamais imaginé voir chez un enfant de six ans. Puis, ce fut le tour de Brandon de répéter les mêmes étapes. Quand ils eurent fini, ils se penchèrent sur la balustrade et observèrent l'oiseau, les arbres et le sol. Je me doutai que tant qu'Ed ne serait pas parti, aucun des garçons ne s'éloignerait de lui.

Laissant Mitch dehors pour finir de faire cuire les steaks, je me rendis dans la cuisine pour vérifier les cheeseburgers, mélanger la salade, mixer la limonade et préparer le thé glacé que tout le monde voulait.

— Alors comment est-ce que tu as eu une chouette ? voulut savoir Mitch dix minutes plus tard quand il revint avec les steaks.

Il avait l'air d'avoir été gelé par le vent.

— Des enfoirés ont tué sa mère, expliquai-je. Ils font leur nid près du sol, ce qui est un peu périlleux parfois. Ils étaient en train de rire quand je les ai attrapés.

— Ils étaient dans la réserve ?

Je hochai la tête.

— Ils ont eu de la chance que ce soit toi. Ta mère leur aurait tiré dessus.

— Oui, sans doute. Il y avait trois oeufs et je les ai tous emmenés au Centre de Préservation de la Vie Sauvage. Ils ont dit qu'Ed ne grandissait pas à l'intérieur de son oeuf, donc qu'ils allaient s'en débarrasser.

— Évidemment, tu as ramené l'oeuf chez toi.

— Oui.

— Et tu l'as mis dans une couveuse.

— Hé, ces lampes à chaleur qu'on utilisait pour faire pousser de l'herbe ont enfin eu une utilité.

Il rit.

— Et c'est ainsi qu'est apparue ta propre chouette.

— Il est possible que j'aie passé un peu de temps à parler à un oeuf.

Son sourire s'élargit.

— Tu as toujours eu un faible pour les animaux, comme ta mère.

115

J'approuvai de la tête.

— Tu n'as pas peur qu'il finisse par laisser la mauvaise personne le toucher ?

— Il ne laisse que moi – ou quelqu'un présent à la maison – le nourrir. Partout ailleurs, il ne s'approche pas des gens.

Il grogna.

— Quoi ?

— On dirait quelqu'un que je connais.

Je me tournai lentement vers lui.

— Voilà qui était subtil.

— Tu es en train de me dire quoi, que le type que j'ai connu au lycée, qui ne laissait personne l'approcher jusqu'à moi, aurait changé ? Tu es devenu un fêtard maintenant ?

Je passai la majorité de mon temps seul.

— Est-ce que oui ou non tu ressembles à cette chouette ?

— Je plaide le cinquième amendement [9].

Il posa rapidement les steaks et la salade sur la table, avant de revenir vers moi.

— Oh Seigneur, quoi encore ?

— C'est quoi ce bordel, pourquoi est-ce que tu ne veux plus être passif ?

— Sérieusement ? Tu trouves que c'est approprié comme conversation pour un dîner ?

— Non, mais je veux savoir pourquoi.

— Pourquoi est-ce que ça t'intéresse ?

J'étais furieux qu'il pense avoir le droit de m'interroger sur mes préférences personnelles.

— Tu sais pourquoi.

— Il est hors de question que je…

— Très bien, pas moi, ronchonna-t-il agacé. Du moins pas encore, mais…

— Tu es devenu dingue ?

Il agita la main pour me faire signe de la fermer.

— Toi et moi, ce n'est pas le problème le plus important pour le moment.

9 Le cinquième amendement est celui qui garantit le droit au silence dans la constitution américaine.

— Oh ?

— Non. Le plus gros problème, c'est que tu ne veuilles plus être passif au lit, alors que c'était quelque chose que tu adorais et dont tu avais besoin. C'est l'une des choses les plus tristes que j'aie jamais entendues.

Je levai les yeux au ciel.

— Moque-toi, vas-y, mais une chose est sûre, tu te leurres tout seul, commenta Mitch.

— Je prends mon pied au lit sans problème, ce n'est pas parce que tu n'aimes pas être passif que...

— Tu plaisantes ? Bébé, je ferais le passif pour toi quand tu veux. Je sais à quel point tu aimais ça, parce que tu me le disais tout le temps

Un frisson d'excitation me traversa tandis que je me souvenais ce que ça faisait d'être pris par Mitch Thayer et avec quelle faveur j'avais accueilli chaque poussée, brutale et dévorante.

À partir du moment où il avait été prêt à partir à la fac, la fin de l'été avant ma dernière année, faire l'amour était devenu une science. Alors qu'au début, il était hésitant et prudent, et moi docile et peu exigeant, il était devenu plus brutal avec moi, m'empêchant de bouger. De mon côté, j'insistais pour qu'il soit plus dur et qu'il s'enfonce plus profondément et *putain, maintenant*. Je l'attaquais quand j'en avais envie et il cédait systématiquement parce qu'il avait autant envie de moi, que moi de lui.

Il se rapprocha encore un peu.

— Il faut que tu me dises ce qu'il s'est passé pour avoir changé à ce point tes préférences au lit.

Je secouai la tête avant d'ouvrir le réfrigérateur pour prendre la salade.

— Qu'est-ce que les enfants aiment avec leur salade ? J'ai de la sauce ranch [10], mais c'est tout je crois. Est-ce que tu aimes toujours la sauce italienne piquante ?

Il se plaça derrière moi, ferma la porte et posa le front entre mes omoplates.

— Qu'est-ce que tu fais ?

— Je veux que tu te tournes et que tu m'embrasses.

La gorge nouée, euphorique et terrifié à la fois, je n'eus pas d'autre choix que de répondre d'une voix étranglée.

— Non.

---

10 Sauce à base de mayonnaise, crème fraîche, ail, oignon, moutarde, paprika, céleri.

— Pourquoi ?

— Parce qu'on ne va pas recommencer.

— Juste une fois, un baiser et je ne te ferais plus chier avec ça.

Je me tournai pour le dévisager et fus surpris quand il s'approcha de moi, gentiment, avec révérence. Il glissa une main dans mon cou, son pouce caressant la ligne de ma mâchoire, passant sur mes lèvres, son regard fermement ancré au mien.

— Tu m'as manqué, ronronna-t-il en capturant mes lèvres.

J'avais oublié certaines choses. C'était sans doute mon cerveau qui essayait de me protéger pour que je ne devienne pas dingue. Mais à l'instant où il glissa la langue entre mes lèvres, je poussai un petit gémissement involontaire et il m'agrippa fermement. Une pulsion possessive et familière m'embrasa comme les feux d'artifice le jour de la Fête Nationale.

Il m'embrassait toujours à fond, comme si je lui appartenais, sans poser de questions. Il plongea la langue dans ma bouche et je me liquéfiai dans ce baiser long et passionné, je me perdis dans sa chaleur et son goût, totalement soumis, le laissant prendre les commandes. Dépourvu de toute volonté dans ses bras, il me fit bouger, tourner, marcher et me pressa contre le placard dans le noir.

— Voilà, dit-il, son grognement rauque s'immisçant en moi, me faisant frissonner. Ça, c'est le Hagen dont je me souviens, exigeant et soumis à la fois.

Mais je n'étais plus celui dont il se rappelait. Cet homme était mort et enterré.

— Non, je…

— Embrasse-moi encore, me supplia-t-il avant de reprendre possession de ma bouche, suçant ma langue, caressant ma peau sous mon tee-shirt, me serrant étroitement contre lui alors que notre baiser devenait plus fiévreux, plus agressif.

Mon pouls s'emballait à la vitesse d'un train, rugissant dans mes oreilles, tandis qu'il prenait, encore et encore, et que je lui rendais chaque goutte de passion, d'envie, de besoin viscéral.

Un cri de triomphe me fit difficilement émerger des profondeurs. Il me fallut un long moment. J'étais confus et drogué. Mitch recula et alluma la lumière, pour faire face à ses fils à travers des boîtes de conserve, des stocks de crackers et de cookies et un grand nombre de bouteilles d'eau et d'alcool.

— La chouette a fait quoi ? demanda-t-il, la voix rauque et tendue de désir.

— Elle a attrapé une espèce de souris, rapporta Brandon. Waouh papa, tu aurais dû voir ça !

— Ed lui a mangé la tête, annonça bruyamment Ryder. C'était dégoûtant.

— Bien, lavez-vous les mains, parce que nous allons manger.

Ils se précipitèrent dans la chambre d'ami et, avant que j'aie pu bouger, il revint se coller contre moi.

— Dis-moi, est-ce que tu embrasses machinchose comme ça ? demanda-t-il en prenant une inspiration mal assurée.

— Ash.

— Peu importe.

Je déglutis péniblement, perdu dans ses yeux bleus lumineux. Je pouvais facilement déchiffrer son expression. Il avait envie de moi et pas seulement quelques instants. Il avait une idée plus permanente. Et même si cette seule idée aurait dû me rendre furieux, j'étais prêt à me baigner dans ce désir comme un chat prenant le soleil.

— Tu devrais voir tes yeux, Hage, humides et sombres.

J'eus du mal à faire fonctionner ma voix.

— Tu ne veux pas de moi.

Sourire lent et sexy.

— Si, j'en ai vraiment envie.

— Je ne suis plus le même. Je suis bousillé.

Il hocha la tête.

— Je suis sûr que tu as des choses à me raconter, mais je te promets que quoi qu'il s'agisse, ce sera plus facile avec moi à tes côtés que n'importe qui d'autre.

— Tu ne peux pas en être sûr.

— Bien sûr que si.

Il se tourna pour accueillir ses garçons et les faire asseoir. Je les regardai parler tous à la fois et s'émerveiller sur la nourriture. C'est alors que je réalisai que Mitch m'avait poussé dans le cellier, un espace encore plus exigu que le placard de la chambre principale. Il m'avait fait entrer dans une zone minuscule, dans le noir, et à aucun moment je n'avais eu peur.

Dans ses bras, au contact de ses mains, son cœur battant à côté du mien, sa bouche brûlante prenant ce qu'elle voulait, ce que j'avais toujours donné, je m'étais senti désiré et protégé.

J'étais vraiment dans la merde.

Au milieu du diner, je me levai pour sortir les brownies du four et, en revenant vers la table, je vis trois visages qui m'observaient.

— Qu'est-ce qu'il y a ?

— Tu cuisines trop bien, dit Brandon, en me souriant timidement.

Je me rassis en riant.

— Ah, ton père a participé.

Ryder acquiesça.

— Ta maison est géniale.

— Merci.

— Est-ce que tu pourras nous en faire une ? voulut savoir Ryder.

— Et bien mon grand, je ne sais pas si ton père serait d'accord.

— Alors on peut continuer de venir te rendre visite ? raisonna Brandon. Est-ce qu'on pourra dormir dans la véranda demain soir ?

— Si tu veux, mais rappelle-toi que le matin, cette chambre est très lumineuse.

Ils trouvèrent tous les deux que c'était à hurler de rire, vu que c'était une véranda après tout.

Je pensais qu'ils allaient rentrer chez eux après les brownies, le lait et une autre bière pour Mitch et moi, mais ils s'installèrent devant la télévision. Après de longs débats, ils décidèrent de revoir le troisième Harry Potter. Visiblement, c'était un de leur préféré.

Je fis la vaisselle avec l'aide de Mitch, qui séchait et rangeait les affaires.

— Comment est-ce que tu fais ? demandai-je, émerveillé par la facilité avec laquelle il empilait les bols et rangeait les casseroles à leur place.

Il me lança un regard incrédule.

— J'ai grandi dans la cuisine de ta mère dans l'ancienne maison et cette cuisine a aussi été la sienne pendant quelque temps.

— Oui.

— Elle avait une organisation bien précise, non ? Comme une implantation.

Je souris.

— Exactement.

— Elle a refait la cuisine de maman après la crise cardiaque de mon père, tu t'en souviens ?

— Oui.

Il toussota.

— Ils sont venus, tu sais, mes parents.

— Quand ?

— À l'enterrement de ta mère.

— Ah, oui, je le savais. Je les ai vus. Nous avons dîné ensemble.

Il acquiesça.

— Ma mère m'a dit que tu avais été grièvement blessé pendant la guerre.

— Juste ma jambe droite.

— Non, elle a dit que c'était beaucoup plus que ça.

— C'était essentiellement ça, lui assurai-je, refusant d'entrer dans les détails, en aucun cas, et si jamais je le faisais, ce ne serait sûrement pas maintenant.

Réduisant l'espace entre nous, il resta là, à attendre.

— Que s'est-il passé ?

— J'étais dans un camion qui a été frappé par un missile.

Il resta silencieux un moment avant de se rendre compte que j'avais fini.

— Non.

— Non ?

Une main posée sur le comptoir à côté de moi, il se tenait immobile, telle une présence solide. C'était l'image même de la force tranquille, prêt à m'épauler.

— Dis-moi.

— Je... Il n'y a rien à raconter.

— Ah bon ?

Mais je ne pouvais pas, quel intérêt ?

— D'après ce que j'ai entendu, on a fait explosé votre camion et tu as été fait prisonnier, torturé – et c'est là que tu as été blessé à la jambe – et puis, continua-t-il en me fixant durement, tu as été sauvé, et pendant ce merdier, tu as été blessé une deuxième fois.

— Pas exactement.

— Pas *exactement* ? répéta-t-il. Dans quel sens ?

Je toussai.

— Je n'étais pas…

— C'est ta mère qui a tout raconté à la mienne.

— Oui, mais ma mère simplifiait tout et la tienne exagère toujours.

— Ce n'est pas faux, concéda-t-il.

— Alors ?

— Alors dis-moi. Que t'est-il arrivé exactement ?

— Tu veux tout savoir maintenant ?

— Non, soupira-t-il, en reposant le torchon. Je veux que nous nous asseyions dans le salon pour que tu me puisses me raconter toute l'histoire sans rien omettre.

Je désignai les enfants sur l'énorme tapis duveteux devant la télé, près de la cheminée, calés sur des coussins, en train de regarder *Harry Potter et le prisonnier d'Azkaban.*

— Ils sont en train de s'endormir, m'assura-t-il. Ce serait aussi ton cas si tu avais eu une journée comme la leur.

— En parlant de ça, ils vont bien ? Tu as dû avoir la trouille de ta vie.

— J'ai bien flippé à la maison, confessa Mitch, en frissonnant. Pauvre Bran, j'ai pleuré toutes les larmes de mon corps dans ses bras après avoir appelé Barb.

— Elle a dit quoi ? demandai-je en résistant à l'envie de le toucher, préférant reculer pour mettre de la distance entre nous.

— Elle voulait être sûre qu'il allait bien, et une fois qu'elle était rassurée sur le fait qu'il allait parfaitement bien, elle s'est mise à pleurer parce qu'elle était inquiète pour moi.

— C'est sympa !

— Je sais, dit-il, les yeux pleins de larmes. À sa place, je l'aurais probablement défoncée et j'aurais pris le premier avion, et je ne sais pas ce que j'aurais fait d'autre.

— Alors tu en penses quoi ? Qu'elle s'en fout ?

— Oh non, non, ce n'est pas ce que je voulais dire. C'est juste que… Barb a besoin de temps pour elle, en ce moment. Elle les aime et elle s'inquiète, mais elle n'est pas dans une période où elle arrive à être leur mère.

— Je ne comprends pas.

— Elle a été Mme Mitch Thayer pendant presque dix ans et elle ne peut plus l'être. Et malheureusement, ça veut aussi dire qu'elle ne peut plus être une maman non plus pour l'instant.

— Mais quand tu deviens parent, ce n'est plus vraiment toi qui choisis, n'est-ce pas ?

— Oui, mais tout le temps où je jouais au football américain, je n'étais pas un père.

— Explique.

Il haussa les épaules.

— Je n'étais jamais là, et quand j'étais à la maison, j'étais distant et… merde, j'étais un père pourri, et le pire mari du monde.

— Je pense que le pire mari du monde reviendrait à dire que tu la frappais et je sais que tu n'aurais jamais fait ça.

— C'est vrai, acquiesça-t-il en soupirant, mais la distance émotionnelle peut être terrible, elle aussi.

— Je m'en doute.

— Je lui en voulais de cacher qui j'étais et ce n'était pas juste. Tu n'imagines pas avec combien de mecs j'ai couché, à la seconde où le divorce a été finalisé. C'était dingue.

— Tu t'es un peu lâché ?

Il écarquilla les yeux en hochant la tête.

— Je suis peut-être un peu parti en vrille.

— De la débauche alcoolisée ? le taquinai-je.

— Oh oui. Toutes ces années à prétendre que j'étais quelqu'un d'autre se sont en quelque sorte accumulées.

— J'imagine.

— Je suis content d'en avoir fini avec tout ça, expliqua-t-il en envoyant le torchon sur son épaule et en se rapprochant de moi. J'ai pu revenir ici pour…

— Pourquoi es-tu resté marié ? l'interrompis-je, refusant d'aborder le sujet du « nous ».

Je ne voulais parler que de *lui*, de *sa* vie.

Il s'arrêta net et se replaça contre le comptoir.

— J'avais l'impression que si je ne restais pas marié, alors j'étais juste un échec, et si en plus je faisais mon coming-out par-dessus… cela n'aurait été qu'un mensonge depuis le départ, juste un autre homme gay dans un faux mariage.

— Bi, plutôt, non ? le corrigeai-je. Je veux dire, tu couchais avec Barbara.

— Oui. Deux fois.

C'était douloureux à entendre.

— Ah, c'est horrible. Je suis désolé pour elle.

— Inutile de l'être, elle s'en fichait.

Il avait l'air sûr de lui, aucun doute.

— Coucher avec moi ne lui a jamais manqué.

— C'est l'intimité pourtant. Ce n'est pas l'acte lui-même qui te manque. C'est la proximité avec l'autre personne qui est importante.

— Je crois que c'est censé être les deux pour moi. Être excité par la personne que tu aimes, celle avec laquelle tu fais ta vie, je veux dire que c'est ça, la relation que tu veux.

Je n'allais pas commencer à en débattre avec lui.

— Est-ce que tu as aimé Barbara ?

— Je l'ai aimée. Je l'aime. Elle m'a toujours soutenu, ce que j'ai toujours beaucoup apprécié.

— Est-ce qu'elle t'aimait ?

Il fit la grimace.

— Je pense que oui, peut-être au tout début. Mais à chaque échec, elle se retrouvait comparée à toi, ce qui a très vite tué ce qu'il y avait entre nous.

J'étais effaré.

— Tu lui as parlé de moi ?

— Trop souvent, oui.

— Qu'est-ce que tu veux dire ?

— Je lui renvoyais ta présence au visage très souvent.

Cette discussion ne pouvait rien donner de bon.

— Alors qui a demandé le divorce ? lançai-je pour détourner la conversation.

— Moi.

— Et qu'est-ce qui t'a décidé ?

Il inspira longuement.

— Un jour, quand je suis rentré à la maison, je me suis rendu compte que tout ce que je voulais, c'était être avec mes fils. Et que Barb et moi n'avions pas besoin d'être mariés pour ça.

— Donc tu as demandé le divorce.

— Oui, parce que me cacher n'avait plus autant d'importance. Je voulais seulement faire ce qu'il y avait de mieux pour Bran et Ry. Et notre couple ne leur apportait rien de bien.

— Et maintenant ?

Rapide sourire éblouissant.

— Eh bien, tout va bien. Une fois que nous n'avons plus été mariés, nous sommes devenus très bons amis.

— Sérieusement ?

— Oh oui. Quand elle a eu du temps, des week-ends pour elle, quand elle a déménagé à Carmel et qu'elle a eu son propre espace, sa propre vie, ses amis, quand elle a créé sa propre boîte... Le changement a été incroyable. Toute l'amertume que je lui causais s'est évanouie.

— Tu ne peux pas t'en vouloir pour tout. Elle aurait pu demander le divorce il y a longtemps si elle était si malheureuse.

— Mais le mariage, c'est un contrat, non ? Tu promets de faire de ton mieux pour l'autre aussi longtemps que tu vivras. Barb a pris ses vœux bien plus sérieusement que moi et elle aurait été là pour moi jusqu'au bout. Elle n'allait jamais cesser de me soutenir, d'être mon roc.

Je souris en signe de reddition parce qu'il était impossible d'avoir ne serait-ce qu'une once d'inimitié pour cette femme. J'avais toujours pensé qu'elle avait *ma* vie. Elle avait épousé l'homme que j'aimais, alors e ne l'avais jamais vu autrement qu'avec jalousie. Aujourd'hui, je me rendais bien compte que son parcours avait été difficile, à essayer de faire couler le sang d'une pierre. L'amour de Mitch m'avait manqué, mais au moins je savais à quoi cet amour ressemblait, ce qu'il était. Elle, en revanche, n'avait jamais eu la chance d'avoir l'affection de son mari.

— Tu en parles comme de quelqu'un de formidable.

— Elle l'était. Elle l'est, concéda-t-il avec un haussement d'épaules. Et maintenant que nous sommes amis, elle dirait des choses comme « Seigneur, Mitch, je ne savais pas que tu pouvais sourire comme ça ».

Ne jamais voir ses yeux s'embraser quand il la regardait.... Je n'arrivais pas à imaginer une telle chose. Même durant les quelques heures pendant lesquelles nous avions parlé, j'avais croisé son regard et senti sa chaleur solaire. Son attachement pour moi était évident.

— Nous sommes en bons termes maintenant, c'est le meilleur côté du divorce.

J'avais vu des photos de Barbara Thayer, c'était une femme éblouissante : une Californienne, blonde, une vraie Barbie aux yeux bleus. La différence, c'était que sur toutes les photos, elle ne souriait jamais. Je remarquais toujours sa crinière blonde et sa peau dorée, mais aussi ses yeux vides, son regard hanté, qui hurlaient qu'elle n'était pas heureuse. Seules les quelques photos sans Mitch, avec elle et ses garçons, révélaient au monde sa vraie beauté. C'était clair qu'elle adorait ses enfants, simplement... pas son mari. Bien sûr, à l'époque, c'était un rêve de ma part. Maintenant, je savais que j'avais eu raison et que ce que j'avais vu était réel, et pas juste quelque chose que je voulais voir. Ils avaient fait un mariage de convenance.

— Et maintenant, poursuivit Mitch, elle est photographe à plein temps, et elle est très demandée. Je la vois rire et elle écoute comme elle le faisait avant notre mariage, et comme aujourd'hui, elle pleure pour moi, pour ce que j'ai dû éprouver, elle tient de nouveau à moi.

— On dirait que tu l'aimes aussi.

— Oui, beaucoup. On est tellement bien sans être marié.

— Est-ce qu'elle manque à ses garçons ?

— Oui. Elle s'est repliée sur elle-même pendant longtemps, traversant toutes les étapes du divorce avec moi, et ils se sont habitués à être beaucoup avec moi.

— Oui, on dirait qu'ils ont l'habitude de t'accompagner dans tes voyages d'affaires.

— Exactement, donc oui, ils l'aiment, mais tout le monde apprécie les choses dans leur état actuel.

— Ils vont probablement rester avec toi plus longtemps que les six mois qu'ils étaient censés faire ici.

— Les nouvelles vont vite.

— Petite ville, lui rappelai-je.

Il rit.

— C'est vrai. Barb ne sait pas encore avec certitude si elle reviendra aux États-Unis dans six mois, donc nous verrons au jour le jour. Elle m'a provisoirement donné la garde exclusive, et si quoi que ce soit arrive durant l'intérim, je n'aurais pas besoin de l'attendre pour prendre une décision.

— Évidemment, dis-je sans conviction.

C'était dur de l'entendre parler d'elle aussi affectueusement même s'il était clair qu'elle ne faisait plus partie de sa vie amoureuse.

— Elle est au Ghana en ce moment.

— Au *Ghana* ?

Il acquiesça.

— Waouh.

Il haussa les épaules.

— Elle est follement heureuse, alors je suis content pour elle.

J'inspirai.

— Elle te manque ?

— Manquer comment ?

126

— Je veux dire, est-ce que ta femme te manque ?

Il resta silencieux un moment, réfléchissant.

— Le fait d'avoir un partenaire me manque, mais Barb ne me manque pas à moi, seulement aux garçons. Notre couple est fini, la seule chose bien que nous faisons ensemble, c'est d'être des parents.

C'était clair.

— Tu l'appelles au Ghana ?

— Le téléphone satellite est fait pour ça !

— Ah.

Son sourire était diabolique. Il avait toujours aimé me taquiner et, visiblement, cela n'avait pas changé.

— On parle bien.

— Je suis content pour vous.

— Elle était très contente de savoir que je m'étais bougé pour venir te parler.

— Ah oui ? coassai-je, toujours ébahi qu'il ait parlé de moi à son ex-femme.

— Oui, elle était très déçue de mes tentatives pour venir te voir.

— Pourquoi ça ?

Je lui posai la question parce qu'au fond, pourquoi s'en soucierait-elle ?

— Parce que, pendant toute la durée de notre mariage, elle n'a entendu que « Hagen aurait fait ça, Hagen aurait trouvé ça drôle, Hagen aimait faire l'amour avec moi, lui ».

— Ah, donc basiquement elle me déteste, répondis-je platement, sans vraiment me soucier du fait que j'avais été profondément jaloux d'elle pendant des années.

Il pencha la tête, réfléchissant un instant.

— C'est presque ça.

Je ris.

— C'était une belle diversion d'ailleurs.

— Pardon ?

— Tu passes de toi aux enfants, pas mal.

Mon visage s'empourpra.

— Va te faire foutre, Thayer. J'étais inquiet à propos…

— Je sais que tu l'es, répliqua-t-il, d'un ton apaisant aussi doux que du miel liquide, en m'adressant un sourire gentil. Je sais que tu t'inquiètes pour les enfants.

Je le foudroyai du regard.

127

— Mais je sais aussi que tu ne veux pas parler de ce qu'il t'est arrivé et je crois que tu as besoin de le faire, en particulier avec moi.

— Et pourquoi ça ? ironisai-je, ma colère éclatant aussitôt, parce qu'elle était là, juste là, perçant la surface. Tu crois pouvoir m'aider ?

— Je sais que je peux t'aider.

— Et bien tu ne peux pas, craquai-je, en me lavant les mains.

Je coupai l'eau avant d'arracher le torchon de son épaule.

— C'est à moi de gérer mes problèmes.

— Pourquoi ?

Je froissai la serviette et la lui renvoyai, ce qui était stupide et contribua juste à m'énerver un peu plus. Je pivotai et me ruai vers la porte de derrière, qui menait sur la terrasse.

Il me rattrapa devant la porte et posa ses mains par-dessus les miennes pour être sûr que je ne puisse bouger.

— Laisse-moi partir.

— Plus jamais, putain.

Je tournai la tête pour le regarder.

— Mais qu'est-ce que ça veut dire ?

— Ça veut dire que je ne vais nulle part, espèce de crétin. Je suis revenu et nous allons régler ce problème parce que nous savons tous les deux que je suis la meilleure chose qui puisse t'arriver.

Je reculai d'un pas.

— Tu es parti.

— Il le fallait.

— Je ne veux pas dire…, grondai-je, parce que oui, il avait raison, il avait toujours été prévu qu'il s'en aille.

Son départ n'avait pas été le problème.

— Tu t'es éloigné de moi.

— C'est vrai.

J'expirai doucement et une vague de calme me submergea.

— C'est ça, le problème, dis-je, retournant vers la table de la cuisine et m'appuyant sur le dossier d'une des chaises. Ce n'est pas ton départ, c'est tout ce qui s'est produit après.

— Je sais, approuva-t-il en me suivant, s'installant de manière à ce que nous soyons face-à-face. J'ai merdé. J'ai fait une erreur et je suis ici pour me racheter.

Je secouai la tête.

— Ça ne changera rien.

— Bien sûr que si. Parce qu'une fois que tu m'auras obligé à faire pénitence, tu me reprendras.

— Tu es fou ?

Il secoua la tête.

— Peut-être.

— Mitch, c'est fini. Notre histoire est finie.

— Non.

— Ce n'est pas parce que tu vas dire non que tu auras raison.

— Je pense que si.

Je levai les mains au ciel.

— Tu n'as pas ton mot à dire.

— Je pense que si.

— Comment ? Comment est-ce que tu aurais ton mot à dire ?

— Parce je peux t'aider avec ton problème quel qu'il soit. Parce que tu me fais confiance.

Je m'étranglai.

— Je ne te fais absolument pas confiance.

— Tu bluffes, dit-il avec assurance, souriant à sa façon bien particulière.

J'avais envie de le frapper.

— Tu es peut-être furieux contre moi, mais tu n'as pas perdu la foi.

— Je ne te fais pas confiance pour ne pas me blesser, rétorquai-je

Son arrogance n'avait jamais manqué de me mettre en rogne.

— Émotionnellement, mentalement, c'est sûr. Je veux bien te croire. Mais physiquement, laisse-moi rire. Tu sais que tu es en sécurité avec moi.

De toutes les choses qu'il aurait pu dire, c'était la seule sur laquelle je ne pouvais pas le contredire.

Comme l'avait prouvé son baiser quelques instants plus tôt, il avait raison : je lui faisais confiance avec mon corps. C'était inscrit en moi, je savais qu'il ne me ferait pas de mal, qu'il ne se retournerait jamais contre moi. Ce que j'avais été s'était imprimé en lui il y a des années, et n'avait pas changé, demeurant vierge de toute expérience de la vie. Au plus profond, là où cela avait de l'importance, je connaissais Mitch aussi bien que je me connaissais, ce qui donnait un poids à ses mots que personne d'autre ne pouvait avoir.

— Tu as besoin de moi, murmura-t-il, la voix rauque, son regard empli de désir. Et moi, j'ai terriblement besoin de toi.

129

Vidé de toute colère, je fus parcouru d'un tremblement des pieds à la tête. Son sourire s'élargit, chaque seconde qui passait venait renforcer sa confiance en lui.

— Tu seras à nouveau à moi, tu verras.

Je n'avais plus aucune munition à lui renvoyer.

— Mes enfants t'aiment déjà et tu sais ce que j'éprouve pour toi. Pourquoi est-ce que tu ne nous voudrais pas tous dans ta vie ?

Le nœud qui m'obstruait la gorge rendait toute communication difficile.

— Tu ne m'appartiens pas Mitch.

— Oh, non ? Je crois que tu devrais revérifier.

Ce n'était pas juste. L'idée d'avoir un mari et des enfants, une famille avec laquelle partager ma maison, mon entreprise, ma vie entière, tout ceci, c'était mon rêve. Comment osait-il débarquer dans ma vie pour me faire miroiter ce que je pouvais avoir, alors que je ne lui faisais pas confiance pour ne pas me balader à nouveau ? Je ne pouvais pas me remettre dans la position de celui qui allait tout perdre. Pourtant, mon rêve était juste à ma portée, comme un battement de cœur, cognant sous ma peau.

— La récompense est au bout du chemin, dit-il joyeusement. Tout ce que tu as à faire, c'est d'y croire.

C'était tout le problème. J'étais quasiment sûr que cette possibilité ne se matérialiserait jamais.

— Ce n'est pas fini, Hage, murmura-t-il. Pas encore. Je suis arrivé juste à temps.

Je n'en étais pas si sûr.

J'IGNORAIS QUE les enfants pouvaient être aussi apaisants. Je n'en avais jamais eu à proximité durant des périodes vraiment difficiles. Mais ils étaient fantastiques.

Je me laissai tomber sur le canapé entre les garçons et Mitch fut obligé de s'asseoir à droite de Ryder, qui se lova contre lui. Rien de mieux pour tuer la libido qu'un adorable gamin roulé en boule contre soi. Le plus amusant, c'est qu'à la moitié du film, je jetai un œil sur les autres, pour me rendre compte que j'étais le seul encore éveillé. Ce sentiment de plénitude, en les regardant dormir, n'aurait pas dû me submerger, puisque je n'arrivais pas à m'imaginer en train de laisser Mitch revenir dans ma vie. Je déplaçai délicatement Brandon de mes genoux, l'allongeant sur le côté, le long du canapé, et je le recouvris d'une des nombreuses couvertures tricotées par ma mère. Elle avait été une tricoteuse hors pair et la maison était remplie de couvertures, de paires de chaussettes, de chapeaux et d'écharpes. Ils étaient très doux, faits à partir de laine de mouton et d'acrylique, et il y en avait énormément, épaisses et de couleur blanche, lin et gris pâle. Elle m'en avait fait dix de chaque pour être sûre que j'aurais toujours chaud et que je pourrais toujours la sentir autour de moi. J'allongeai Ryder et le recouvris aussi d'une couverture jusqu'au menton. Voir les garçons pelotonnés sous les plaids me fit monter les larmes aux yeux.

Quand je fis le tour du canapé, Mitch m'agrippa par le poignet et avec lenteur et gentillesse, il m'attira vers lui jusqu'à pouvoir essuyer les larmes sur mes joues.

— Pourquoi ?

Je secouai la tête.

Il haussa un sublime sourcil doré.

— Tes fils sont blottis sous les couvertures de ma mère, dis-je, pleurant à nouveau en lui souriant. Elle aurait adoré ça.

Il s'avança pour attraper mon autre main et essaya de m'attirer vers lui, dans ses bras. Je plaçai une main sur sa poitrine pour l'en empêcher.

— Ne fais pas ça, murmurai-je.

— Arrête de lutter.

Je secouai la tête.

— Tu ne peux pas… Tu n'imagines pas ce que ça a été quand tu…

— Nous sommes aujourd'hui et maintenant, me rappela-t-il, bougeant délicatement ma main, la faisant glisser le long de ses pectoraux musclés, puis de son abdomen. Et il faut que tu me laisses te prendre dans mes bras.

— Je ne…

— Si, tu peux, insista-t-il, la voix dure, le regard cloué au mien. Je sais avec certitude que tu as attendu ça toutes ces années.

— Oh ? Et comment sais-tu ça ?

— Parce qu'il en était de même pour moi. Maintenant, viens ici.

Je ne pouvais pas me battre contre lui et contre mon corps à la fois. Je ressentais cette attraction, ce besoin de le toucher, d'être collé contre lui. Alors je rendis les armes.

Il recula pour me laisser de la place.

Après de longs moments, je me rendis compte que j'étais en train de m'assoupir.

— Tu vas devoir te lever, murmurai-je par-dessus son épaule.

— Non, murmura-t-il, installant son bras sous ma nuque tandis qu'il se calait autour de moi, son bras gauche me protégeant comme un bouclier.

Il frotta son visage dans mes cheveux.

Il y aurait des rêves, il y en avait toujours si je plongeais dans le sommeil, aussi me promis-je de ne pas m'endormir. J'espérais ne pas l'effrayer si je somnolais par accident pendant une seconde et que je me réveillais en sursaut. Je ne voulais pas effrayer les enfants. Tout se serait bien passé si nous avions été dans des chambres séparées, mais vu que nous étions tous sur le grand canapé... je m'inquiétais. Mais les chances que je m'endorme profondément, lové contre Mitch Thayer, étaient d'une sur un million environ. Je n'avais pas fait de nuit complète depuis que j'étais revenu de la guerre.

Je serai debout dans quelques heures, à hanter la maison, comme d'habitude.

VIII

L'ODEUR DU café me chatouilla le nez, et alors que j'ouvrais les yeux, la lumière du soleil arriva de tous les côtés pour m'accueillir. Non seulement j'avais dormi jusqu'au matin, mais je n'avais pas fait de rêves terrifiants, à faire battre mon cœur la chamade ou à me laisser trempé de sueur glacée. Avoir Mitch ici n'allait pas me guérir, j'étais brisé, de telle manière que la proximité seule ne pouvait pas me soigner. Pourtant, j'avais pu me reposer, totalement en sécurité pour la première depuis que j'étais revenu.

J'allais m'extraire de son étreinte, furieux contre moi-même de m'être senti vulnérable la nuit précédente, d'être à nouveau tombé amoureux de lui, même un court instant, d'avoir imaginé ma vie avec lui et les enfants. Notre histoire avait eu lieu il y a une éternité et vivre dans le passé ne faisait de bien à personne. C'était quelqu'un que je connaissais autrefois, pas quelqu'un qui convenait à l'instant présent.

Toutes ces pensées me traversèrent l'esprit avant que je n'entende un délicat grognement au-dessus de moi.

Levant les yeux, je tombai sur une magnifique paire d'yeux bleu marine, encadrée par de longs cils blonds. Je fronçai les sourcils rapidement et son sourire fut instantané.

— Qu'est-ce que tu fous ici ? rouspétai-je.

Jessica Lynn Thayer croisa les bras et haussa un sourcil de la même manière que son frère l'avait fait la nuit précédente.

— Je croyais que tu n'étais pas censée être là avant la semaine prochaine ?

— J'ai appris que mon frère devait quitter la ville quelques jours et les enfants m'ont supplié de venir les garder pour qu'ils puissent commencer l'école dans les temps.

— Je me suis porté volontaire pour m'en occuper.

— C'est ce qu'on m'a dit, répliqua-t-elle, penchée en avant, retenant des cheveux de la même couleur que ses sourcils : un blond lumineux et éclatant de vie, avec des mèches roses.

Elle m'embrassa sur le front.

— Et puis-je ajouter que tu as l'air en forme ?

— Toi aussi, dis-je, d'une voix rauque.

J'étais tellement heureux de la voir. Enfin quelqu'un pour qui je n'avais pas besoin d'analyser mes sentiments. J'adorais Jessie Thayer envers et contre tous, depuis la minute où je l'avais rencontrée quand j'avais douze ans, jusqu'à aujourd'hui. Les choses n'avaient jamais, jamais changé entre nous.

— J'adore tes cheveux roses.

Le regard qu'elle me lança aurait dû me tuer sur place.

— Quoi ?

— C'est de l'or rose, dit-elle d'un ton neutre, sous-entendant que j'étais un idiot. Mais je vais te pardonner ton manque de connaissance vu que tu avais l'air si bien, allongé dans les bras de mon frère.

Je me tournai pour regarder l'homme en question, toujours assoupi, les cheveux ébouriffés, un début de barbe dorée brillant à la lumière. Il ressemblait exactement à ce qu'il avait été au lycée.

— Ce n'est pas…

Elle posa un doigt sur ses lèvres.

— J'ai fait du café. Y a-t-il de quoi préparer un petit-déjeuner ici ?

J'acquiesçai.

— Les garçons sont dehors, ils utilisent les jumelles à tour de rôle pour chercher… Ed c'est ça ?

— C'est une chouette.

— Évidemment, dit-elle en riant. Bon, je vais commencer à cuisiner et tu pourras m'aider dans une seconde.

— Qui t'a laissé entrer ?

— Ryder.

— Comment savais-tu où était ta famille ?

— J'ai procédé par élimination, expliqua-t-elle, en repoussant ses cheveux du visage. Si Mitch et les garçons n'étaient pas à la maison, alors ils étaient avec toi.

— Tout le monde dans cette ville, toi inclus, a complètement pété les plombs. Tu n'habites même plus ici.

— Je t'en prie, nous savons tous les deux que Mitch est revenu ici pour toi, parce que tu es la seule chose qui lui manque.

J'allais finir par faire une crise cardiaque à cause d'elle et de toutes ses suppositions.

— Nous n'allons pas nous remettre ensemble !

— Ah bon ? demanda-t-elle en nous désignant tour à tour ostensiblement d'un doigt accusateur. Parce que vous aviez l'air sacrément proches, il y a un instant.

— Ce n'est pas… Rien n'a changé.

— Je pense que si et, comme je le disais, je savais exactement où les chercher ce matin quand je ne les ai pas trouvés chez eux.

— Tu n'aurais pas dû supposer qu'ils étaient ici.

— Et pourtant, j'avais raison.

— Un coup de chance.

— Un espoir, corrigea-t-elle.

— Je ne…

— Pourquoi est-ce que tout le monde s'inquiète toujours, quand quelque chose s'est produit dans le passé, que ça ne puisse pas se reproduire à nouveau dans le futur ?

— Le passé est le passé. Il devrait y rester.

— Qui a dit ça ? Parce que c'est tragique ?

— Pourquoi voudrait-on refaire les mêmes erreurs encore et encore ? répliquai-je.

—Comment ferait-on pour grandir ou apprendre, sinon ?

— Les nouvelles personnes que tu rencontres s'enrichissent de la personne éclairée que tu es, suggérai-je. La vérité, c'est que parfois, nous ne sommes pas assez intelligents pour ne pas refaire les mêmes erreurs, encore et encore.

— Mais peut-être que ça n'a jamais été une erreur, vous étiez juste jeunes.

Je grognai.

— Arrête de parler par généralité, ma tête va finir par éclater.

Elle rit.

— Tout ce que j'essaie de te dire, c'est qu'il était jeune quand il est parti. Il n'avait aucune idée des choses, il était paumé et il ne s'est pas rendu compte que toi – le type qu'il quittait – tu étais l'amour de sa vie.

— Oh Seigneur, grognai-je, refusant d'examiner ma vie avant d'avoir pris un café.

— La plupart des gens ne rencontrent pas leurs âmes sœurs au lycée.

— Stop.

— Tu m'as demandé d'arrêter de parler par généralité

— Je crois que je te déteste.

— Oui, je m'en doute, répliqua-t-elle, sarcastique, en me caressant la joue. Maintenant, écoute-moi. Il a beaucoup mûri. Ce n'est plus un gamin gâté, il ne joue plus avec son image ou ses prouesses athlétiques, et il est très bon pour prévoir un plan de secours avant de sauter dans le vide ces temps-ci.

— Oh ?

— C'est lui qui m'a dit de ne pas abandonner mon rêve, même lorsque le temps que je m'étais fixé pour réussir était terminé.

Je plissai les yeux.

— Qu'est-ce qu'il a fait ?

— Il m'a soutenu, émotionnellement, financièrement, il a concrétisé ses paroles par des actes, jusqu'à ce que je retombe sur mes pieds.

— Après avoir réalisé un saut éblouissant, t'en être sorti en prenant la pose, bien sûr.

Elle me caressa la joue.

— Il pourrait toujours utiliser son physique pour obtenir ce qu'il veut, soupirai-je, regardant l'homme qui reposait à côté de moi de la tête aux pieds.

Toujours aussi sexy, terriblement beau avec ses traits ciselés, ses muscles bien dessinés, ses épaules larges et ses hanches minces. Étalé à mes côtés, il correspondait à une certaine idée romantique de la beauté. La puissance qui émanait de lui me donnait envie de le toucher. Je n'aurais jamais osé mettre les mains sur lui ; c'était déjà assez dur de sentir la chaleur qu'il dégageait à travers ses vêtements.

— Ah bon ?

Jess m'interrompit dans mes pensées lascives.

— Tu penses toujours qu'il est beau ?

— Très.

— Il a bien vieilli.

— C'est vrai, approuvai-je.

Puis je remarquai que son sourire était diabolique.

— Oh, pousse-toi.

Elle se pencha à nouveau vers moi et me tapota le front du bout du doigt.

— Il a compris ce qui était important. Il ne te brisera plus jamais le cœur, Hage. Il n'est pas bête.

— C'est toi qui le dis.

— C'est ce que disent tous ceux qui le connaissent un peu, déclara-t-elle solennellement.

C'était trop. Trop d'insistance de sa part, trop de choses auxquelles penser. J'avais besoin d'un temps mort.

— Il a changé.

Mais moi aussi.

Je soupirai.

— Alors comment as-tu trouvé la maison ? Je n'habite plus au même endroit qu'avant.

— Tout le monde sait où tu vis, chaton, dit-elle en éclatant de rire. J'ai juste roulé jusque chez le shérif avec ma voiture de location et je lui ai demandé.

— Seigneur, grommelai-je, toujours aussi émerveillé par l'absence de vie privée dans cette ville.

— Lydia te passe le bonjour, d'ailleurs.

— Le shérif ne devrait pas donner l'adresse de ma maison.

— Tu as raison, acquiesça-t-elle en riant. C'était vilain.

— Seigneur.

Elle s'éloigna, riant encore plus qu'avant.

Quand j'essayai de bouger, Mitch resserra ses bras autour de moi. Il n'était pas encore réveillé, me garder près de lui était un geste instinctif, et il enfouit le visage dans mon cou.

Toute la nuit, j'avais dormi en paix dans le cercle de ses bras, son torse pressé contre mon dos, sa respiration me chatouillant l'oreille, dans une position que la plupart des gens auraient trouvé étouffante et confinée. Sauf que moi, j'aimais être enveloppé ainsi, j'avais toujours adoré cela, mais aujourd'hui, personne ne se serait risqué à le faire. J'avais dit la même chose à tous les hommes avec lesquels j'avais été à l'Armée, avant Ash et jusqu'à lui : je n'aimais pas être collé quand je dormais. Et maintenant, dans ma vie après l'Armée, ce sentiment de confinement pouvait m'envoyer dans une panique totale. Mais parce qu'il s'agissait de Mitch… parce qu'il me connaissait… c'était différent. Seul Mitch savait que je ne bougeais pas d'un pouce quand je dormais et il n'y avait que lui qui savait qu'il n'y avait qu'en étant étroitement serré que j'avais un vrai sommeil réparateur. De cette façon, le nouveau moi qui était effrayé, et l'ancien moi qui ne l'était pas, avaient tous les deux étés réconfortés par le seul homme qui pouvait le faire.

137

Et ce n'était pas parce que Mitch s'en souvenait ; en fait, il n'avait jamais oublié. C'était instinctif, il m'avait attiré dans une étreinte ferme, sans même penser à mon confort. Au final, je n'arrivais pas à me rappeler la dernière fois où j'avais aussi bien dormi. Il me connaissait, et en étant avec moi, en me voyant, tout ce qu'il savait inconsciemment avait pris le dessus. Ce n'était pas juste, parce que Ash avait raison : personne d'autre n'aurait une chance avec moi si Mitch Thayer était là.

Je me figeai un moment, perdu dans une vague d'espoir et de peur. Ce dont j'avais besoin et ce que je voulais entraient en conflit avec ce qui était intelligent et sans risque. Je voulais que les murs qui me protégeaient tombent, mais en même temps, j'avais besoin qu'ils restent inviolables. J'étais content qu'il soit obligé de s'en aller. Je n'étais pas prêt à avoir une discussion aussi sérieuse avec lui.

— Quand je reviendrai, il faudra qu'on parle, marmonna-t-il de sa voix soyeuse.

— Peut-être que je n'ai pas envie de te parler, répliquai-je, en le repoussant légèrement, juste pour le voir enrouler ses bras autour de ma nuque.

Il approcha la bouche de mon oreille.

— Oh que si, tu en as envie. Tu veux tout avoir avec moi.

Ma première impulsion, quand il présumait quelque chose, c'était de le contredire.

— Ce n'est pas... Tu prends des choses pour acquises et...

Il grogna et m'embrassa dans le cou. Je frissonnai à son contact.

— Il faut que tu me laisses partir.

— Il faut que je te traîne dans mon lit et que je te garde dedans pendant quelques jours, mais malheureusement, cela n'arrivera pas avant mon retour.

— Tu es toujours aussi sûr de toi ?

J'essayais de ne pas trembler, et plus encore, de ne pas lui faire sentir à quel point ses mots m'avaient touché.

— Oui.

Je roulai pour lui faire face, incapable de me cacher avec le peu de distance qui nous séparait.

— Tu m'as quitté, dis-je platement, énonçant certaines vérités.

— C'est vrai, répliqua-t-il, son regard rivé au mien, sans broncher, sans se détourner.

Nous étions en train de parler et aucun de nous ne fuyait.

— Et maintenant, quoi ?

— Maintenant tu me pardonnes et nous avançons dans nos vies.

Il ne souriait pas, n'essayait pas d'alléger l'atmosphère, s'exprimant avec franchise, comme il l'avait toujours fait.

— Juste comme ça ?

J'étais toujours aussi impressionné par la certitude dont il faisait preuve.

— Je suis ton point d'ancrage. Tu as besoin de moi.

Je me moquai de lui, essayant de me libérer. Il tint bon.

— C'est ce que je suis. Ce que j'ai toujours été.

— Tu es parti, lui rappelai-je.

— Tu peux continuer à le dire et je te répondrais toujours oui, mais ça ne t'apportera pas la paix et ça ne me ramènera pas plus vite dans ton lit et dans ta vie.

J'étais perdu dans l'océan bleu de ses yeux, qui semblaient toujours emplis de lumière dorée. Je savais que ce n'était pas le cas, logiquement je le savais, mais quand même.

— Je suis vraiment désolé pour tout, dit-il, en me caressant la joue. Je suis désolé de t'avoir brisé le cœur à l'époque, de ne pas avoir eu les couilles de t'appeler, d'abord quand je me suis rendu compte que j'avais fait une erreur, et ensuite pour avoir été trop trouillard pour venir te voir à la seconde où je suis arrivé en ville.

Je ne m'effondrerai pas sur cette confession poignante. Je resterai solide, fort et insensible, face à l'homme qui laissait parler son cœur. J'entendais clairement sa douleur et sa sincérité dans chacun de ses mots, je la devinais clairement à ses yeux plissés et à ses lèvres pincées.

— S'il te plaît, Hage, pardonne-moi.

— Tout va bien, l'apaisai-je.

— Ce n'est pas vrai, soupira-t-il. Parce que si c'était le cas, tu ferais ce dont je rêve.

— Et ce serait quoi ?

— Tu te jetterais sur moi, tu passerais tes bras autour de moi et tu me serrerais si fort contre toi que je serais capable d'entendre battre ton cœur dans ta poitrine.

— Je te promets que je ne suis plus en colère.

— Mais tu es toujours blessé et c'est de ma faute.

— Mitch…

— Je t'ai appelé des centaines de fois.

139

— C'est marrant, je ne me rappelle pas que nous ayons parlé.

Sa voix baissa d'une octave.

— Tu sais pourquoi.

— Parce que tu raccrochais avant que je ne décroche.

C'était la seule conclusion logique.

— Oui.

Il fallait que je change de sujet. J'avais la tête qui tournait et je n'avais plus de courage. Je m'étais persuadé que tout était fini, et soudain, tout ce que j'avais toujours voulu était là, à portée de main... J'étais perdu.

— Tes enfants sont super, Mitch.

Il hocha la tête.

— Tu es un homme chanceux.

— C'est vrai, mais je veux aussi être un homme aimé.

— Je peux raisonnablement soupçonner que c'est le cas.

— Je suis un fils, un père, un frère, un patron et un ami apprécié, dit-il avec émotion, la main dans mon dos, me rapprochant de lui. Mais ça me manque de ne pas être quelque chose d'autre.

— Et c'est quoi ?

— Un mari.

Je connaissais le mot, je l'avais entendu un million de fois, et pourtant, jusqu'à ce que Mitch le prononce, je ne savais absolument pas qu'il pourrait un jour avoir un sens pour moi.

Mari.

J'en oubliai de respirer, mais je m'en fichais complètement.

J'avais cru que le temps que nous avions passé loin l'un de l'autre – après tout, beaucoup d'années s'étaient envolées –, serait bénéfique, faciliterait nos retrouvailles et nos échanges. La veille, j'étais sûr d'être triste en voyant Mitch, oui, mais je pensais que cette tristesse se serait dissipée avec le temps.

J'avais oublié de prendre en compte mon désir pour lui, qui ne pourrait jamais être rassasié. Je n'en avais jamais eu assez de lui. Je voulais encore plus de Mitch Thayer et, apparemment, il ressentait la même chose.

J'entendais clairement le désir dans sa voix parce que je savais où le chercher. J'avais appris chaque inflexion, chaque intonation, chaque changement subtil dans le timbre de sa voix, des années plus tôt. Il avait été mon soleil et j'avais tourné en orbite autour de lui dès le premier jour quand il m'avait salué, et jusqu'au dernier quand il m'avait fait ses adieux. Alors maintenant, noyé dans les profondeurs infinies de ses yeux bleu azur, je le voyais dans son regard, je l'entendais dans sa voix. J'étais capable de voir sans l'ombre d'un doute ce qu'il voulait et ce dont il avait besoin.

J'étais ce que Mitch voulait. Ce n'était pas possible de passer à côté.

— Tu as déjà été un mari, réussis-je à lui dire, un peu tremblant.

— Je n'étais pas le tien, répliqua-t-il d'une voix enrouée.

— Tu pousses un peu, Thayer.

— C'est comme ça que je fonctionne, Wylie, répliqua-t-il sèchement.

— Tu crois que tu pourrais me laisser respirer ?

— Non, dit-il en souriant. Cela te laisserait trop de temps pour réfléchir.

— Et rien de bon ne pourrait en sortir.

Il m'embrassa en riant, ronronnant de façon sexy. J'avais toujours aimé cette étincelle qui brillait dans ses yeux. Sa manière de m'agripper tandis qu'il prenait possession de ma bouche, affamé, me fit comprendre qu'il était en train de me marquer.

J'aurais dû me dégager et me libérer. J'aurais dû crier, j'aurais dû faire une centaine d'autres choses si je voulais rester fort et résister. Les ondes électriques que je sentais en l'embrassant faisaient crépiter ma peau, mais elles n'auraient pas dû me distraire.

— Je suis tout à toi, promit-il, ses mains tenant mon visage gentiment mais fermement.

Il refusait que je bouge.

— Et... (Baiser.) ...Si tu me quittes... (Encore un autre, où il me mordilla les lèvres et me suçota la langue.) ...à nouveau et...

— Mitch.

Je gémis son nom, submergé par l'envie dévorante que j'éprouvais. Aucun doute, j'étais déjà complètement sous son emprise.

— Non, jura-t-il avec force, accentuant la force et l'intensité de son baiser, utilisant son poids pour m'empêcher de bouger sous lui, insérant sa cuisse musclée entre les miennes, alors que le premier baiser cédait la place au suivant, puis au suivant.

Je ne savais plus où j'étais, le désir de me soumettre oblitérait tout le reste, et ce fut pour moi une révélation : je ne faisais plus ce genre de choses, je ne raisonnais plus ainsi. Je n'autorisais plus personne, maintenant, à prendre soin de moi.

— Tu n'as plus autant de patience à m'accorder, m'assura-t-il. Je sais.

C'était vrai et ça ne l'était pas, ce qui n'avait aucun sens si j'avais dû l'expliquer. Comment pouvais-je avoir confiance en Mitch, qui m'avait abandonné déjà une fois, et non en quelqu'un d'autre ?

— Tu peux m'accorder le bénéfice du doute, parce que je ne referai pas la même erreur deux fois.

— Comment le sais-tu ? demandai-je avec un frisson.

Il se recula pour me regarder et je vis ses lèvres gonflées de nos baisers, son visage empourpré, ses yeux plissés et son sourire coupable.

— Je suis beaucoup de choses, mais pas stupide.

J'allais faire une crise cardiaque à cause de lui.

Quand il se pencha sur moi, je l'arrêtai d'une main.

— Quoi ?

— Arrête avec ton « quoi ». Tu dois prendre la route pour Portland.

— Hummm, répondit-il, poussant contre ma main, l'utilisant comme levier pour se rapprocher de moi.

Ses doigts rugueux et calleux se glissèrent sous mon tee-shirt pour caresser la peau nue de mon ventre.

Je tentai de me libérer, mais il me tint plus fermement, et j'attendais l'éclair de panique, la peur d'être coincé.

Rien ne vint.

J'essayai de me dire que j'avais peur, j'essayai même de déterrer l'horreur d'un souvenir, mais Mitch était là. La douleur, l'anxiété, l'effroi, et le besoin suffocant, paralysant et terrorisant de fuir à tout prix, de me libérer par n'importe quel moyen… ne firent jamais surface.

J'étais moi. Juste ce bon vieux moi, en train d'être embrassé, dont on comptait les dents et examinait les amygdales. Je sentais l'attraction presque trop familière de Mitchell Thayer, la pulsion qui résonnait profondément en moi. Toutes les autres émotions disparaissaient à côté.

Mon cerveau n'avait rien à gérer quand j'étais en train de me contorsionner sous mon premier amour, comme je l'avais fait des millions de fois auparavant. Cette sensation, la chaleur de sa domination totale, sa possessivité et la virilité qu'il émettait, étaient douloureusement familières. C'était presque tellement normal que je dus ravaler un sanglot.

J'avais l'impression de remonter à la surface depuis les profondeurs, et de pouvoir respirer librement à nouveau. Enfin.

Je savais que cet homme n'était pas la solution miracle pour tout, mais l'idée de pouvoir me sentir si bien chaque jour, si je me remettais avec Mitch Thayer, avec l'aide d'un bon psychologue dans ma vie, était très attirante. Mitch me rappelait ce que j'aurais pu être si j'avais gardé la foi et que je travaillais un peu sur moi. On m'avait diagnostiqué un syndrome de stress post-traumatique avec des attaques de panique, des insomnies, des cauchemars récurrents, et une distance émotionnelle. Tout ça ne se réglait pas en baisant. Mais l'envie de sauter mon ex me montrait quasiment la marche à suivre pour obtenir enfin l'aide dont j'avais besoin et guérir.

J'avais envie de le frapper. Comment osait-il débarquer dans ma vie pour la remplir d'espoir ? En même temps, le besoin de l'attraper et de ne plus le lâcher me submergea. Je lui fis savoir que j'abandonnais, j'arrêtais de lutter. Il grogna comme s'il était en train de mourir. Je ne pus m'empêcher de rire.

— Ne fais pas ça, me lança-t-il d'un grondement sourd.

— Ne fais pas quoi ? le taquinai-je gentiment.

Le changement chez moi s'entendait dans l'intonation de ma voix et la douceur remplaça rapidement l'amertume.

— Essaie d'être câlin, un peu.

— Pourquoi ça ?

— Parce que je vais te sauter dessus sur-le-champ, marmonna-t-il en frottant son front contre le mien.

Je ris doucement.

— Pouvons-nous parler, s'il te plaît, quand je rentrerai à la maison ? demanda-t-il d'une voix rauque.

Il était clairement frustré.

C'était dur de se concentrer sur les mots qu'il prononçait, parce que la chaleur de son corps se communiquait au mien et que j'avais envie de me soumettre, de baisser ma garde et de simplement mouler mon corps au sien.

— Hage ?

— D'accord.

J'acquiesçai, respirai paisiblement, conscient de mon torse qui se levait et s'abaissait, de l'air qui emplissait mes poumons alors que mon cerveau mettait en évidence une vérité toute simple.

Je l'aimais.

Encore.

Je n'avais jamais cessé, même un instant. C'était la vérité dans toute sa gloire. Et je n'allais pas continuer à me battre contre ce sentiment, parce qu'il n'y avait pas de raison, pas de but. Je soupçonnais qu'avec lui, je pourrais être moi à nouveau, et vivre en étant bien dans ma peau. Cela valait la peine de courir le risque.

— Je ne te blesserai plus jamais, promit-il, et je vis ses yeux qui brillaient de larmes contenues. Bébé, je te le jure.

Mon cerveau s'éteignit alors, mon corps répondit à la virilité et au pouvoir qu'il dégageait, et une vague de désir dévorante m'envahit, surgissant du plus profond de mon être. C'était toujours comme ça entre nous, l'émotion déclenchait le désir. Une faim brutale et insatiable résonnait dans mon gémissement décadent. Je glissai les mains sous son tee-shirt Henley, pour trouver l'étendue de ses muscles puissants et une peau brûlante. J'écoutai mon nom, prononcé par cette voix gutturale, comme s'il venait du fond de sa gorge.

— Finir par abandonner la lutte au moment où je dois partir, c'est vraiment un truc de connard.

— Je ne peux pas m'en empêcher, soupirai-je.

— Au moins, c'est agréable à entendre.

Je passai les bras autour de son cou et le serrai contre moi. La tension qui nous habitait disparut lentement.

— Je serai de retour mardi. Dis-moi que nous pourrons nous voir.

— Peut-être.

Il grogna.

— Ne m'oblige pas à te supplier.

— Pourquoi ?

Deuxième grognement, encore plus pitoyable que le premier, et je lui souris parce que tout ça, l'humour, la chaleur, c'était exactement comme avant.

— Nous pourrons parler.

Il dénoua ses bras et manoeuvra jusqu'à se trouver sous moi. Je m'assis alors, à cheval sur ses cuisses. Il souleva les hanches, me projetant en avant, penché sur lui, les bras de chaque côté de sa tête.

— J'ai vraiment envie de parler avec toi – je te jure que je le veux – mais Hagen… Bébé… Il va falloir que tu me laisses te prendre ou que tu me prennes, quand je rentrerai à la maison.

— Je ne suis pas un garçon facile, le taquinai-je, bougeant sur lui, collant mon bassin contre le sien, sentant l'effet que j'avais sur lui, alors que son sexe prenait vie grâce à la friction que je lui apportais.

Il grogna presque de douleur.

— Tu n'as jamais été facile.

— Si, je l'étais. Je t'ai laissé me faire des choses alors que ça faisait seulement trois jours qu'on était ensemble.

— C'est parce que tu étais défoncé.

— Toi aussi.

— Et c'était de l'herbe de mauvaise qualité en plus, se rappela-t-il. Tous les inconvénients et pas d'effet planant.

C'était agréable d'être avec la personne avec laquelle je partageais tous mes souvenirs, ici. Bon ou mauvais, et tout le reste entre les deux, Mitch savait de quoi je parlais.

— Tu n'avais pas bu, alors j'ai dû faire quelque chose d'autre pour te détendre.

— Mais tu as eu tellement faim qu'on a dû aller chercher des pizzas.

— Ouais. Au lieu de s'envoyer en l'air, j'ai trop mangé et j'ai gerbé, marmonna-t-il, toujours contrarié après toutes ces années.

Je ris, me rappelant à quel point il avait été pitoyable.

Il agrippa fermement mes cuisses de ses mains.

— Mais ça a marché, parce que tu t'es senti tellement désolé que tu m'as taillé une pipe.

— La première que j'aie jamais faite.

— La meilleure.

— Je me débrouille mieux maintenant, dis-je implacable.

— J'attends de voir ça, quand tu veux.

— C'est gentil de ta part de te porter volontaire pour m'aider à pratiquer.

— Je suis très généreux.

Je lui souris et il remua jusqu'à ce que je sois là où il voulait, son entrejambe soigneusement calé au creux de mes fesses.

— Donc, oui pour la discussion ?

— Oui pour la discussion, concédai-je.

Son sourire aurait pu m'aveugler tellement il fut lumineux.

IX

IL Y avait des choses comme ça : avant d'en avoir soudainemenet, je ne savais absolument pas à quel point j'allais apprécier d'avoir des serviteurs.

J'allais travailler dimanche matin – parce qu'il fallait que je rattrape mon retard de la veille – mais au lieu d'avoir à courir jusqu'à mon camion au moment où j'oubliai mon mètre, Brandon se précipita pour le faire à ma place. Au lieu de partir à la recherche du détecteur de clous, Ryder se leva d'un bon de là où il était, assis sur le sol, et il courut de l'autre côté de la pièce pour le prendre et me l'amener. J'avais un laser de mesure que je tenais contre un mur et que les garçons trouvaient génial. Ils voulaient essayer les échasses pour monter les cloisons, se tenir sur la dernière marche de l'échelle ou grimper sur l'échafaudage. Je répondais systématiquement *non* à toutes ces demandes et ils furent très déçus. Je leur remontai le moral en leur offrant une glace avant le dîner, même s'il n'était pas loin de dix-huit heures, et après ça, je les emmenai chez Gail pendant une heure pour qu'ils puissent sauter sur le trampoline d'intérieur avec ses enfants.

— Alors, dit-elle gentiment, sa voix en décalage avec son sourire entendu. Il semble que tu sois en possession des enfants de Mitch Thayer.

— Ce n'est pas ce que tu penses. Je lui rends seulement service.

— Humm, acquiesça-t-elle.

Je levai les yeux au ciel et appelai les garçons pour leur dire d'y aller.

— J'aurais adoré rester, annonça Brandon. Mais Hagen a besoin de nous.

— Il a vraiment besoin de nous, répéta Ryder, en écho.

Je les emmenai manger des pizzas. J'étais pratiquement un dieu pour eux à ce moment-là, parce que celle que je leur pris n'avait pas de chou dessus.

— Une pizza au chou ?

J'étais horrifié.

Ryder hocha la tête.

— Avec des pignons et des pois patate et du poulet bio élevé en plein air.

— Le poulet, ça avait l'air d'aller.

Brandon secoua la tête, prêt à engloutir une autre part de pizza.

— Non, non, Hagen, c'était dégoûtant tout le temps.

Je ris.

— On dirait que votre pote Eric ne voulait pas que vous mangiez quoi que ce soit de mauvais pour vous.

— Il nous détestait, intervint Ryder.

— Je ne crois pas. Je pense qu'il ne comprenait pas ce que c'était que l'équilibre.

Le regard que me jeta Brandon disait clairement qu'il n'était pas convaincu.

Je dus me rendre chez Ursa Major, le magasin de mon amie Lizzie Creed, pour pendre un encadrement de fenêtre qui lui posait des problèmes, et les garçons disparurent dans l'arrière-boutique avec elle pour l'observer. Elle rassembla les morceaux de la vitre. Son mari, Earl, m'apporta une tasse de café dès qu'il me vit, parce qu'il savait que j'adorais la chicorée qu'il mettait dedans, avec la crème vanillée qu'il faisait lui-même.

— Alors, dit-il en hochant la tête, les enfants de Mitch Thayer, hein ?

— Oh, Seigneur, pas toi aussi.

— Il travaille vite. Il faut admirer sa ténacité.

— Ce n'est…

— Savoir ce qu'il voulait, et venir le chercher… ouais, je l'admire à fond pour ça.

Je grognai et criai pour rappeler les garçons.

Ce soir-là, alors que je marchais avec Jessie, Brandon et Ryder, je repensais à la manière dont Mitch nous avait tous embrassés et serrés contre lui au moment de partir.

Il avait commencé avec Ryder, puis les autres, soulevant chaque enfant et sa soeur avant d'arriver à moi.

— Ne me soulève pas ! l'avais-je prévenu.

Le baiser que j'avais reçu m'avait presque mis à genoux.

Une fois parti, il fut impossible de ne pas voir l'air négligé ou le sourire des enfants. Ils m'aimaient, moi, ma maison, mon animal de compagnie bizarre, mon travail et mon camion. Ils adoraient me suivre partout, m'aidant à tester la robustesse d'un escalier en courant dessus de bas en haut et de haut en bas. Ils appréciaient que les gens que je connaissais leur offrent toutes sortes de cadeaux. Ils étudiaient les inventions et descendaient la tyrolienne que Jeric Nejem utilisait pour voyager entre les différents postes de ranger. Inutile de le nier, j'avais la cote.

Après le dîner ce soir-là, ils s'installèrent pour regarder *Les dents de la mer* avec moi avant que Jessie ne mette son véto dessus.

— Non ? demandai-je alors que nous la regardions tous les trois innocemment depuis le canapé.

— Absolument pas, répliqua-t-elle. Je voudrais vraiment faire de la plongée avec mes neveux à un moment ou un autre de ma vie, et si vous regardez ce film, ce ne sera plus possible.

Je comprenais sa logique.

Quand Mitch appela les garçons pour leur parler, je leur laissai mon téléphone et m'éclipsai. Une fois qu'il eut fini de parler avec eux, de leur dimanche, et qu'il leur dit qu'il les aimait, il demanda à me parler.

— Je serai à la maison mardi après-midi, donc je pourrai aller les chercher à l'école. Il faudra juste que tu les déposes le matin aussi.

— C'est bien ce que je pensais, ce n'est pas un problème.

— Ou tu peux demander à Jessie de le faire. Elle s'en occupera, si tu as autre chose à faire.

— Je crois qu'ils veulent qu'on le fasse tous les deux. Avec Jess, on était en train de réfléchir à faire quelque chose d'amusant demain soir, comme des spaghettis ou des sushis. Pour rendre leur premier jour de classe spécial.

— C'est un mélange intéressant.

— Nous sommes des gens intéressants.

Il éclata de rire.

— Oui, c'est vrai.

— OK, je vais aller parler...

— Tu essaies de te débarrasser de moi ? demanda-t-il rapidement.

Il y avait de l'inquiétude dans sa voix.

— Non, je me disais simplement que tu devais être crevé, répliquai-je gentiment.

Je ne voulais pas qu'il pense que j'attendais mon tour.

— Et je le suis, mais c'est agréable de te sentir inquiet au téléphone.

— Inquiet ?

— Tu es en train de te dire « Je ne veux pas empiéter sur son temps avec les enfants, mais j'aimerais lui parler aussi parce qu'il me manque déjà ».

Je faillis m'étouffer, puis me rappelai à quel point il me connaissait bien.

— Qui a dit que tu me manquais ?

Il rit.

— Pourquoi est-ce que tu fais ça ? demandai-je, hésitant.

J'avais à la fois envie et pas envie de le savoir.

— Faire quoi ?

— Ne fais pas l'innocent. Je subis des pressions de toutes parts ici avec les enfants et ta sœur faussement adorable. Ils n'arrêtent pas de dire des choses gentilles sur mon compte toute la journée.

Il rit.

— Tout ce que j'ai entendu, c'était que Hagen avait des outils de travail trop cool. Tu ne les as pas vraiment laissés utiliser le pistolet à clous, non ?

— Mais si, dis-je, ronchon. Cela s'appelle de la supervision appropriée avec une bonne protection oculaire.

— Tu fais chier, Hage. Comment est-ce que je suis censé lutter contre ça ?

Je poussai un grognement prétentieux.

— Tu ne peux pas.

— Pourquoi as-tu des échasses ?

— Pour les cloisons.

— Ah.

— La tyrolienne a été un gros succès.

— Je n'arrive pas à croire que Jeric te laisse faire ça. Il ne laisse personne s'en approcher, s'écria Mitch.

Je compris immédiatement.

— Tu lui as demandé.

— Évidemment, je lui ai demandé, mais il m'en veut toujours pour cette histoire de voiture.

— Une « histoire de voiture » ? répétai-je, malicieux. Tu as envoyé sa plus précieuse possession au fond de l'océan.

— Mais je lui ai dit que j'étais désolé.

Je n'arrivais pas à m'arrêter de rire.

— C'est vrai !

— Ton père était furieux.

— Oui, bon, il a dû le rembourser.

J'inspirai.

— Comment vont tes parents ?

— Ils vont bien, ils vieillissent, répondit-il, songeur, comme moi lorsque je parlais de mes parents quand ils étaient vivants.

Nous avions tous les deux eu la chance d'avoir d'excellents parents.

— J'ai entendu dire qu'ils envisageaient de revenir ici.

— Non. Ils ont des amis et une vie à Phoenix. Ils n'iront nulle part ailleurs.

— Pourquoi est-ce que je croyais qu'ils étaient à Portland ?

— Parce que c'est là qu'ils ont déménagé une fois que Jess a quitté la maison.

— Oh, d'accord, c'est logique.

— Ils sont à Phoenix depuis un moment maintenant.

— Ce qui veut dire qu'ils ont fait leur trou et tout, mais franchement, ils ne quitteraient pas la vallée du soleil, même pour leurs petits-enfants ?

— Ils ont leurs médecins aussi.

— Ah.

— En plus, les enfants ne sont pas avec moi en permanence, et je ne suis pas suffisamment intéressant pour qu'ils reviennent dans une ville qu'ils n'ont jamais aimée.

— Oui, ils la supportaient, mais ils ne l'aimaient pas.

— Papa n'aimait pas du tout Brookings, alors ils nous ont emmenés ici à Benson, mais au final, elle n'était pas faite pour eux non plus.

— Benson, appelé ainsi en hommage à Clifford L. Benson, dis-je d'un ton docte, président de Benson Lumber and Box Company, qui a fermé en 1965. Ces mêmes bâtiments que tu as justement achetés ne sont, en fait, pas pour tout le monde.

— Oh, c'est merveilleux. Est-ce que tu organises aussi des visites ?

— Pourquoi ? Oui, oui, j'en fais, tous les mardis, et pendant les vacances quand il ne pleut pas.

Il riait, et c'était un son agréable à entendre.

— Mitch…

— Que disais-tu à propos de mes enfants ?

— J'étais en train de dire qu'ils étaient chouettes.

— Évidemment, mais quoi d'autre ?

Je m'éclaircis la gorge.

— Ils m'ont posé beaucoup de questions aujourd'hui, et je ne veux pas qu'ils s'attachent trop à moi.

— Et pourquoi ça ?

— Tu sais pourquoi, répondis-je d'un ton dur, sur la défensive. Si les choses ne marchent pas entre nous, je ne veux pas qu'ils soient malheureux.

— Nous serions tous malheureux, bébé.

150

Cette façon de parler était à la fois touchante et agaçante, comme s'il était en train de faire de vrais projets avec moi.

— Je... Ils m'apprécient déjà trop, et ce n'est pas juste pour le prochain type avec lequel tu sortiras si...

— Hagen..., croassa-t-il.

— Oui ?

— Écoute. Je ne veux plus déconner avec ça, d'accord ?

— Qu'est-ce que tu...

— Je veux qu'on se remette ensemble.

Toute trace d'espièglerie avait disparu, laissant seulement place à de la vulnérabilité et de l'honnêteté.

— Je suis dégoûté d'avoir dû quitter la ville. Le timing est pourri parce que si j'avais été là, aujourd'hui, à passer du temps avec toi, je serais allongé au lit à côté de toi maintenant.

— Je ne... Ce n'est pas...

— J'y serais, sans l'ombre d'un doute.

Il irradiait d'assurance, sans une once de fanfaronnade.

— Mitch...

— Je veux qu'on parle de toi quand je rentrerais à la maison. Je veux savoir ce qu'il s'est passé.

— C'est ce que tu as dit, soupirai-je, inquiet de ce que j'aurais à dire, m'enfonçant dans mon lit, étalé en diagonale.

— Je veux que tu me pardonnes.

— Je l'ai fait. Je ne le savais pas avant que nous en parlions la nuit dernière.

Je me connaissais bien et je n'aurais jamais pu envisager de le faire revenir dans ma vie si je ne lui avais pas vraiment pardonné.

— Oui ?

— Oui.

— Tu me pardonnes ?

— Oui.

— Alors agis comme si c'était le cas, putain. Dis-moi que nous pourrons aller dîner ensemble quand je rentrerai à la maison.

— Il faut que tu passes du temps avec les garçons.

— Je sais ce que je dois faire avec mes propres enfants, déclara-t-il. Merci bien.

J'avais outrepassé les limites. C'était une habitude chez moi. Je me dépêchai de m'asseoir, la respiration haletante.

— Mitch, je ne voulais pas…

— Stop, me rassura-t-il. Tout ce que je veux dire, c'est que le fait de passer du temps avec les garçons et de passer du temps avec toi, ne s'excluent pas forcément mutuellement. Il y a bien une raison pour que ça s'appelle du temps familial.

Seigneur.

— Famille ? croassai-je, à deux doigts d'hyperventiler.

— Ne commence pas à flipper maintenant.

Je devais être honnête.

— Je ne sais pas si je pourrai un jour être un père pour ces enfants, Mitch.

— Et bien, ce n'est pas grave parce qu'ils ont déjà un père.

— Tu vois ce que je veux dire. Je ne crois pas que je pourrai être un parent un jour, dis-je, roulant hors du lit pour faire les cent pas.

De là où j'étais, je pouvais voir les garçons jouer à la Playstation.

— Je peux te poser une question avant que tu ne tombes dans les pommes ?

— Comment sais-tu que je vais tomber dans les pommes ?

— Je t'entends paniquer.

Fantastique.

— Seigneur, je ne sers à rien, grognai-je en me sentant ridicule et stupide.

— Non, corrigea-t-il gentiment. Je veux juste savoir quelque chose.

— Bien sûr, m'empressai-je de dire, essayant de ne pas avoir l'air pathétique.

— Les garçons ont mangé ?

— Quoi ? demandai-je, pris de court, m'arrêtant au milieu de la pièce.

— Est-ce que tu as nourri mes enfants, Hage ?

— Évidemment, répondis-je, irrité.

Il était déjà plus de vingt-et-une heures, il plaisantait ou quoi ?

— La douche ?

— Qu'est-ce que tu fais, une check list ?

J'étais de plus en plus agacé.

— Contente-toi de me répondre.

— Mais oui, Mitchell, ils ont pris une douche, dis-je, vexé qu'il doute de moi.

— Les devoirs ?

— Fait. Et je dois ajouter que Bran a dit que j'étais *bien* meilleur en maths que toi.

— Tu es un entrepreneur, répliqua-t-il, j'espère bien que tu es meilleur que moi en maths.

— Tu sais que je n'ai pas besoin que tu me fasses la leçon, j'ai pris bien soin de…

— *Oui*, reconnut-il, me coupant net, et ma colère avec. Je sais. Hage. Je sais que tu prends bien soin de mes enfants et tu sais pourquoi ?

Oh, il était diaboliquement intelligent. J'aurais dû m'en douter. Je n'avais plus l'habitude de ça avec lui, sinon j'aurais vu venir le piège à des kilomètres.

— Prendre soin des gens, c'est quelque chose que tu fais naturellement, Hage, ça a toujours été le cas. C'est l'une des nombreuses raisons pour lesquelles je suis tombé si amoureux de toi au début.

— Tu es un connard.

— Oui, acquiesça-t-il en riant. Oh, et encore une chose dont tu devrais te souvenir.

Doux Jésus.

— Quoi donc ?

— Mes fils ont besoin d'amis plus que n'importe quoi d'autre, et tu l'es déjà pour eux.

Qu'est-ce que j'allais faire, le contredire ?

— Oui, d'accord.

Il redevint silencieux, et nous restâmes au téléphone comme autrefois, écoutant tranquillement l'autre respirer. Nous avions l'habitude de nous endormir comme ça, avec l'autre en haut-parleur. Cela faisait surgir beaucoup de souvenirs d'un coup.

Je m'éclaircis la gorge, peu enclin à déterrer d'autres morceaux de mon âme ce soir. Le petit bout que j'avais déjà sorti était largement suffisant.

— Je devrais te laisser récupérer un peu. Tu vas devoir les impressionner demain pendant tes rendez-vous.

— Bébé, je suis toujours impressionnant, se rengorgea-t-il, imbu de lui-même et prétentieux.

— Oh, mon Dieu, grognai-je.

Comme j'étais fatigué à la fois par ma journée – c'était toujours le cas, je travaillais très dur – et aussi par la présence des enfants, ma voix était basse, rauque.

— Ne fais pas ça.

— Quoi ? Grogner ?

— Oui, dit-il, d'une voix éraillée.

— Pourquoi ça ?

— Parce qu'on dirait que tu viens de faire l'amour, Hage, grinça-t-il, et que j'ai beaucoup d'excellents souvenirs de tous les *Oh mon Dieu* qui sortaient de ta bouche.

— Mitch…

— Quand j'étais enfoui en toi.

J'abandonnai l'idée d'essayer de plaisanter avec lui. Je n'y arrivais pas. J'avais trop mal. J'étais prêt à lui donner une chance, oui, mais j'étais aussi terrifié. Un étrange mélange d'envie mais aussi de désir parcourait mon cerveau.

— Hage ? Tu t'en souviens ?

— Évidemment.

— Oh, raconte-moi alors.

— Tu es incorrigible.

— J'espère bien.

Je pouvais le sentir : la chaleur qui se répandait dans mon entrejambe, au rythme de mon excitation, venait gonfler ma queue. Tout ça à cause de l'envie brutale contenue dans sa voix, et le souvenir de son baiser, de ses mains sur moi, possessives, affamées.

— Je ne vais pas mentir, j'ai envie de coucher avec toi.

— Je suis au courant. Je ne suis pas stupide.

— Tu es vraiment un connard, soupirai-je. Pourquoi est-ce que tu dois gâcher une parfaite…

— Laisse-moi t'emmener au restaurant, d'accord ? Commençons par ça.

— Mais si tu rencontres quelqu'un que tu…

— Non. Je ne vais rencontrer personne, Hage. Je ne veux voir personne d'autre que toi maintenant. Je n'ai jamais vraiment pu. J'étais juste en train de me tromper moi-même.

— Tu es un beau parleur, Thayer.

— Ce ne sont pas des paroles. Tu verras.

Je grommelai.

— Ne fais pas ce bruit non plus.

Et je ris, parce que chaque son avait une signification particulière avec une histoire comme la nôtre.

PLUS TARD, quand la maison redevint silencieuse, je m'installai dans mon lit et me rendis compte que j'avais raté un appel d'Ash. Je lui envoyai un SMS pour voir s'il était toujours debout, et je fus surpris quand il me rappela.

— Il est toujours tôt, me dit-il d'un endroit d'où on entendait de la musique techno.

— Tu peux m'appeler plus tard si tu veux. On dirait que tu es occupé.

— Non, je… attends.

Alors que je patientais, j'entendis des bruits étouffés, des cris aigus, des grincements et un bruit, comme s'il avait fait tomber son téléphone.

— Hé.

— Hé, dit-il, souriant. Comment vas-tu ?

— Ça va.

On ne dirait pas. Sa voix était vide, comme s'il était usé.

— Tu es sûr ?

— Je, euh, j'ai eu le rôle.

— Oh, merde, c'est fantastique ! Je savais que tu l'aurais. Je n'en ai jamais douté.

— Je sais.

Je me tus subitement. Il avait l'air… ailleurs.

— Tu n'as pas l'air heureux ?

Silence.

— Ash ?

— Est-ce que c'est une bonne nouvelle ?

— De quoi, d'avoir obtenu le rôle ?

— Oui.

— Tu plaisantes ? C'est génial !

Je dansais de joie parce que j'étais sincèrement excité pour lui. Je savais à quel point il voulait faire de grandes choses dans sa vie.

— C'est déjà sur Internet ?

— Non, non pas encore.

— Une grande annonce dans *Variety* [11] ou quelque chose du genre ?

— Tu as quel âge ?

— Tais-toi, dis-je souriant à mon tour. Laisse-moi savourer mon moment de gloire, d'être si proche d'une célébrité.

11 Magazine américain consacré au cinéma.

— Tu pourrais en être plus proche encore, si tu te débrouilles bien.

— Tiens donc ?

— Oh oui.

— On dirait que l'un de nous est en mode drague excité.

— Eh oui, ronronna-t-il, suave et malin.

— Et pourquoi ça ? demandai-je à brûle-pourpoint.

Ma remarque candide stoppa net son délire séducteur.

— Quoi ?

— Depuis quand est-ce que tu me parles comme un opérateur du téléphone rose ? C'est quoi ce bordel ?

— Je... J'avais juste envie de te voir.

— Comment ça ?

— Et bien, il s'avère que tu avais raison. La semaine prochaine, ce sera la dernière fois que j'aurais du temps libre avant un long moment.

— Et ?

— Et comme ce sera la dernière, je veux que tu viennes à Los Angeles passer du temps avec moi.

Los Angeles ? Depuis quand ?

— Où est-ce que tu vas tourner ? lui demandai-je pour changer de sujet et me donner un moment pour me reprendre.

— Je vais à Paris dimanche prochain.

— Ahh, trop bien, je suis content pour toi.

— Il n'y a pas de garantie de quoi que ce soit à Hollywood.

— Oui, mais participer à un énorme blockbuster estival ne peut pas faire de mal.

— Non, c'est sûr, tu as raison.

Silence embarrassant. C'était sympa qu'il m'ait invité à Los Angeles mais il n'y avait pas moyen que j'y aille.

— Hé ? Tu m'as entendu quand je t'ai dit que je voulais que tu viennes me rendre visite ?

— Oui.

Il s'éclaircit la voix.

— Une fois que tu auras déposé les enfants, ou que tu auras fais ce que tu fois faire avec eux mardi, je veux que tu prennes l'avion pour LA et que tu passes le reste de la semaine avec moi.

Une question méritait d'être posée.

— Pourquoi ?

— Comment ça, pourquoi ?

— Je veux dire, pourquoi ? dis-je en prenant l'air joueur, au lieu de lui montrer à quel point j'étais déboussolé. Dans quel but ? Si tu dois être en tournage dans un futur proche, tu ne veux pas faire la fête, t'envoyer en l'air et voir des amis avant de partir ?

— Si, mais j'ai aussi envie de te voir. Je n'ai jamais pu te montrer où je vivais.

Cela semblait inoffensif.

— Tu aimerais ma maison à Malibu ; on peut voir l'océan depuis le porche arrière.

— Je suis sûr que c'est beau.

— Alors viens. Je veux que tu prennes l'avion et que tu viennes ici mardi après-midi. Je vais te prendre un billet d'avion tout de suite.

— Je peux prendre mon billet d'avion moi-même si je décide de venir.

— Si ?

— Je dois travailler et tu vas être occupé, donc peut-être que je viendrais le week-end quand on sera tous les deux...

— Non, insista-t-il. Tu as des types qui peuvent aller surveiller tes fichus chantiers pendant trois ou quatre jours. Je sais que tu peux le faire. La question c'est : est-ce que tu vas le faire ?

C'était étrange qu'il s'obstine autant.

— Qu'est-ce qui ne va pas ?

— Tout va bien, je veux juste que tu sois là, hurla-t-il. J'ai besoin que tu sois là. Et je ne veux pas que tu sois là-bas avec ce putain de Mitch Thayer qui est dix fois plus beau en vrai que lorsqu'il passait à la télévision dans *Monday Night Football*.

— Ah oui ?

— Oui !

— Je ne vais pas te contredire là-dessus, cet homme est magnifique.

Son rugissement me fit rire.

— Mais toi aussi, ajoutai-je parce que c'était vrai. Et tu le sais.

— Hage...

— Pourquoi est-ce que tu réagis comme ça ?

— Qu'est-ce que tu veux dire ?

— Tu ne m'as jamais demandé de venir avant.

— Je n'avais pas prévu de partir si longtemps.

Peu importe depuis combien de temps nous nous connaissions ; nous étions amis, rien de plus.

— Mais nous pourrons nous rattraper si et quand tu reviens.

— Pourquoi est-ce que tu n'arrêtes pas de dire *si* ?

— Parce que les choses changent, Ash, et je ne veux pas que tu aies l'impression que tu dois absolument m'appeler ou me voir ou autre. Je veux que cela reste simple.

— Tu crois toujours que je ne suis pas sérieux.

Je soupirai longuement.

— Je n'ai pas envie de me disputer avec toi.

— Moi non plus. Je veux juste que tu viennes à LA.

Des vacances ne seraient pas une mauvaise chose et Ash était une personne agréable. Le problème c'était que j'avais un engagement verbal avec Mitch, et que le sexe était hors de question.

— Nous devrions parler de quelque chose d'abord.

— Et de quoi ?

— Si je viens, ce sera en tant qu'ami. Rien d'autre.

— Qu'est-ce que ça veut dire ce bordel ?

— Tu étais content quand je t'ai dit que même si nous ne pouvions pas être amants, nous serions toujours amis.

— Je... non pas particulièrement.

— Oh tu dis n'importe quoi, grondai-je. Tu étais aussi soulagé que moi.

— Alors ça veut dire quoi ?

— Que si je viens, je dormirai dans la chambre d'ami, l'informai-je. Toi et moi, on arrête de baiser à tout va. À partir de maintenant, nous ne sommes plus que des amis.

— Quoi ? Pourquoi ?

— Tu le sais bien.

— Ce sont des conneries, explosa-t-il. Je ne suis même pas parti une journée.

— C'est cette histoire ancienne dont nous parlions tout à l'heure.

— Je ne peux pas... Comment est-ce que ça pourrait me convenir ?

— Je ne comprends pas ce que tu veux dire.

— En quoi est-ce juste que tu donnes à Mitch Thayer une chance et pas à moi ?

Il plaisantait ? Il ne pouvait pas être aussi borné.

— Est-ce que tu essaies d'être drôle ?

— Non, je n'essaie pas de faire de l'humour ! Je suis très sérieux !

— Et bien, pour commencer, nous sommes deux personnes complètement différentes qui veulent deux choses complètement différentes.

— Nous voulons tous les deux avoir une relation stable. En quoi est-ce différent ?

— Oui, mais tu vis là-bas, moi ici. Tu vas partir à Paris pour tourner un film, et, au passage, combien de personnes peuvent en dire autant ?

— Tu digresses.

Oui, c'était vrai, mais c'était génial, en fait.

— Et pendant que tu vas faire le tour du monde, je vais rester à Benson où j'ai mon entreprise. Nous vivons dans deux mondes totalement différents, Ash.

— Mais ce n'est pas une obligation, si tu venais simplement avec moi.

C'était dur de dire ce qu'il se serait passé si Ash avait été un homme normal qui avait emménagé dans la ville. S'il avait été comme moi, plus heureux dans une petite ville, à dire bonjour aux voisins, à papoter à l'angle de la rue, les choses auraient été très différentes pour nous deux. Et au moment où Mitch serait revenu à la maison, j'aurais déjà pu être amoureux. Mais tout le temps où j'avais connu Ash, j'avais gardé mes distances, ne le laissant jamais être trop proche de moi, sachant, bien sûr, que le temps que nous passions ensemble était compté. La différence entre Mitch et lui, c'était que j'avais pensé suivre Mitch pendant un moment, pour vivre son rêve jusqu'à ce qu'il soit temps pour nous, ensemble, de rentrer à la maison. C'était ce qu'on m'avait promis : que quand il en aurait fini avec la fac et la NFL, tout ce qui se passerait après le football allait m'inclure moi en tant qu'entrepreneur à Benson, parce que les bâtiments étaient ma passion, et lui fairait quelque chose qu'il aimait aussi.

J'inspirai, apaisé par le calme et la certitude de ma décision. Le retour de Mitch semblait inexorable maintenant, comme si nous avions pris des chemins détournés pour nous mener jusqu'à l'endroit exact que nous avions planifié depuis le lycée. C'était le destin.

— Hagen, putain, tu m'écoutes ?

— Oui, dis-je gentiment.

— Le truc dans cette histoire c'est que tu as toujours eu peur que je m'en aille et que je te quitte.

— Pas peur, le corrigeai-je, parce que la peur n'avait jamais été un problème. Mais c'est la raison pour laquelle je n'ai jamais pris notre histoire au sérieux, oui, admis-je. Ce n'est pas le fait de partir, d'accord ? Tu le comprends. C'est de savoir que tu me quitteras.

— Quoi ?

Comment expliquer ?

— Je pourrais gérer tes allées et venues si je savais que c'était ta maison, que j'étais ta maison, et que seul, je t'aurais suffi quand tu rentrerais.

— Je ne… quoi ?

— Comme Mitch, par exemple, commençai-je, me sentant apaisé et plus solide que jamais en prononçant juste son nom.

J'étais vraiment dingue de lui.

— Je sais qu'il doit voyager et être loin de Benson. Mais entre ma présence et celle des garçons, quand il rentrera, il sera heureux d'être avec nous, il ne s'ennuiera jamais. Il voudra être à la maison et elle lui manquera quand il sera loin, et il ne voudra rien d'autre.

— Et tu es en train de dire que ce ne sera pas la même chose avec moi ?

— Je crois que je te plais parce que tu savais que ce ne serait jamais sérieux.

— Ce n'est pas ça du tout.

— D'accord, accordai-je, n'ayant pas besoin d'entendre que j'avais raison. Je ne suis pas sûr que tu ne vas pas partir, Ash, et j'ai besoin de quelqu'un qui restera.

— Je resterai, ou, mieux encore, tu peux venir avec moi. N'as-tu pas envie que ta vie ressemble à une aventure ?

Oh, mon Dieu, non.

Je voulais être heureux, avoir un foyer, avoir une famille, être satisfait à la fin de la journée, sachant que j'avais fait de mon mieux. Je voulais être aimé passionnément, si férocement que je n'aurais jamais de doute sur le fait que je tenais le cœur de quelqu'un d'autre dans mes mains.

— Je veux vivre aussi grand que je peux, voir le monde, et que tout le monde connaisse mon nom, annonça Ash.

Je le savais.

— Et je veux que la personne que j'aime se tienne à mes côtés pendant tout le voyage.

Il avait besoin de quelqu'un qui lui soit dévoué, c'était logique. Cette personne n'était pas moi.

— Mais ça ne veut pas dire que je ne veux pas avoir une maison dans laquelle je reviendrai. C'est juste que mon compagnon et moi, nous rentrerions à la maison et nous repartirions ensemble à nouveau.

Sa logique était faussée, mais ce n'était pas à moi de le lui montrer.

— Je pense que pour être heureux, tout le monde doit être satisfait. C'est pour ça que tu auras deux vies séparées. Un solide point d'ancrage, c'est la clef du succès.

— Mais tu ne te vois pas avoir ça avec moi.

— La maison c'est un lieu, pas toi vivant à Malibu et moi vivant ici.

— Ta réflexion est bien trop limitée. Elle devrait être plus souple.

— Souple ou pas, il y a des endroits où on a besoin d'être, et cela fait de nous, simplement, des gens incompatibles sur le long terme. Mais encore une fois, il n'y a aucune limite à l'amitié.

Il expira brusquement.

— Pourquoi est-ce que tu dois vivre là-bas ?

— Parce que c'est chez moi.

— Et que tu l'aimes.

— Oui.

— Mais tu pourrais aimer un autre endroit. Il y a d'autres lieux que l'Oregon.

Je ris.

— Je te connais. Tu ne quitteras pas Malibu.

— Je…

— Tout le monde sait que les stars vivent à Malibu, dis-je en souriant. Et pour information, c'est chouette de voir que tu te soucies suffisamment de moi pour qu'on se dispute à ce sujet. Je me sens très apprécié.

— Mais tu ne me fais toujours pas assez confiance pour m'accompagner dans mon aventure.

— Je crois que tu es en train de commencer quelque chose de nouveau et que tu vas vivre des choses extraordinaires et voir comment tu te sens. Être libre de passer du temps avec qui tu veux et faire ce que tu veux. Te mettre des entraves serait une erreur.

— Parce que tu ne me fais pas confiance.

— Pas avec mon cœur, non, répondis-je honnêtement. Parce que tu ne sais pas ce qu'il va se passer.

— Je le saurais si tu te contentais de venir avec moi.

— J'ai ma vie, tu as la tienne. Séparons-nous bons amis, et si tu veux, appelle-moi quand tu rentreras.

— Si je veux ?

— Oui. Si tu veux. Juste…

— Viens me voir.

— Je ne crois pas que ce soit une bonne idée.

— Je t'ai dit que je devais aller à Paris, et je veux te voir avant, alors je voudrais vraiment que tu viennes à LA.

— Parce que tu as besoin d'un ami, suggérai-je.

— Oui.

Mais pourquoi moi ? Pourquoi avait-il besoin… et soudain je compris. J'étais le seul de ses amis qui n'était qu'un simple mortel.

— Tu as peur, c'est ça ?

— Quoi ?

— Tu as peur. Tu es terrifié parce que tu vas obtenir tout ce que tu as toujours voulu, et tu es en train de flipper.

J'entendis sa respiration s'accélérer.

— Ash ?

Pas de réponse, juste un gargouillis.

— Respire, essaie de te calmer et de respirer.

— Je suis en train de flipper.

— Oh, je sais.

— Pourquoi ? Pourquoi est-ce que je suis en train de flipper ?

Exactement ce que je pensais. Cet homme était à deux doigts de devenir une superstar et il était en train de faire une petite dépression nerveuse.

— Tout va bien se passer. Ta vie va être géniale.

— Oui, bien, oui, probablement…. Mais tu peux venir me voir, juste une fois, avant que ma vie ne ressemble plus jamais à ça ?

— Tu as besoin de soutien, affirmai-je, parce qu'il en avait besoin plus que de n'importe quoi d'autre au monde.

— J'ai besoin de soutien, acquiesça-t-il en vitesse.

— Nous allons être de très bons amis, dis-je d'un ton joyeux. J'ai hâte de te voir.

— Nous pouvons toujours être plus que des amis, aussi, et j'aimerais signaler que Paris est magnifique à cette période de l'année.

— Arrête ça ou je ne viendrai pas. Et je crois pouvoir dire que Paris est magnifique à *n'importe* quelle période de l'année.

Il grogna.

— Je serai là mardi et je t'appellerai une fois arrivé, lui annonçai-je.

— Je vais t'envoyer un billet.

— Je peux m'acheter mon propre billet, merci.

— Mais il faut que je sache quand tu arrives pour pouvoir venir te chercher à l'aéroport.

— Je peux venir chez toi. Donne-moi juste l'adresse.

— Non. Je veux venir te chercher.

Il était en train de débattre juste pour pouvoir me garder au téléphone.

— De quoi as-tu peur ? demandai-je doucement, pour ne pas faire exploser son anxiété.

— Quoi ?

Sa voix grimpa dans les aigus.

— De quoi est-ce que tu parles ? Je n'ai pas...

— Tu es un excellent acteur, Ash. Tu peux tourner ce film la tête haute en étant pleinement confiant dans tes capacités. Tu n'as aucune raison de douter de toi-même ou d'avoir peur que quelqu'un pense que tu es un imposteur.

— Pourquoi est-ce que tu vas...

— Du soutien, d'accord ? C'est ce que font les amis, c'est à ça que ça ressemble.

Long moment de silence. Je n'essayai pas de le remplir de vaines paroles. Il avait besoin de réfléchir et juste *d'être*. Je comprenais.

— J'ai besoin que tu viennes, dit-il finalement.

— Je vais venir.

— Donc, mardi ?

— Oui chef, acquiesçai-je avant de raccrocher.

Allongé dans mon lit, je sentis une pointe d'inquiétude à l'idée d'y aller. Mais c'était ce que faisaient les amis, ils venaient quand on avait besoin d'eux et cela avait du sens. En même temps, je me demandais pourquoi je m'inquiétais de ce qu'allait penser Mitch quand il le découvrirait.

X

J'OUBLIAIS COMPLÈTEMENT de m'inquiéter à propos de ce que tout le monde pouvait penser quand j'emmenai Brandon et Ryder à l'école, le matin suivant. Les regards, les murmures, serrer Brandon contre moi dans le hall quand il fut certain que personne ne regardait parce qu'il ne voulait pas que je l'accompagne jusqu'à sa classe. Il avait neuf ans après tout. Il n'avait pas besoin que je le materne.

— Je t'attendrai dehors, me dit-il, confirmant ainsi le plan établi ensemble dans ma voiture.

— J'y serai.

Il hocha la tête.

Je hochai la tête.

Puis il fit demi-tour et partit, traversant les couloirs de l'école Haggerty, comme je l'avais fait moi-même, un million d'années plus tôt.

J'accompagnai Ryder dans sa classe, main dans la main, et une fois arrivé, son institutrice me sourit, marcha vers nous et s'accroupit devant lui.

— Je suis Mme Dupree, lui dit-elle avec un grand sourire. Et toi qui es-tu ?

— Ryder Thayer, expliqua-t-il, la voix un peu tremblante, serrant plus fort ma main. Mais vous pouvez m'appeler Ry, si vous voulez.

— Est-ce que tu aimerais ? demanda-t-elle.

Il y réfléchit pendant une seconde.

— Oui.

Elle hocha la tête.

— Très bien alors.

— C'est Hagen, poursuivit-il, en tirant ma main pour que je m'accroupisse aussi. C'est mon ami et celui de papa.

— C'est génial d'avoir des amis, lui assura-t-elle. Avec mon mari, on vient juste d'emménager ici, et on ne connaît pas encore grand monde.

— Oh, on peut être votre ami, dit Ryder joyeusement, tant que votre mari est gentil aussi.

— Il est gentil. En fait, il est même tellement gentil qu'il est à la maison en ce moment, à attendre le camion de déménagement au lieu d'aller travailler. Il a un adorable nouveau patron qui lui a donné sa journée alors qu'il n'a même pas encore commencé à travailler.

— Il fait quoi ? interrogea Ryder.

— Il est dans le bâtiment. C'est un électricien.

— Il ne s'appellerait pas Henry par hasard ? demandai-je.

Elle sourit et eut l'air confuse.

— Oui.

— Je suis son adorable nouveau patron, lui dis-je, en tendant la main. Hagen Wylie.

— Oh, M. Wylie, dit-elle, son visage s'illumina en me serrant la main. Vous avez été si gentil et compréhensif. C'est un plaisir de faire votre connaissance.

— Oui, Hagen est chouette, confirma Ryder. Et il cuisine très bien.

Elle eut l'air de fondre à la fois grâce à l'adorable petit garçon et à ma gentillesse vis-à-vis de son mari. Ryder était bien parti avec elle.

Il me serra très fort contre lui avant que je m'en aille, me rappelant d'être prudent en haut de l'échelle, et il m'exhorta à prendre un petit-déjeuner parce que je n'en avais pas pris en même temps que lui et Brandon. J'étais en train de préparer leurs déjeuners et je devais m'assurer qu'ils avaient tout ce dont ils avaient besoin dans leurs sacs à dos pour leur première journée. Mitch avait fait du bon travail en achetant tout ce qui était inscrit sur les listes de fournitures scolaires, mais j'avais quand même dû acheter leurs boîtes à déjeuner, qui ressemblaient à la mienne. Ils m'avaient tous les deux regardé avec fascination enrouler leur sandwich au beurre de cacahuète dans de l'aluminium et emballer des morceaux de pomme, des carottes et des bretzels. Quand je leur avais promis que le lait que je mettais dans leurs thermos serait toujours froid quand ils le boiraient au déjeuner, ils m'avaient regardé avec un air suspicieux. Je leur avais donné de l'argent à chacun au cas où.

Une fois que j'eus déposé les garçons, je me concentrai sur mon travail, arrivant au bureau à l'heure pour voir Loretta Cavanaugh, ma responsable administrative, la tête penchée en avant en signe de défaite, le téléphone toujours à l'oreille.

— Non, madame. Il n'a pas fait exprès d'être désagréable.

Je tentai de me faufiler derrière elle, mais elle me jeta la balle antistress qu'elle gardait sur son bureau. Elle était mignonne, une grenouille dont les yeux sortaient de leurs orbites quand on pinçait son ventre rondouillard.

Quand je croisai son regard, je vis à quel point Loretta était furieuse.

— Non, madame. Je suis sûre qu'il ne voulait pas dire que votre maison était sale, dit-elle en pointant un doigt agressif vers moi. Je suis certaine qu'il parlait de la chaudière.

— Je dois aller dans mon bureau, murmurai-je.

Comme elle attrapait son agrafeuse, je décidai sagement de rester où j'étais.

— Oui, madame. Non, madame. Je vous promets que je vous envoie Hage immédiatement pour jeter un œil.

Elle écouta attentivement.

— Oh absolument, merci.

Quand elle raccrocha, elle attrapa un marqueur sur son bureau et le lança dans ma direction.

— Mais tu es dingue ! criai-je en évitant de peu la trajectoire du marqueur volant. Tu étais une femme si charmante.

— Je démissionne, Hage ! hurla-t-elle, sautant sur ses pieds.

— Tu ne peux pas démissionner, ou il faudra que tu restes à la maison avec ton mari toute la journée à le regarder jouer aux jeux vidéos.

Son mari était YouTubeur, il faisait des vidéos de lui-même en train de jouer aux jeux vidéos et de faire d'autres choses, un peu dans la même veine que Markiplier – mais il était loin d'être aussi drôle ou intéressant – se positionnant lui-même non pas avec les millenials, mais avec leurs parents. C'était l'homme qui essayait d'aider les parents à comprendre quelque chose sur ce que leurs enfants aimaient. L'ayant vu filmer la première fois où il avait joué à *Five Nights at Freddy's* [12], j'avais tellement pleuré de rire en arrière-plan que j'avais été banni de la maison les jours de tournage.

— Je préfèrerais rester assise à la maison et masser les pieds de mon mari plutôt que d'avoir à prendre encore un appel au sujet de Hub !

J'étais immobile tandis qu'elle se tenait debout, furieuse, les bras croisés, respirant par le nez.

— Pour ma défense…

Elle poussa un grondement sauvage.

— … c'est un homme très sympa.

— Mais ça n'a rien à voir avec nous !

— C'est vrai, mais tu sais que la société de garantie sur les maisons n'a pas de bureau ici.

12 Jeu vidéo de survie.

— Donc, ça donne le droit aux gens d'appeler ici et de me faire perdre mon temps, de me hurler dessus à propos de quelque chose qui n'a rien à voir avec nous ?

— Non.

Elle me jeta sa figurine Funko POP de Thor, mais je la rattrapai avant qu'elle ne heurte le mur.

— Tu l'adores, lui rappelai-je.

— Je l'adore mais il va falloir que tu aies une réunion remontage de bretelles avec Hub ou je vais lui enfoncer Thor dans le cul !

— Puis-je te rappeler qu'il fait du bon travail pour nous et que tu trouvais qu'il était mignon la première fois qu'il est entré ici ?

— Il est magnifique et grand – un peu trop maigre à mon goût, le style dégingandé c'est pas pour moi – mais oui, très beau à regarder et il a la voix d'un opérateur du téléphone rose. Mais bon Dieu, Hage, à la seconde où il commence à parler aux clients, ils ont envie de le tuer !

Elle m'avait fait son laïus d'une seule traite sans respirer.

— Je vais lui parler.

Le second grognement m'apprit que j'étais sur la corde raide.

Hubert « Hub » Miller travaillait pour moi et s'occupait de la plomberie et des installations de chaudières. Mais à côté, il travaillait aussi pour une entreprise de plomberie qui gérait les contrats de garantie maison sur les produits qu'ils installaient, et parce qu'ils n'étaient pas à Benson et que nous oui…. nous recevions les appels à propos des interactions sociales plus que limitées de Hub.

Il faisait vraiment du bon travail. En fait, il avait tellement de TOC qu'il lui était impossible de ne *pas* faire du bon boulot : il était obligé de vérifier et revérifier qu'il n'avait rien raté. Le problème venait des multiples commentaires qu'il faisait sur la moindre petite chose.

— Je vais lui parler, promis-je à nouveau.

— Bien, dit-elle sèchement, se rasseyant derrière son bureau. Il est en train de revenir d'une intervention, donc tu peux aller dehors et l'attendre.

— Mais j'ai…

— Dehors, cracha-t-elle.

Je sortis parce que Loretta était un peu effrayante avant qu'elle n'ait pris au minimum trois tasses de café, et que, clairement, l'appel à propos de Hub l'avait interrompu dans sa routine matinale.

Quand je vis le pick-up blanc Ford Super Duty tourner dans le parking de gravier devant nos bureaux chauffés, je descendis les marches pour l'accueillir.

Il gara la voiture, mais resta à l'intérieur, le moteur toujours allumé.

— Il faut que tu sortes.

Il secoua la tête.

— Hub.

Grimaçant, il arrêta le moteur et sortit au niveau du capot, avant de s'arrêter et de s'appuyer dessus, ses grands yeux marron posés sur moi.

— Arrête de dire aux gens qu'ils doivent nettoyer leurs maisons, lui ordonnai-je.

— Comment est-ce que je suis censé travailler s'il y a tellement de poussière et de poils de chien que je ne peux pas voir ce que je fais ?

Je grognai.

— Quoi ? demanda-t-il, en levant les mains au ciel. Et certains des endroits dans lesquels les gens mettent leur chaudière sont ridicules !

— Oui, mais…

— Quelque chose pourrait prendre feu ou exploser !

Longiligne, voilà ce qu'il était, grand et longiligne.

— Alors comment ça va avec Jenna ? lui demandai-je pour changer de sujet.

Grand soupir douloureux.

— Elle me déteste.

— Qu'est-ce que tu as fait ?

Il eut l'air d'un petit chiot perdu.

— Apparemment, on n'est pas censé dire la vérité à une femme quand elle nous demande si sa robe la grossit.

— Oh, Seigneur.

— Quoi ?

Au final, je me retrouvai à l'accompagner chez la femme que Loretta avait eue au téléphone pour arranger les choses, et puis je l'emmenai à ses deux rendez-vous suivants, rencontrer des promoteurs immobiliers, l'interrompant lorsqu'il s'apprêtait à dire quelque chose de vraiment désagréable, modulant ce qu'il pouvait, ou ne pouvait pas dire. Ensuite, je le conduisis jusqu'au Crosstown Diner, où travaillait Jenna Reeves, pour qu'ils puissent déjeuner ensemble et qu'il lui parle en même temps. Je pris un sandwich œuf salade pour Loretta pendant que j'y étais, et je m'arrêtais à Elixir sur le chemin du retour pour lui prendre un café glacé. Tout alla beaucoup mieux dans mon monde après ça.

Je dus travailler tard sur un chantier qui m'avait d'abord donné l'impression d'être facile, mais qui, une fois que nous y fûmes, ne l'était pas. Les parquets qui étaient censés être au même niveau étaient en fait décalés de près d'un centimètre et demi d'un bout à l'autre de la pièce, et comme nous devions installer des bibliothèques sur-mesure encastrées, il fallait dans un premier temps aplanir le sol.

— Hé, dis-je quand je finis par avoir Jessie en ligne. Je vais aller chercher les garçons après l'école, mais il faudra que tu leur fasses à manger parce que je vais devoir revenir travailler, et je serais probablement coincé ici un moment.

— Chéri, je vais aller les chercher. Reste et travaille, comme ça avec un peu de chance tu pourras les voir avant qu'ils aillent se coucher.

Je restai silencieux et elle aussi.

— Oh, merde, souffla-t-elle, on dirait un vieux couple marié.

Impossible de m'empêcher de sourire de mon côté.

— Je vais les chercher et je te les amène. J'ai promis que je serais là pour les récupérer, et en plus, j'ai envie de savoir comment s'est passée leur journée.

— Ah, Hage, tu ferais un père génial.

— Je doute que le fait d'aller les chercher une fois fasse de moi le Père de l'Année.

— Certes, mais tenir ses promesses, c'est un bon début.

Je grognai et raccrochai parce que je n'avais vraiment pas envie de rentrer dans ce genre de discussion avec elle. Vouloir faire partie de la vie de Brandon et Ryder n'était probablement pas la meilleure idée, mais c'était facile d'être avec eux, et je pourrais aisément m'habituer aux câlins et aux visages peu réveillés le matin. Il fallait juste que je découvre ce que je pouvais vraiment être.

LES SOURIRES sur les visages des garçons, quand ce fut mon tour de les récupérer, illuminèrent ma journée. Ils coururent vers ma voiture, grimpèrent à l'intérieur, mirent leur ceinture avant que je ne redémarre. J'appris tout sur le hamster de la classe de Ryder, et comment il avait découvert qu'il avait été dans plus d'endroits au monde que Mme Dupree.

— C'est parce qu'on a eu l'habitude de voyager avec Papa, expliqua-t-il, l'air très sérieux, ses sourcils froncés me rappelant tellement ceux de son père.

— Tu as beaucoup de chance.

Il acquiesça.

— Tout le monde dans ma classe veut venir voir la maison dans les arbres, m'informa Brandon.

Il trouvait que c'était une merveilleuse idée.

Je les emmenai prendre des pâtes chez Buon Cibo et Jessie nous rejoignit là-bas. J'expliquai aux garçons que je devais retourner travailler et qu'elle allait les ramener à la maison.

— Pas dans notre maison ? voulut s'assurer Ryder. À ta maison.

Je jetai un œil à Jessie, qui hocha la tête.

— Oui, d'accord. Une nuit de plus dans la véranda.

Ils eurent l'air tous deux très contents, et cela m'inquiétait un peu, mais je le cachai en picorant du poulet dans les fettucine Alfredo de Brandon. Visiblement, la sauce les rendait glissants.

Après dîner, je retournai sur le site de construction. Il fallait que je travaille, cela me permettait de faire le vide dans mon esprit. Rentrer à la maison ce soir dans les temps pour dire bonne nuit aux enfants, mais trop tard pour l'appel de Mitch, serait également une bénédiction. Je n'avais vraiment pas envie de lui parler de mon départ, après avoir passé deux jours à m'occuper de ses enfants. Je ne savais pas du tout comment commencer cette conversation.

— Pourquoi est-ce que tu as l'air coupable ? demanda Jessie tandis que je m'adossais au comptoir de la cuisine, en buvant un grand verre d'eau glacée.

— Je n'ai pas l'air coupable, grondai-je. Toi, tu as l'air bête.

Elle baissa les yeux vers son pyjama duveteux *Docteur Who*, avant de me regarder à nouveau.

— Ne détourne pas tes conneries sur moi et le Seigneur du Temps. C'est toi qui agis de façon louche.

— Ce n'est pas vrai.

Elle croisa les bras et pencha la tête sur le côté, me fixant calmement.

— Très bien. J'ai accepté d'aller à LA demain pour voir Ash.

Elle hocha lentement la tête.

— Et pour je ne sais quelle raison stupide, je me dis que Mitch sera peut-être furieux.

— Oui, il va péter les plombs.

— Non, je ne crois pas, parce que Mitch et moi, on vient à peine de décider de faire un premier pas, d'accord ?

— Je suis sûre qu'il pense que c'est plus que ça.

— Peut-être, mais je ne voudrais pas qu'il pense que je ne prends pas notre accord au sérieux. Parce que ce n'est pas le cas.

— Et qu'est-ce que tu veux ?

— C'est facile. Je veux savoir comment convaincre Mitch que c'est normal que j'aille voir Ash, étant donné que je lui ai dit que nous serions seulement des amis à partir de maintenant.

— Et tu t'inquiètes que Mitch se mette en colère et annule tout entre vous si tu y vas.

— Oui.

— Parce qu'il l'a déjà fait une fois, qu'est-ce qui l'empêcherait de recommencer une deuxième fois ?

— Exactement.

Elle me lança un regard noir

— Oh, allez Hage, tu sais que ce sont des conneries. Tu sais qu'il ne te quittera plus jamais.

— Vraiment ?

— Eh bien oui, mon cher. Ces deux adorables enfants endormis dans la véranda prouvent bien qu'il t'a confié ce qu'il avait de plus précieux dans la vie, et en plus, il veut que tu fasses partie de cette vie en question.

Mais cela avait déjà été vrai une fois. Il avait promis de me dédier sa vie autrefois. Il avait aussi dit que rien ne changerait.

J'avais dix-sept années de preuves que Mitch Thayer disait une chose et en faisait une autre.

Quelle garantie avais-je qu'il ne changerait pas d'avis ? L'angoisse pesait une tonne sur mon cœur.

— Hagen, est-ce que tu crois sincèrement que lorsque Mitch rentrera à la maison demain il ne va pas s'attendre à te voir ?

— Mais peut-être que c'est l'idée, non ? Il ne devrait pas.

— Oh, je vois. Tu fais exprès de fuir.

Même si j'avais dit à Ash que je ne coucherais pas avec lui, cela ne voulait pas dire que Mitch et moi avions décidé quoi que ce soit, ou que nous avions tous les deux avoué que nous voulions nous glisser dans le même lit. J'étais maintenant fermement – du moins de mon côté – ami avec

Ash, mais Mitch et moi étions basiquement toujours dans les limbes, en suspens jusqu'à ce qu'il revienne.

— Non, objectai-je, espérant qu'elle n'entendrait pas l'incertitude dans ma voix. Ce n'est pas ça.

— Tu as réfléchi combien de temps à cette réponse ?

Je la foudroyai du regard.

— Ne te mets pas en colère après moi parce que tu es perdu.

— Je ne suis pas per…

— Est-ce que tu es amoureux de ce Ash, alors ?

— Il n'est pas un… est-ce que tu as vu *Blood Tracks* ?

— Évidemment, j'adore cette série.

J'attendis.

— Oh merde. Tu plaisantes ? Ashford Lennox c'est le Ash dont tu parles ?

Je grognai en avalant la fin de mon eau.

— Je vois. J'irais aussi à LA si j'étais toi.

— Tu ne m'aides pas, là.

— Cet homme est sublime.

Je grognai et me dirigeai vers le canapé, me laissant choir dedans. Elle me suivit après un moment, se roulant en boule comme un chat alangui, avec une grâce toute féline.

— Tu n'aimes plus Mitch ?

Qu'étais-je censé lui dire ? Que je n'avais jamais cessé de l'aimer ? Que je n'étais pas sûr qu'il éprouve la même chose pour moi ? Ou pire, que même s'il m'aimait, comment pouvais-je lui faire confiance à nouveau ?

— Comment le pourrais-je ?

— Pas de sentiments résiduels ?

— Bien sûr, admis-je. Tout est résiduel, pas vrai ? Il n'y a rien de nouveau, juste ce que nous étions autrefois, et tout ça c'est fini.

— Alors il suffit de l'attiser un peu et la passion pourrait exploser de nouveau.

— Ou pas, dis-je tristement. On peut se poser la question : essaie-t-on de ressusciter quelque chose qui est mort il y a bien longtemps ?

— Je ne crois pas.

— Mais tu ne peux pas le savoir avec certitude.

— C'est vrai, acquiesça-t-elle. Je ne peux pas être sûre, mais je sais qu'il te veut à nouveau dans sa vie, ajouta-t-elle en enroulant une longue mèche de cheveux autour de son oreille. Il me l'a dit.

— Oui, enfin tout ça c'est bien beau, mais si je ne lui fais pas confiance, ça ne risque pas de marcher.

— Pourquoi est-ce que tu ne lui ferais pas confiance ?

Je la regardai d'un air entendu.

— On en a déjà parlé, dit-elle.

— Ce qui ne veut pas dire que j'ai moins peur.

— Tu doutes de lui.

C'était une affirmation.

— Oh oui, je doute de lui.

— Mais il est venu s'installer ici, Hage. Ses enfants sont là, il a acheté une maison ici, et il a aussi amené sa boîte ici… tout ça, ça ne veut rien dire pour toi ?

Oui et non, mais pas assez pour que je laisse tomber Ash.

— La vérité, c'est que je ne sais plus où j'en suis.

— Pourquoi ?

— Pourquoi ? Parce qu'il y a un million d'années, je pensais que j'allais le rejoindre en Floride, expliquai-je en croisant son regard. Ça avait toujours été le plan, jusqu'à ce que ce ne soit plus le cas.

Je me souvenais encore de son coup de fil. J'avais été tellement excité, même si Mitch avait annulé sa venue pour assister à ma remise de diplôme. J'étais en train de faire mes valises pour partir, et je voulais savoir quand il serait là avec le camion de déménagement, et je n'arrêtais pas de le rater. Il avait fini par décrocher vers une heure du matin.

Sa voix paraissait lointaine quand il m'avait répondu et salué.

— Hé, soupirai-je, alors que je pouvais sentir l'amour que je lui portais m'embraser de l'intérieur. Pourquoi est-ce que tu n'as pas décroché ?

— Je suis désolé. J'étais trop occupé.

Trop occupé pour moi ?

— D'accord, m'étais-je contenté de dire.

— C'est complètement fou, ici, avait-il dit, sur la défensive. Je suis désolé de ne pas avoir eu le temps de t'appeler comme d'habitude. On n'est plus au lycée, Hage.

— Je sais.

— Si tu le savais, tu n'insisterais pas autant.

— Qui insiste ? J'appelle juste pour savoir quand tu vas venir, puisque tu as manqué ma cérémonie de remise des diplômes et que je m'attendais à te voir.

— Merde, je t'ai dit que j'étais désolé. Pourquoi est-ce que tu t'acharnes comme ça ?

Il n'avait en réalité jamais vraiment dit qu'il était désolé. En fait, il avait simplement appelé et dit qu'il ne pouvait pas être présent.

— Qu'est-ce qui ne va pas ?

— Rien.

C'était un mensonge ; je le savais et je le sentais tandis que je frissonnai devant l'intonation glacée de sa voix.

— Dis-moi ce qu'il se passe.

Il ne répondit pas.

— S'il te plaît, Mitch.

Il toussa doucement.

— Je suis un peu occupé en ce moment, on parlera de ça ce week-end, d'accord ?

— Non, répondis-je fermement. Dis-moi ce que tu as à me dire maintenant.

— Je ne crois pas…

— Tu sais ce que ma mère dit toujours, lorsque tu dois dire la vérité et que tu ne veux pas, c'est comme si tu mangeais des grenouilles ?

— Oui, je l'ai entendu dire ça un million de fois.

— Elle dit que si tu manges la plus grosse en premier, ça va mieux ensuite.

On aurait dit qu'il était en train de s'étrangler au bout de la ligne.

— Mange la grenouille, Mitch.

Il s'éclaircit la gorge.

— OK, alors je pense que ce serait mieux si tu attendais un peu et que tu venais à l'automne, au lieu de venir tout de suite après l'été.

C'est pour ça qu'il avait traîné pour prendre un appartement. Toutes ces excuses, comme quoi il n'avait pas le temps de chercher, qu'il avait dépensé l'argent qui aurait dû servir à la caution dans quelque chose d'autre dont il avait besoin. Tout ça, c'était juste lui qui faisait machine arrière.

— Je veux dire, toussa-t-il à nouveau, s'étouffant avec la grenouille, tu peux toujours venir si tu le souhaites, mais pas avant octobre au moins. Je pense que ce serait mieux.

Ce fut mon tour d'être silencieux.

— Tu es d'accord ?

C'était dur de parler avec cette boule coincée au fond de ma gorge, mais je l'avalai, sans me soucier du fait que je ne pouvais rien voir à travers mes larmes.

— Ou peut-être même au printemps, hein ? Tu peux prendre un travail en attendant. Tes parents seront heureux de te garder avec eux un peu plus longtemps.

— Bien sûr, parvins-je à articuler avec peine.

— Je me disais aussi, étant donné que nous sommes si loin l un de l'autre, peut-être qu'on devrait voir d'autres personnes jusqu'à ce que tu viennes ici. Je suis sûr que ce doit être aussi difficile pour toi que pour moi, tout ce truc de fidélité.

Il avait réfléchi à tout cela pendant un long moment, d'après ce que je pouvais voir. Je le connaissais bien.

— Tu en penses quoi ?

— Super, acquiesçai-je. Ce serait parfait.

Il toussota encore.

— Peut-être qu'on ne devrait juste pas faire de projets pendant un moment.

— D'accord.

— Et on serait juste séparés jusqu'à ce que tu viennes, ensuite on se remettrait ensemble.

Je serais son plan B. Il pourrait faire tout ce qu'il voudrait entre temps, et une fois que je serais là, si j'y arrivais un jour, il se remettrait avec moi, et tout redeviendrait comme avant. Il aurait le beurre, l'argent du beurre et le sourire de la crémière.

— Hagen ?

— Tu as une vie sympa, Mitch, dis-je. J'espère que tu as tout ce que tu veux.

— Merci, répondit-il, et je pouvais sentir qu'il était distrait avant même qu'il ne rie avec quelqu'un d'autre. Désolé, mais avec les mecs on est en train de regarder un film.

— Je te laisse y aller. Au revoir.

— Oh, hé, ajouta-t-il d'une voix traînante, me coupant comme si c'était juste une autre conversation, pas la fin d'un rêve auquel je m'étais accroché de toutes mes forces. Mon père viendra récupérer Gordo chez toi. Ils viennent me rendre visite et ils vont me l'amener.

Évidemment, il lui fallait son chien. J'avais l'impression qu'on venait de me poignarder en plein cœur.

Ce fut la dernière chose qu'il me dit.

Le cœur en miettes, je m'engageai dans l'armée, fis mes classes, et fus affecté outre-mer pour mon premier tour en octobre. J'avais pensé à lui, alors, comme cela m'arrivait souvent, me demandant s'il pensait seulement à moi.

— Hagen ?

— Désolé, m'excusai-je auprès de Jessie, j'étais ailleurs.

— Je sais à quoi tu étais en train de penser, et je sais que c'est dur de se souvenir de ce qu'il t'a fait, mais Hagen, il n'est plus le même. Ce n'est plus un petit garçon, je te le jure.

— J'étais tellement perturbé que je me suis engagé dans l'armée pour partir d'ici, lui rappelai-je.

Elle écarquilla les yeux.

— Tu n'en veux pas à Mitch pour…

— Oh non, la rassurai-je, prenant sa main. Non, non, non, tous ces choix étaient les miens, et les miens uniquement.

— Mais que… Je veux dire, je ne sais pas ce qu'il t'est arrivé. Pas exactement.

— C'est une histoire que je te raconterai plus tard, mais je te dirais que j'ai des broches et une tige de titane dans la jambe droite, dis-je en faisant semblant de pleurer. Je ne pourrai plus jamais danser.

Elle attrapa l'oreiller et me frappa de toutes ses forces, et c'était d'autant plus drôle parce qu'aucun de nous ne pouvait émettre un son si on ne voulait pas réveiller les enfants. Les combats d'oreiller silencieux étaient quelque chose de nouveau.

Une fois qu'elle alla se coucher, j'achetai un billet d'avion pour LA.

XI

IL FALLUT que je prenne l'avion depuis l'aéroport de Brookings jusqu'à Portland, puis de Portland à Los Angeles. Le trajet total me prit trois heures, et j'arrivai après treize heures. J'avais envoyé un SMS à Ash pendant le vol, donc je fus surpris de trouver un homme qui m'attendait avec une pancarte à mon nom une fois passé la sécurité et le terminal principal.

— Hé, dis-je, saluant le beau jeune homme, vêtu d'un costume noir qui lui allait bien mieux que n'importe laquelle de mes fringues.

Visiblement, il avait été fait sur mesure pour sa silhouette compacte et musclée.

— Je suis Hagen Wylie.

Son sourire était éblouissant, exhibant des dents blanches et de petites fossettes. Ses cheveux blond platine étaient parfaitement coiffés et ses grands yeux bleus étaient à mon avis un atout dans son travail.

— Génial. Bienvenue à Los Angeles, M. Wylie. Je suis Theo Reeves, l'assistant personnel de M. Lennox. Puis-je prendre votre bagage ?

Mais le sac n'était pas lourd et comme la sacoche de mon ordinateur portable se portait en bandoulière, et je n'avais envie de m'embêter à l'enlever.

— Non, ça ira.

— OK, super. Je vais vous conduire au centre-ville, si cela vous convient, pour un déjeuner tardif avec M. Lennox, dit-il avec enthousiasme, me tirant vers la porte.

— D'accord.

— Il a demandé à ce que vous l'appeliez.

— Entendu.

Je marchai à côté de Theo en appelant Ash tandis que nous manœuvrions au milieu de la foule pour en sortir.

— Tu es arrivé ? demanda Ash au lieu de me dire bonjour.

— Oui.

— Oh merci mon Dieu. J'ai cru que tu allais me poser un lapin.

— Pourquoi est-ce que je ferais ça ?

— Je, juste… Mitch Thayer, d'accord ? Difficile de lutter contre ça.

— La plupart des gens penseraient plutôt l'inverse.

— Oui, mais la plupart des gens ne savent pas que tu as des antécédents avec cet homme.

— Laisse tomber. Je suis là avec Theo, alors où est-ce que tu vas m'emmener manger ?

— C'est ce que je voulais savoir. Est-ce que tu as envie de quelque chose en particulier ? Sushi, steak, Italien… ? Tu me dis ce que tu veux et je ferai tout pour te l'obtenir.

Je mis la main sur le téléphone et regardai Theo.

Il recula d'un pas et observa ma tenue. Je portais un pantalon cargo kaki et mes chaussures de travail, un fin tee-shirt gris et un gilet bleu marine. J'étais l'exemple même du type mal habillé.

— Vous pouvez aller au Spago. Je pense que ça peut le faire grâce au gilet. Dites-lui que vous voulez être assis dehors dans le patio.

Je hochai la tête.

— OK, donc Theo dit que je suis acceptable pour aller au Spago si on s'assoit dans le patio.

Il rit.

— Excellent choix, je te rejoins là-bas.

— C'est parti, dis-je à Theo. Allons-y.

— Direction Beverly Hills. Et puis-je me permettre de dire que je vous apprécie déjà beaucoup plus que le docteur ?

— Le docteur ? demandai-je au moment où une BMW racée se gara à côté de nous.

Theo ouvrit la porte pour moi tout en tendant la main pour récupérer mon sac. Je le lui passai, puis montai dans la voiture. Un homme en costume noir, portant des Ray Bans classiques en écaille de tortue, se tenait derrière le volant.

— Bonjour, le saluai-je.

— Bonjour Monsieur. Bienvenue à Los Angeles.

— Merci.

Le coffre s'ouvrit puis se ferma, et Theo fit le tour de la voiture pour monter dedans. À la seconde où il boucla sa ceinture, le conducteur nous inséra délicatement dans le trafic.

— Alors dites-moi ce que vous savez du docteur, demandai-je à Theo.

— C'est l'un des amis de M. Lennox qui vient de Manhattan quand il est ici à Los Angeles.

— Laissez-moi résumer ça. Il a un amant qui habite à New York ?

— Pas un amant, juste un ami, insista Theo. Comme vous.

Comme moi.

— Et a-t-il beaucoup d'amis de ce type ?

Je voulais savoir parce que, même si cela n'avait plus d'importance – tout romantisme entre nous était hors de question –, c'était quand même un peu étrange. Ash jonglait avec combien d'hommes à la fois ?

Il eut l'air d'avoir mal, et il croisa le regard du chauffeur dans le rétroviseur.

— Tout va bien, leur dis-je en me tournant pour faire face à Theo. Nous ne sommes pas exclusifs. Je vis dans l'Oregon, d'accord ? Je ne me vais pas m'installer ici, et il ne va pas déménager là-bas…

Theo ne put s'empêcher de rire.

— Ah, non, ça sûrement pas. C'est un acteur. Ils vivent sur la côte, LA ou New York, point.

— Ou à l'étranger, intervint le chauffeur.

— Oui, Paris ou Londres notamment, m'assura Theo.

J'étais certain que beaucoup de stars vivaient où elles le voulaient, mais je voyais ce qu'il voulait dire. Si un acteur était jeune et ambitieux, il vivait près des côtes. Ash ne disait – je l'avais toujours su – que des conneries.

— La maison de Ash à Benson est très belle, dis-je à Theo, pour changer de sujet parce que mon estomac commençait à se nouer. Vous y êtes déjà allé pour voir ?

Il rit.

— Vous plaisantez, pas vrai ? Vous parlez de cette bicoque que je lui aie louée ?

— Louée ?

C'était nouveau.

— Oh, pitié, ricana-t-il. Mon boss n'aurait jamais acheté cette maison. C'est bien en dessous de ses standards habituels. Vous auriez dû l'entendre se plaindre !

— Vraiment ? demandai-je, amusé.

J'avais vu juste. Ça n'arrivait pas souvent que les choses se produisent comme je les avais envisagées. Pour une fois que j'avais raison, sans l'ombre d'un doute…

— Mais c'était le mieux que cette petite ville paumée avait à offrir.

— Tiens donc.

Je sentis ma peau se couvrir de sueur froide même si j'étais sûr que mon visage devait être écarlate.

— Et le B&B qu'il est en train de rénover ?

Theo eut l'air perdu.

— Vous ne vivez pas à Benson ?

— Oh non, mentis-je, puisque c'était apparemment ce qu'Ash faisait. Je vis à Portland. Benson est une ville trop petite pour y vivre comme vous dites.

— Oh, merci mon Dieu. Vous m'avez fait peur un instant, lâcha-t-il, en se tenant le cœur. Vous a-t-il emmené là-bas pour voir le gouffre financier ?

— Oui.

— OhMonDieu, c'était horrible, n'est-ce pas ? Merci Seigneur, il l'a vendu ce matin à ce constructeur, Chatwood, Chatin, comment c'était, dit-il en claquant des doigts, essayant de se souvenir. Cha...

— Chastain, dis-je en lui soufflant la réponse, écœuré de moi-même d'avoir cru ne serait-ce qu'une partie des conneries de Ash.

— Oui, soupira-t-il, soulagé en me caressant le bras. Chastain. Jeremy Chastain. Apparemment, il la voulait depuis des années, mais la ville – accrochez-vous – avait bloqué l'achat parce qu'il n'est pas censé posséder un bien commercial suite à une plainte ou quelque chose du genre.

J'acquiesçai, dégainant mon téléphone.

— Oui, dis-je, en lui souriant. Rendez-moi service ? Trouvez-moi un bon endroit pour manger et laissez-moi là-bas.

— Quoi ?

Le visage de Theo se départit de toutes couleurs.

Ce bronzage qu'il avait, j'en étais certain, mis des heures à obtenir, prit une teinte maladive, presque grise.

— Je ne...

Je levai la main et me penchai en avant, interpellant le chauffeur en lui tapotant l'épaule.

— Je n'ai pas entendu votre nom.

— C'est Marvin, répondit-il, en jetant un œil de chaque côté pour pouvoir me regarder en face.

— Ravi de faire votre connaissance, Marvin, dis-je, en serrant la main qu'il me tendait. Comme je doute de pouvoir juste faire demi-tour et reprendre l'avion, et puisque j'ai vraiment très faim, si vous pouviez m'emmener quelque part dans un lieu sympa où je n'aurais pas à faire une

180

réservation ou à porter un costume, j'apprécierais grandement. Si vous ne pouvez pas faire ça, je comprendrais, mais j'aurais besoin que vous arrêtiez la voiture pour que je puisse descendre.

— Oh non, Monsieur…

— Juste Hagen, corrigeai-je.

— Hagen, répéta-t-il en me souriant. Puis-je vous suggérer d'aller chez M. Lennox et de l'attendre là-bas si vous ne vous sentez pas d'aller dans un restaurant chic ?

— Merci, mais non, lui dis-je. Pouvez-vous me recommancer un restaurant avec de la bonne nourriture ?

Il y réfléchit un moment.

— Est-ce que coréen ça vous plairait ?

— Ça me semble parfait.

— OK, dit-il, changeant de direction.

— Parfait, soupirai-je en me rasseyant et en jetant un œil à un Theo dévasté tout en ouvrant la liste de mes contacts. Vous allez bien, tout va bien. Je ne suis qu'un parmi d'autres, ce n'est pas grave, et en plus, si vous saviez où en était notre relation à Ash et moi-même, vous sauriez que ceci – lui et moi – ça ne vaut pas la peine d'en perdre le sommeil.

Il frissonna.

— Je…

— Si je suis quelqu'un de spécial pour lui, et qu'il ne vous l'a pas dit, qu'est-ce que ça veut dire de nous pour qu'il ne partage pas cette information avec vous ?

— Vous…

— Et si je ne le suis pas, alors tout va bien pas vrai ? Dans tous les cas, vous êtes couvert.

J'appuyai sur le bouton d'appel et je l'écoutai sonner.

Ses yeux s'agrandirent démesurément, devant presque ronds.

— Vous ne seriez pas le mec de la maison dans les arbres ?

J'éclatai de rire.

— Oh, j'adore ce surnom.

Il retint sa respiration.

— Vous…

— Attendez une seconde, lui ordonnai-je alors que le téléphone était décroché de l'autre côté de la ligne. Hé.

— C'est un peu paresseux de ta part, me dit Preston Garber, mais je pouvais entendre le rire dans sa voix. Tu ne pouvais pas juste conduire et venir me voir ?

— Je pourrais.

Il émit un bruit à mi-chemin entre le tss et un grognement.

— Et je n'arrive pas à croire que tu n'as pas encore amené les enfants de ton ex ici pour qu'ils viennent monter à cheval.

— Je ferai ça une fois rentré si leur père me parle toujours.

— Pourquoi est-ce qu'il ne voudrait pas ?

— J'ai fait une erreur mais je suis en train de la réparer, du moins en partie.

— Oh ?

Il fut silencieux une minute.

— Chéri, où es-tu ?

— Je suis à LA mais j'ai besoin de ton aide pour régler quelque chose tout de suite.

— Oui, dis-moi, peu importe ce que c'est.

— Apparemment, Ashford Lennox a vendu la maison Emerson à Chastain, et je pense qu'il l'a achetée avec l'une de ses sociétés bidon, expliquai-je.

La satisfaction sinistre de savoir que j'étais, à cet instant précis, en train de bousiller une affaire de Jeremy Chastain me tira un soupir satisfait.

Silence.

— Pres ?

— *Tu te fous de ma gueule, putain ?*

Je ne croyais pas l'avoir jamais entendu monter aussi haut dans les aigus, mais c'était logique. Jeremy Chastain avait presque tué le compagnon de Preston, Malachi Harel, et les étalons arabes pur-sang de Malachi, qui représentaient toute sa vie. Preston était aussi un des principaux avocats fiscalistes du pays, et l'associé gérant de *Garber, Bondurant et Farrier*, avec des bureaux à New York et Londres. Il s'y rendait, d'après ce que Malachi m'avait dit, deux fois par mois pour vérifier la situation dans les bureaux. Il était, m'avait-on dit, quelque peu terrifiant.

— Je ne crois pas t'avoir déjà entendu jurer.

— Je vais l'enterrer.

— Bien, fais donc ça. Des gens vont mourir s'il construit cet hôtel.

— Considère que c'est fait. Mais comment l'as-tu su ?

Je regardai Theo, qui commençait à hyperventiler.

— Un petit oiseau me l'a dit.

— J'aime cet oiseau. Quand rentres-tu ?

— Demain.

— Excellent. LA n'est pas un endroit pour toi.

— Ouais, j'avais compris.

— Merci d'avoir appelé.

— Qui d'autre aurais-je appelé ?

— Je passerai le bonjour de ta part à Mal.

— Oui, fais ça !

Il raccrocha, et je me tournai vers Theo, qui était en train de faire une crise de panique carabinée. J'en étais sûr. Autrefois, j'en avais quotidiennement.

Je lui pris son téléphone et son Ipad des mains, les posai à côté de lui sur le siège, et l'attirai contre moi. J'avais l'impression de tenir un oiseau, et même si je n'étais pas très grand et costaud, je l'étais de fait par rapport à lui. Je traçai des cercles dans son dos et lui expliquai que tout arrivait toujours pour une raison.

— Et si tu es viré pour avoir été honnête, le rassurai-je, je peux t'offrir un fantastique nouveau départ dans le cabinet d'avocats de mon ami. Il faudra seulement que tu déménages à New York.

Il tremblait toujours, mais ses bras étaient enroulés fermement autour de mon torse pendant qu'il faisait sa crise de nerfs.

— Vous êtes très gentil, remarqua Marvin depuis son fauteuil.

— J'essaie, dis-je en souriant.

Repensant à Ash maintenant, j'étais heureux d'avoir mis un terme à toute relation romantique avant d'avoir fait le voyage. Même si j'étais déçu par son comportement, notre amitié était toujours récupérable s'il n'y avait plus de mensonges entre nous. Nous étions amis ; je n'avais aucune envie de son cœur.

Theo mit du temps à respirer à nouveau, et j'appréciai que Marvin joue le rôle du guide touristique pendant que son collègue s'imprégnait du contact humain que je lui offrais. Marvin m'expliquait où nous nous trouvions, me montrait des choses et m'indiquant quand nous traversâmes Santa Monica. Une fois rassuré sur l'état de Theo, j'appelai Ash.

— C'est inattendu, dit-il, jovial. Je pouvais entendre des bruits de conversations en arrière-plan. Tu es presque arrivé ?

— Non, j'ai changé d'avis, l'informai-je, observant l'océan depuis la fenêtre. Je vais aller manger coréen avec Theo et Marvin, et ensuite, je vais rentrer à la maison.

— Tu… quoi ?

— De la nourriture coréenne, réitérai-je. Une de mes préférées. Nous allons à… où allons-nous ? demandai-je à Marvin.

— BCD Tofu sur Wilshire.

— T'as entendu ça ?

— Non, ce n'est pas… non.

— Non ?

— Pourquoi est-ce que tu as changé de plan ? J'ai des gens qui attendent ici de te rencontrer.

— Attendre de me rencontrer, pourquoi ?

— Pour voir ce que tu sais faire à part des bâtiments ! m'informa-t-il, la voix plate et froide, plus en colère que je ne le pensais au départ.

— Oh, bien, je suis désolé que tu te sois donné autant de mal, mais c'était idiot ! Tu sais que je ne vais jamais quitter Benson, lui rappelai-je. On en a déjà parlé.

— Hagen…

— Et puisqu'on parle de Benson, dis-je d'un ton inflexible, j'aurais vraiment apprécié que tu me dises que la maison là-bas était seulement en location et que tu l'avais vendue à Chastain.

— Je… Tu te moques de moi ? rugit-il. Je vais le tuer putain !

— Non, non, non, tu ne t'en prends pas à Theo. Chastain l'a appelé quand j'étais dans la voiture, quelque chose à propos de frais de clôture de dernière minute.

— Mais l'affaire a été conclue il y a des jours. On attendait juste de finir !

Rajouter l'insulte à l'injure, voilà ce que c'était. Il n'avait pas seulement menti, mais il l'avait fait depuis qu'il avait mentionné l'hôtel devant moi le samedi.

— Eh bien, Chastain est un putain d'abruti.

Il inspira audiblement.

— Tu crois quoi alors, que je ne pensais rien de ce que je t'ai dit ?

— Je crois que si quelque chose est important pour toi, tu t'y intéresses et tu dis la vérité. Mais si tu t'en fiches, si ça ne veut pas dire grand-chose, un mensonge ce n'est pas si grave.

— Donc j'ai menti à propos de la location et de la vente de l'hôtel, mais en ce qui te concerne, j'étais honnête.

— Oui, c'est ce que je choisis de croire.

— C'est bien, parce que c'est exactement ça.

— OK, ne refais jamais ça ou c'est fini.

— Je ne le ferais plus, promit-il. Je suis tellement désolé, Hagen.

— Je te pardonne et, juste pour que tu saches, Chastain n'aura jamais cette maison, donc s'il t'a payé, j'espère que tu n'as rien fait de l'argent.

— Non je ne l'ai pas utilisé.

— Tant mieux, parce que tu vas devoir le rendre.

— Ce n'est pas un problème. Je préfèrerais te garder plutôt que l'argent.

— C'est agréable à entendre.

Il expira brusquement.

— Alors quoi maintenant ?

— Maintenant, je vais manger coréen, puis je rentrerai à la maison, donc tu peux soit rester là-bas et entretenir ton réseau – ce que tu devrais faire –, soit venir avec Theo, Marvin et moi. À toi de voir. Peu importe ce que tu choisis, ça ira, on pourra parler quand tu reviendras de Paris.

— Alors si je ne viens pas te voir, c'est terminé ?

— Jusqu'à ce que tu reviennes, oui.

— Hagen…

— Comme je te l'ai dit, je rentrerai à la maison après avoir mangé.

— C'est une menace ?

— Non, c'est une constatation, lui expliquai-je. Je ne suis pas en train d'essayer de te pousser à faire quelque chose, ou à te tester, ou quoi que ce soit. Je te dis juste ce qu'il va se passer.

— Très bien, dit-il et il raccrocha.

C'était bizarre ; je ne l'avais jamais vu se mettre en colère aussi vite. Mais peut-être était-il ainsi quand il était à LA.

— Hé, dis-je à Marvin après quelques minutes à observer le paysage le long du boulevard La Cienega. Je suis désolé d'avoir changé votre agenda pour la soirée.

— Ce n'est pas grave, répliqua-t-il gentiment, de sa voix étonnamment calme et douce pour un homme aussi costaud.

Quelques instants plus tard, mon téléphone sonna et je répondis

— Oui ?

— Je suis désolé d'accord ? Je… beaucoup de mes amis étaient là et… je voulais que tu les rencontres et je me suis senti gêné.

— Je suis vraiment désolé pour ça. Je n'aurais jamais fait exprès de t'humilier.

— Je sais, soupira-t-il.

— OK, alors reste avec tes amis, et si tu veux, appelle-moi quand tu auras fini avec ton film, et on reparlera de tout ça.

— Hagen…

— Et si nous arrivons à être toujours honnêtes l'un avec l'autre à partir de maintenant, je crois que nous serons d'excellents amis.

— Non, s'il te plaît, Hagen, tu es ici. Reste une nuit, quelque part, et laisse-moi venir te voir. Je peux te prendre une chambre au…

— Je n'ai pas besoin que tu me prennes une chambre dis-je, en le mettant sur haut-parleur pour pouvoir fouiller dans mon sac parce que je sentais poindre un mal de crâne.

Je ne buvais jamais assez d'eau quand je n'étais pas à la maison, et combiné au manque de nourriture, cela devenait problématique.

— Seigneur, Hagen, s'il te plaît, laisse-moi me faire pardonner. Je vais appeler Chastain tout de suite pour régler ce problème si tu peux juste, s'il te plaît… S'il te plaît, reste ici cette nuit que je vienne te voir.

Je n'avais vraiment pas envie de reprendre l'avion tout de suite.

— Pourquoi pas au Casa Del Mar ? C'est à Santa Monica, et c'est sur la plage, expliqua-t-il. S'il te plaît, bébé.

Non. Il ne pouvait pas m'appeler comme ça, il ne pouvait pas utiliser ce surnom, c'était seulement pour Mitch. J'avais toujours été le bébé de Mitch, et de personne d'autre. Ça ne marchait pas venant d'autres hommes.

— Ne m'appelle pas…

— Très bien, je ne le ferai plus. Accorde-moi seulement celui-là. Laisse-moi prendre une chambre pour toi et venir te voir.

— Est-ce que c'est le genre d'endroit qui loue des chambres à l'heure ?

Theo et Marvin secouèrent la tête.

— OK, soupirai-je, lâchant l'affaire, mais fais juste la réservation, c'est moi qui paierai.

— Non, je vais payer, vas-y après avoir mangé dans ton restaurant coréen.

— D'accord. Appelle Chastain.

— Je m'en occupe, grommela-t-il. Tu as intérêt à faire ce que tu dis.

186

— Ce n'est pas moi qui ai du mal avec ce concept, répliquai-je.

— Touché.

LA NOURRITURE à BCD Tofu était incroyable. Nous n'avons pas eu à attendre et c'était un endroit tranquille. Ils prirent même la peine d'enlever les têtes des crevettes pour moi parce que leurs petits yeux de fouine me faisaient toujours un peu flipper. J'essayais de ne jamais croiser le regard d'une créature que j'étais en train de manger.

Le trajet retour vers Santa Monica fut aussi sympa. Nous avions baissé les vitres de toutes les fenêtres pour en profiter. Quand je me présentai à l'hôtel Casa Del Mar, je compris pourquoi il valait mieux que ce soit Ash qui ait payé et pas moi. C'était l'équivalent de mon budget nourriture du mois. J'avais une suite avec une chambre et vue sur l'océan, et quand j'ouvris les fenêtres, je pus sentir l'air salé de la mer.

C'était un bon hôtel pour moi. J'adorais les détails d'une autre époque, un mélange de style méditerranéen et des missions californiennes, comme me l'expliqua la jeune femme adorable à l'accueil durant l'enregistrement. Il y avait, m'expliqua-t-on, d'autres hôtels sur la plage qui faisaient face à la jetée de Santa Monica, mais j'étais plus que content de l'endroit où j'avais atterri.

Je serrai la main de Theo et Marvin quand ils partirent, et comme ils avaient sauté le déjeuner, j'essayai de leur donner un pourboire pour m'avoir conduit partout dans LA mais aucun d'eux n'en voulut. Visiblement, rester avec moi quasiment une demi-journée avait presque représenté des mini vacances pour eux.

Une fois mes affaires déposées dans la chambre, je redescendis pour pouvoir m'asseoir sur la terrasse de l'hôtel, face à la plage. Dans l'air de la fin d'après-midi, le soleil me réchauffait doucement. Je me laissai tomber sur un banc, je m'étirai et j'absorbai la chaleur. C'était un soulagement de pouvoir me poser enfin, d'inspirer profondément et d'expirer lentement. Les lunettes de soleil sur le nez, brûlé par la chaleur, mais rafraîchi par la brise, je décidai de ne pas bouger pendant un long moment.

Quand mon téléphone sonna, je répondis sans vérifier qui m'appelait, et me fis la remarque, à cet instant, que des sonneries personnalisées seraient une bonne idée.

— Allo ?

— Tu es où bon sang ? gronda Mitch.

— Salut chéri, dis-je avec un petit rire, heureux maintenant que j'avais mangé, bu et que j'écoutais le bruit des vagues.

J'étais aussi prêt à faire la sieste.

— Comment vas-tu ?

— Tu ne viens quand même pas de me dire « Salut, chéri » ! hurla Mitch, clairement énervé.

J'éclatai de rire. Il avait l'air incrédule et furieux, ce qui lui donnait la voix basse et rauque.

— Oh, j'adore ta voix, lâchai-je parce qu'elle était *trop* bien.

Je l'entendis reprendre sa respiration.

— Vraiment ?

Merde.

— Oui, admis-je.

Je voulais pouvoir lui dire de m'oublier – de nous oublier – sans le vouloir vraiment. Si je devais être honnête, il me perturbait. L'impulsion de simplement lui pardonner, de me remettre avec lui et de l'aimer, bataillait avec la partie de mon cerveau qui se souvenait précisément de la douleur que j'avais ressentie quand il m'avait rejeté. Je voulais abandonner tout autant que m'enfuir.

— Tu n'as pas l'air très heureux de ça.

— Rien de tout ça ne me rend heureux, répliquai-je.

— C'est un mensonge. Tu étais heureux l'autre soir quand nous avons dîné ensemble. Tu adorais passer du temps avec moi et les garçons, et à la manière dont tu m'as embrassé, je peux dire que tu es toujours aussi accro que moi.

— Oui, mais ce n'est pas parce que je veux une chose qu'elle est forcément bonne pour moi.

— Mon Dieu, j'aimerais vraiment que tu puisses voir au fond de mon cœur pour que tu saches que je ne te blesserai plus jamais, jamais comme ça à nouveau.

— Et pourquoi ça ?

— Parce que j'ai tellement envie de toi, gémit-il comme s'il souffrait. Seigneur, Hage. Je ne te quitterai jamais.

Mais il m'avait déjà dit ça autrefois, et il avait fait exactement le contraire… Était-il écrit « imbécile » sur mon front ? L'apprentissage et la vie étaient à prendre en considération.

— Hage ?

— Nous remettre ensemble n'est pas très intelligent.

— Et pourquoi ?

J'ignorai sa question et poursuivis.

— J'étais en train de parler à Jess avant de partir et je me suis rappelé du coup de fil quand tu as rompu avec moi.

— Putain, grogna-t-il. Donc ce que tu me dis c'est que tu as recommencé à douter de tout.

— Quasiment, oui.

— Ne fais… J'ai juste besoin que tu… Putain. Où es-tu ?

— Pourquoi ?

— *Pourquoi* ? C'est ça, ta réponse ?

— Oui. Pourquoi ?

— Tu m'as promis qu'on se verrait quand je rentrerais à la maison. Nous avons un rendez-vous.

— Ce n'était pas un rendez-vous.

— J'ai demandé, tu as accepté. C'est un rendez-vous.

— Je crois que nous avons accepté de nous voir, mais ce n'était certainement pas un rendez-vous, corrigeai-je, appréciant, comme toujours, de le taquiner.

Il était le seul homme que j'aie jamais rencontré capable de tenir le rythme. On pouvait juste dire oui, non, oui, non pendant des heures. On l'avait même fait, une fois, pendant quarante-cinq minutes avant que ma mère ne nous ait hurlé de la fermer.

— Tu argumentes juste pour le plaisir, protesta-t-il, plus contrarié contre lui que contre moi, je le savais.

Il avait fait une erreur il y a très longtemps, et maintenant, il en payait le prix.

— Mais je ne veux pas me disputer simplement parce que je peux le faire, parce qu'on est ensemble. C'est toute ma vie, Hage.

— Tu as raison, accordai-je. J'arrête.

Il fut silencieux.

— Quoi ? Est-ce que je t'ai surpris au point de te faire taire ?

— Je crois que c'est parce que tu es d'accord avec moi. Est-ce que ça t'a brûlé en sortant de ta bouche ?

— Tu es un homme très drôle. Je crois que tu as un avenir dans le one-man show.

— Je crois que mon avenir, quel qu'il soit… est avec toi.

— C'est une bonne réplique.

— Ce n'est pas une réplique, c'est la vérité.

189

Je grondai.

— Bébé ?

— Ne m'appelle pas bébé. Je ne suis pas ton bébé, grommelai-je, même si je savais que je disais des conneries.

Il utilisait ce surnom depuis que j'avais quatorze ans ; il n'allait pas disparaître comme ça de sitôt, et honnêtement, je n'en avais pas envie. Quelque chose dans sa voix quand il le disait, véhiculait de la chaleur, de la possessivité, et une envie qui m'adoucissaient.

Il gronda, mais ce n'était un son hargneux, plus un murmure destiné à m'apaiser.

— Seigneur, depuis quand est-ce que tu dis toujours ce qu'il faut ?

— Depuis que j'ai grandi, Hage, c'est ce que j'essayais de te dire. Je ne suis plus le petit garçon que j'étais. Je suis un homme maintenant, et je sais ce que je veux et qui je veux dans ma vie.

— Je te déteste, marmonnai-je, les yeux embués de larmes, parce que mon cœur était en train de se briser en deux.

— Oui, je sais.

— Mais non… pas vraiment.

— Je le sais aussi et tu ne peux pas savoir à quel point j'en suis heureux et reconnaissant et tout de ça.

— Tu le sais ?

— Oui, Bébé.

— Ne…

— Allez, Hage. Je connais ton sourire et la manière dont tes yeux s'adoucissent quand tu me regardes, moi, et seulement moi, et les petites inspirations que tu prends quand tu es excité et heureux à la fois, et comment tu mords ta lèvre supérieure, ou comment tu tires tes cheveux.

— Non, non, non, le contredis-je, secouant la tête comme s'il était là pour me voir.

— Tu ne penses peut-être pas te souvenir de toutes ces petites choses sur moi, mais je me souviens de chacun de tes sourires, de ton rire…

— Je me souviens de toi aussi, murmurai-je, incapable de parler plus fort.

Je mourais d'envie de lui faire confiance, mais si je le faisais, je renonçais à mon pouvoir, mon autonomie, et je m'étais promis que je ne me remettrais plus jamais dans cette position une deuxième fois. Plus jamais je ne lui permettrais de me blesser à nouveau.

— Oui.

— Tu étais la personne avec laquelle j'ai grandi, Mitch. Je t'ai rencontré quand j'avais quatorze ans. Tu étais une constante dans ma vie. Nous étions inséparables.

— Je sais.

— Tu étais mon premier en tout.

— Tout comme toi.

J'essayais d'avaler la boule qui m'obstruait la gorge.

— Est-ce que tu crois vraiment que je t'aimais moins que tu ne m'aimais ?

— Tu m'as quitté, dis-je, parce que c'était le nœud du problème.

— Oui. Et j'en suis désolé un million de fois, mais j'étais un gamin de dix-huit ans, Hage. Je ne connaissais rien à rien, et j'ai considéré que tu m'étais acquis et que tu serais toujours là quand je choisirais finalement de rentrer à la maison, comment aurais-je pu savoir ?

— Oui, mais je ne peux pas être ton deuxième choix, celui avec lequel tu restes coincé parce qu'il se trouve que Benson est un endroit génial pour élever des enfants.

— Tu sais que c'est de la merde parce que je t'ai déjà dit pourquoi j'étais revenu.

— Mais comment est-ce que je suis censé te faire confiance ?

— Parce que tu le fais déjà, pas vrai ?

Je dus réfléchir.

— Hage ?

Je le savais. Il était revenu à la maison pour ses enfants, pour la ville, et pour moi.

— L'image de la famille que j'ai dans la tête t'inclut toi, debout à mes côtés.

— Mais ce n'était pas le cas avant.

— Si. Cela a toujours été le cas. J'ai seulement été détourné, et alors la vie s'est interposée, mais cela n'a jamais voulu dire que je ne rentrerais pas à la maison.

— Et si je n'avais pas été là à ton retour ? Marié ? Alors quoi ?

— Alors je t'aurais retrouvé, traqué, brisé ton mariage ou kidnappé.

— Tu es ridicule.

— La réponse n'est pas plus bête que la question.

— Qu'est-ce que ça veut dire ? m'énervai-je.

— Ça veut dire que tout ce que tu as fait et tout ce que j'ai fait nous a conduits ici, à cet endroit, pour qu'on puisse enfin régler nos problèmes, demander pardon et accepter les excuses pour le passé. Nous devons partir de ça, ici, vers l'avant et ensemble.

Je restai silencieux un moment.

— C'était profond, le taquinai-je, toujours tremblant, mais absorbant l'humour contenu dans la situation.

Je ne voulais pas trop penser, me laisser déborder, tomber sous sa coupe, ou plus encore…. abandonner. Être drôle gardait les choses légères, et cela me donnait un peu plus de temps pour penser et décider et peut-être jouer avec mon cœur une fois de plus.

— Va. Te. Faire. Foutre.

J'éclatai de rire.

— Je suis sérieux !

— Oh oui, je sais, dis-je d'un air condescendant. Et si j'étais mort au combat ?

— Merde, Hagen ! Pourquoi est-ce que tu dis ça ?

Je n'en savais rien.

— Tu dois me pardonner. Tu dois me croire quand je te dis que je ne te quitterai plus jamais et me faire confiance pour être une présence stable dans ta vie.

— Je…

— Tu peux compter sur moi, je te le jure.

Après l'avoir vu avec ses enfants, entendu le rire, les sarcasmes et le ton paternel, avoir réalisé que je pouvais me glisser à nouveau si facilement dans le rôle de son complice, c'était une torture de rester sur la touche. Mais j'avais le cul entre deux chaises, aucune option n'était simple.

Je voulais tellement me soumettre à sa volonté, totalement, baisser ma garde et retrouver la foi. Être le type qui n'avait pas seulement aimé, mais qui l'avait fait sans restriction ou réserve. Être sans peur à nouveau, de ne pas avoir peur de voler parce que je savais dans mon cœur qu'il serait là pour m'attraper.

— S'il te plaît, bébé.

C'était le moment de saisir sa chance et de sauter sans filet. Je ne pouvais tout simplement pas me retenir, même une seconde de plus.

— Hagen ?

Assis là, devant l'hôtel, vulnérable, mes défenses abaissées, seul, incertain, déséquilibré, il me manquait… et je pouvais sentir les fissures qui se propageaient dans mes murs.

— Parle-moi.

C'était un choix que j'allais faire, lui tendre la main à nouveau, parce que je le voulais si ardemment. Avec ses actions – revenir à la maison, déménager sa boîte, et plus que tout, partager ses fils avec moi – il me montrait la valeur que j'avais pour lui, aussi clairement que le jour.

— Hé.

Je ne répondis rien.

— Parle-moi. Dis-moi quel est le facteur déterminant que tu ne franchiras pas ?

C'était l'une des répliques favorites de mon père, cette question, qu'il m'avait posée tellement de fois au cours de ma vie, qui demandait quel était le dernier mot sur le sujet. Et maintenant, Mitch me demandait la vérité sur lui et moi. Quelle était la vérité, qu'est-ce qui était réel, et sans quoi serais-je incapable de vivre ?

— Hage ?

— Je n'ai aucune idée de quoi tu parles, mentis-je.

Évidemment que je savais ce que c'était.

— Arrête de te foutre de moi et dis-le-moi.

C'était exaspérant de voir à quel point il me connaissait bien ; de l'intérieur comme de l'extérieur, et il n'hésitait pas à repérer et à pointer mes conneries.

— Dis-moi la vérité maintenant. C'est important.

— On devrait attendre que je rentre pour parler…

— Non. Tu as eu assez de temps.

— Alors peut-être qu'on devrait juste oublier…

— On ne va pas faire ça non plus, gronda-t-il. Si tu mens là, maintenant, je vais juste continuer à te voir, à te parler, à essayer de te faire fléchir, à amener mes enfants chaque jour jusqu'à ce que tu n'aies plus d'autre choix que de céder. Je ne vais pas renoncer parce que je t'ai vu avec eux et que je sais très bien ce qu'il y a dans ta tête.

Seigneur.

Il n'y avait que Mitch pour rentrer dans une pièce, jeter un œil à mon visage et lire en moi comme dans un livre. C'était son superpouvoir. Il me connaissait bien. Vraiment bien, complètement. Et c'était la même chose pour moi puisqu'après tout ce temps, il n'y avait toujours que Mitch. Je l'avais toujours aimé, je n'avais jamais cessé, même avoir été largué, même après toutes ces années séparés, même après avoir essayé d'aller de l'avant en m'envoyant en l'air avec d'autres hommes, même après avoir pensé que je pouvais construire quelque chose avec Ash. Même avec tout ça, rien n'aurait pu marcher. Je n'allais avec personne d'autre, parce qu'au plus profond de moi, là où c'était vraiment important, il n'y avait que Mitch et il ne pourrait jamais y avoir quelqu'un d'autre. J'étais tombé amoureux trop profondément dès le début. Il s'avérait que j'étais fini à quatorze ans quand il était entré dans la salle de classe et qu'il m'avait vu au fond, près de la fenêtre. Il n'avait pas attendu que le professeur lui dise où s'asseoir. Il était venu droit sur moi, avait pris le siège à mes côtés, et m'avait tendu la main.

— Je suis Mitch Thayer. Et toi ?

— Hagen Wylie, avais-je doucement répondu en lui souriant.

Il m'avait serré la main et rendu mon sourire.

— Nous allons être amis, j'en suis sûr.

Et nous l'avions été, et plus encore, et cela n'avait jamais changé.

— Putain de Mitch, grommelai-je, enfin capable d'articuler ces simples mots.

Il rit, d'un rire à la fois machiavélique et chaleureux.

— Je pensais que c'était fini.

— Non.

— On aurait dit que c'était fini.

— Pas pour moi. Jamais.

Il était brutalement honnête, ce qui me donna la force de ne pas mentir.

— OK, alors j'espérais.

— Tu espérais ?

Je déglutis douloureusement.

— Oui.

— Oh, mon amour, tu viens d'illuminer toute mon année.

— Je... J'ai dit à tout le monde que je n'en avais rien à faire.

— Je sais, mais ce n'était pas vrai, et personne ne t'a cru de toute façon.

— Je ne peux... Je ne veux pas revivre ça une seconde fois, avouai-je alors que je remontai mes lunettes de soleil, m'essuyant les yeux, frottant la paume de la main dans l'œil gauche.

— Tu n'as pas à t'inquiéter, promit-il. Seul Dieu pourrait m'empêcher de rester à tes côtés.

— Tu n'imagines même pas à quel point je... si je cède et que je te fais confiance, tu ne peux pas...

— Je ne le ferais pas, je ne pourrais pas. S'il te plaît, bébé, fais-moi confiance, implora-t-il, la voix brisée.

194

Mais c'était si dur. C'était comme de descendre une pente boueuse et raide, après le premier pas périlleux, le reste de la marche pouvait se faire lentement mais sûrement ou bien on pouvait perdre pied et mourir. Sans un peu plus d'espoir, je ne pourrais pas.

— Je veux que tu le dises. Dis-le bon sang ! grinça-t-il, avant de reprendre son souffle.

Je n'avais jamais entendu une telle détresse de sa part, jamais.

— Il faut toujours que tu insistes.

— Oui.

— Tu ne peux pas juste...

— Je peux et je le ferai parce que tu es ma seule chance d'être heureux pour toujours, et on le sait tous les deux. Il faut que ce soit toi, Hage. Ça a toujours été toi.

C'était dur d'être courageux, mais il y avait des fois où il n'y avait pas d'autres choix possibles.

— OK.

— OK, quoi ? demanda-t-il immédiatement.

Seigneur.

— Hage ?

— OK, j'en suis.

Il resta silencieux.

— Mitch ?

— Je t'ai entendu.

— Et ?

— Et je veux te voir immédiatement.

— OK, je vais rentrer à la maison.

— Où es-tu ? demanda-t-il à nouveau.

— À Los Angeles.

— Non, je sais que tu es à LA. Jessie me l'a dit. Mais où précisément ?

— Elle te l'a dit ?

— Évidemment.

— Pourquoi est-ce que je lui ai dit où j'allais ?

Je posai plus la question pour moi que pour lui.

— Parce que tu voulais que je sache où tu étais.

— Non.

— Si.

— C'est absurde, lui assurai-je, perdu devant mes propres actions.

— Tu te sentais coupable d'y aller.

— Non, répliquai-je machinalement, prenant ma propre défense, même si j'étais en train de lui mentir.

— Bien sûr que si, contra-t-il, implacable. Tu savais que nous avions un rendez-vous, tu savais que tu étais en train de me fuir, tu t'es senti coupable, alors tu lui as dit.

— Cela ne me ressemble pas du tout, répliquai-je, furieux contre moi-même.

— Et bien, si, ça te ressemble complètement, et encore une fois, tu l'as fait parce que quelque part entre le moment où nous avons dîné ensemble, celui où tu as passé du temps avec mes enfants et Jess, et celui où tu m'as embrassé comme jamais je n'ai su que tu pouvais embrasser – bon sang, Hage, quelqu'un a sérieusement amélioré son niveau – tu…

— Mon niveau ?

— Je veux dire, tous les hommes que tu as embrassés entre moi et moi à nouveau sont sacrément chanceux ! proclama-t-il. Si tu embrasses tout le monde comme tu l'as fait avec moi, ce n'est pas étonnant que tu sois celui qui est actif à chaque fois. Parce que qui pourrait refuser ça ?

Je souris dans le téléphone.

— Tu es en train de dire que j'embrasse bien ?

— Oui, abruti, c'est ce que je suis en train de dire.

Merde, c'était le moment d'être honnête.

— C'est pas vrai.

— Bien sûr que si, rectifia-t-il. Je te le dis, tu embrasses comme si c'était ton métier.

— Ce que j'essaie de dire c'est…

Je soupirai, abandonnai, laissai tomber et me rendis compte que, à nouveau, j'étais toujours dingue de Mitch Thayer.

— Je n'embrasse pas tout le monde comme ça.

Silence.

— Mitch ?

Il toussa.

— Alors, je crois que ce que tu es en train de dire, c'est que tu m'embrasses différemment parce que tu m'aimes plus que les autres.

C'était tellement évident que c'en était ridicule.

— C'est ce que tu es en train de dire ?

— Oui, chéri, c'est ce que je suis en train de dire.

Son soupir douloureux me fit sourire.

— Ne laisse pas tomber le chéri, d'accord ?

— Non. Je pense que c'est permanent maintenant.

— Je veux que tu me dises où tu es, insista-t-il.

— Je suis au Casa Del Mar à Santa Monica.

Il prit un moment pour digérer l'information.

— Pardon ?

Je lui expliquai comment Ash m'avait pris une chambre dans cet hôtel, et comment il était censé venir me parler plus tard, et comment lui et moi étions seulement des amis…

— À cause de moi, clarifia Mitch, c'est ça ?

— Oui à cause de toi.

Son grognement satisfait me fit sourire malgré moi.

— Je peux finir maintenant ?

— Oui, vas-y.

Je lui racontai le restaurant coréen et la plage que j'étais en train de regarder alors que j'essayais de comprendre ma vie.

— Avec moi, ajouta-t-il. De comprendre ta vie *avec* moi.

— Oui, acquiesçai-je. Le soleil est si agréable.

— Vraiment ?

— Oh oui !

— Hé.

Je grognai.

— Appelle-moi encore chéri.

— Tu es fou.

— Juste… allez. On se verra bientôt, d'accord ?

— Je t'appellerai quand je serai à la maison, promis-je.

— Non, idiot, je veux dire que je suis à l'aéroport, donc je te verrai à l'hôtel.

Cela n'avait aucun sens.

— Tu es… ici ?

— Bien sûr.

— Tu es venu ?

— Bien sûr que je suis venu, dit-il d'un ton bourru. Tu crois vraiment que j'allais te laisser venir ici voir Ash sans te suivre ?

— Je… oui ? répondis-je honnêtement.

Cela ne m'avait jamais traversé l'esprit qu'il allait lui aussi prendre un avion.

— Ah, tu pensais que j'allais faire ça ?

— J'étais inquiet parce que je pensais que tu serais furieux, mais je n'ai jamais envisagé, même une seconde, que tu allais me suivre ici.

— C'est stupide.

— Mais tu ne m'as jamais couru après autrefois.

— Cela n'avait jamais été une question de vie ou de mort jusque-là, rétorqua-t-il, et sa colère explosa. Cela n'avait jamais été toute ma vie jusque-là. Je t'avais considéré comme acquis ; je ne peux plus faire ça.

Je restai sans voix.

— Dis quelque chose.

— Je suis... c'est génial.

— C'est parce que je suis génial.

— Et modeste.

— Oui, ça aussi, dit-il tendrement.

Nous restâmes silencieux pendant quelques instants.

— OK, donc attends-moi. J'arrive tout de suite.

— Oui, très cher.

— Ne parle pas aux étrangers.

— Non.

— Et si Ash arrive ici avant moi, contente-toi de lui parler dehors.

— Donc pas dans une chambre avec un lit, c'est ça ce que tu veux dire ?

Son rugissement était amusant.

— Je ne bougerai pas d'ici.

— Promis ?

— Je te le promets.

— Je t'ai manqué, lança-t-il d'un ton accusateur, mais je pouvais aussi entendre l'espoir dans sa voix.

— Pendant très longtemps, oui, admis-je, le cœur au bord des lèvres.

— Plus pour longtemps et plus jamais.

J'y comptais bien.

Je perdis toute notion de temps en écoutant les vagues se briser sur la plage, et la gentille jeune femme qui m'apportait mon Mai Tai et un verre d'eau sourit largement en me servant.

— Vous avez l'air si heureux, murmura-t-elle.

— Je crois que je viens de comprendre ma vie.

Elle hocha la tête.

— La mienne ensuite, d'accord ?

— D'accord

Une fois partie, je fus seul à nouveau jusqu'à ce que j'entende quelqu'un m'appeler.

Je me tournai pour voir Mitch et je ne pus m'empêcher de sourire. J'étais complètement stupéfait de le voir ici. La chaleur de son sourire réchauffait ses yeux, et le coin de ses lèvres se soulevait, me rappelant tellement la maison avec juste une trace de malice, suffisamment pour faire naître un gémissement du fond de ma gorge.

— Gentil garçon, tu es resté là, murmura-t-il tandis qu'il me rejoignait.

Il lâcha son sac et prit le siège à côté de moi, bougeant la chaise pour que son genou cogne contre le mien.

— Je sais suivre des instructions, dis-je, retirant mes lunettes de soleil et les posant sur la table.

Il prit mon visage en coupe.

— C'est une très bonne nouvelle.

J'inspirai.

— Jure-moi que tu ne me quitteras plus jamais.

— Je te le jure, promit-il avant de m'embrasser.

XII

— Tu as l'air d'aller bien, remarqua Mitch, en m'observant de haut en bas tandis que je déverrouillais la porte de ma chambre.

— Vraiment ? le taquinai-je, essayant d'être normal même si rien ne semblait normal.

— Je suis fan de ton style décontracté, dit-il en entrant dans la chambre avant moi.

Fermant la porte derrière moi, je me tournai pour le regarder.

— Qu'est-ce que tu essaies de dire ?

— Je n'en sais rien, dit-il en soufflant. Je suis nerveux.

— Pourquoi ?

Il me désigna.

— Ça ne m'aide pas du tout à comprendre, répliquai-je.

— Toi. Tu es mon miracle et je t'ai récupéré.

Je lui souris et réduisis l'espace qui nous séparait pour glisser ma main dans la sienne.

Ses yeux se plissèrent aux coins lorsqu'il sourit en me serrant la main.

— Tu n'es même pas… Je n'ai jamais cru, durant un million d'années, que tu me choisirais, tu sais ? Nous. Je pensais que c'était trop tard et que tu allais t'accrocher à ta rancœur sans me donner une autre chance.

Je fixai tout ce bleu intensément.

— Mais tu ne l'as pas fait. Tu as eu la foi et je suis un peu nerveux pour le moment.

Lui lâchant la main, je m'approchai de lui, ouvris les bras et le serrai contre moi, très fort. Il posa son sac – je l'entendis heurter le sol – et il s'accrocha à moi, son visage collé contre mon épaule, tremblant.

— Tout va bien se passer, murmurai-je.

— Oui, s'étouffa-t-il avant de reculer. Et c'est une bonne chose parce que maintenant, je vais pouvoir entendre ce qu'il t'est arrivé et il n'y aura que nous, sans interruption.

— Ce n'est…

— Ne dis pas que ce n'est pas important, m'avertit-il, parce que tout est différent maintenant.

— Oui et non.

— Non, rectifia-t-il. C'est…

— Tu es en train de parler de moi qui refuse d'être passif, lançai-je.

— Ouais, dit-il d'une voix rauque, et je notai à quel point il avait l'air triste.

Je fus frappé d'un coup par une révélation et mon cœur me fit souffrir.

— En fait, tu es triste pour moi et pas pour toi.

Attrapant ma main, il me conduisit vers le lit, et m'attira contre lui, se tordant rapidement pour me faire face.

— Hagen, je…

— Tu te rappelles à quel point j'adorais être sous toi, lui dis-je tandis qu'il plissait les yeux pour ne pas pleurer. Et tu es en train de penser 'je veux lui redonner ce plaisir'.

— Je…

— Et bien entendu, tu veux me le redonner, dis-je, faisant danser mes sourcils, caricaturant le plus loin possible, le reluquant avant de prendre son visage en coupe dans mes mains.

— S'il te plaît, dis-moi juste s'ils…

J'inspirai rapidement pour pouvoir tout dire en une seule fois.

— J'ai été explosé, kidnappé, torturé, et puis quand j'ai été libéré, ils ont bâclé la mission de sauvetage, et moi et tous les autres qui étions en train de courir dans la rue ce jour-là, nous avons été pris dans des tirs croisés, et j'ai de nouveau sauté sur une mine pour la deuxième fois de ma vie.

Il se contenta de me fixer alors que je lui caressai les joues, sa barbe de trois jours le long de sa mâchoire, et j'imaginai toutes les choses en train de changer encore pour moi parce que ce dont j'avais besoin, c'était juste d'avoir un peu plus la foi. J'avais déjà fait le grand saut. Le pas suivant était bien plus simple.

— Tu te souviens l'autre jour quand tu m'as embrassé chez toi ?

— Bien sûr, grommela-t-il, cessant de respirer alors qu'il me regardait dans les yeux.

— Et bien ce jour-là, j'ai appris quelque chose sur moi.

— Et c'était quoi ?

— Qu'avec toi, et seulement toi, je ne me sens pas piégé.

— Tu ne… quoi ?

Au lieu de lui répondre, je me penchai pour lui voler le baiser que je voulais, tirant sa tête en arrière, lui faisant ouvrir la bouche, le poussant, le pressant, jusqu'à ce qu'il soit simplement à moi.

La tension monta entre nous, à un rythme familier, et quand il me repoussa, mettant un terme à notre baiser fiévreux pour me fixer, j'étais à sa merci.

— C'était ça, haletai-je, en lui souriant. Il s'avère que c'est parce que c'est toi. J'avais l'impression de ne plus jamais pouvoir être passif parce que cela me rendait trop vulnérable – mais ça ne s'applique pas à toi.

Il cilla, ce qui me fit rire.

— Et il faut malgré tout que je prenne du temps et que je trouve quelqu'un à qui parler de toutes les merdes que j'ai dans la tête. Et même si je vais devoir conduire jusqu'à Portland je ne sais combien de fois par semaine…

— La thérapie n'est pas une mauvaise chose, souligna-t-il avec enthousiasme.

— Oui, donc je vais devoir le faire parce que même si je me sens en sécurité avec toi, j'ai toujours des problèmes avec les espaces clos et n'importe quels types de contentions et…

— Les psys appellent ça des problèmes courants.

Je lui jetai un regard en biais.

— Quoi ? C'est bien. À cause de moi, parce que je suis une telle présence positive dans ta vie, tu vas aller chercher de l'aider pour t'aider à résoudre les trucs que tu n'arrives pas à résoudre toi-même. Je trouve que c'est génial.

— Il faut juste que j'aille mieux.

— Tu iras mieux, dit-il, et il en avait l'air convaincu. Tu n'as jamais eu peur de travailler pour obtenir ce que tu voulais.

Non, c'était vrai, et je voulais être le meilleur possible pour lui et ses garçons.

— Je ne vais pas mentir, être le catalyseur de changement en toi me rend particulièrement heureux.

J'éclatai de rire.

— Bien, ce n'est pas une question de confiance, et même si cela a pris plus de temps à mon cœur et à mon esprit pour embarquer, mon corps n'a jamais douté de toi.

Il s'immobilisa, surpris, et c'était adorable.

— Ton corps ?

— Oh, tu as entendu cette partie-là ? l'appâtai-je.

— Va te faire foutre.

— Pas encore, le taquinai-je.

202

Le bruit qu'il fit, sa respiration, son grognement impuissant étaient très agréables. Je me rendis compte que l'idée de lui et moi retenait chaque goutte de son attention, ne laissant pas un seul neurone disponible pour quoi que ce soit d'autre.

— Alors peut-être qu'on pourrait aller au lit ?

Je me contentai de hocher la tête avant qu'il ne me prenne la main, me conduise dans la chambre. Il me fit tourner, et m'embrassa à me mettre à genou. Quand je me laissai tomber sur lui, il me fit basculer sur le côté sur le lit, me suivant rapidement, me couvrant de son grand corps ferme, m'enfonçant dans le matelas, les mains de chaque côté de ma tête.

— Tu avais peur de ça, se rappela-t-il

— J'avais peur, j'aurais encore peur avec qui que ce soit d'autre.

— Alors j'ai de la chance que tu me laisses être là.

— Oui, acquiesçai-je, enroulant les bras autour de son cou pour l'attirer vers moi.

Le baiser en entraina un autre puis un autre, et soudain l'urgence absolue surgit, les fringues volèrent, pour céder la place à ce besoin primitif de peau nue. La danse frénétique du désir commença.

Mitch avait du lubrifiant qu'il avait emmené pour que je l'utilise au moment de le prendre, et je trouvais cela ridiculement romantique et terriblement encourageant.

— Il n'y a pas de préservatifs, fit-il d'une voix rauque, qui montait et descendait alors qu'il embrassait chaque morceau de peau pour se rapprocher de mes lèvres. Parce que je te faisais confiance pour me prendre et jouir en moi.

— Pareil, lui avouai-je, faisant courir mes mains sur son torse sculpté, mémorisant sa peau, le tracé des muscles dans son dos, et plongeant entre ses épaules pour essayer de me rapprocher de lui, le voulant en moi plus que je ne l'aurais jamais cru possible.

J'avais abandonné l'idée de me sentir comme ça à nouveau, et j'aurais dû le savoir. C'était Mitch Thayer, après tout, l'amour de ma vie.

— Merde, gronda-t-il.

Il se souleva pour pouvoir me regarder.

— Pas sexy.

— Ce n'est pas juste.

Ses yeux brillaient en me souriant.

— C'est quoi, ça ?

— Ne fais pas l'innocent, tu le sais très bien.

Son rire me fit sourire malgré moi, et je me penchai sur le lit tandis qu'il glissait ses doigts humides, enrobés de lubrifiant en moi.

Cela faisait si longtemps. Je n'avais pas compris que j'en avais besoin, ni à quel point je le voulais jusqu'à ce qu'il me prenne de la façon la plus primitive qui soit, la plus intime aussi, et au lieu d'être terrifié, de sentir mon cœur s'arrêter de battre, un rugissement d'anticipation me bouscula, me donnant finalement ce dont je crevais d'envie depuis des années… la paix.

— Dis-moi que je peux, ronronna Mitch, déposant une ligne de baiser le long de ma gorge pour remonter vers mes lèvres qu'il agressa, les suçant, léchant, mordillant jusqu'à ce que je me tortille contre lui, cherchant plus de frottement, plus de ses doigts talentueux qui me caressaient à l'intérieur et plus de sa bouche brûlante.

Tout cela, depuis ma foi renouvelée jusqu'à l'envie profonde qui jaillissait étaient des signes de qui j'étais vraiment ; le mec qui avait une seconde chance en amour.

— Hagen, demanda-t-il, et je pouvais sentir sa retenue frissonnante.

— S'il te plaît, Mitch, rappelle-moi ce que nous étions ensemble.

Il bougea rapidement, glissant mes jambes par-dessus ses bras pour se pencher sur moi.

— Après ça, plus jamais tu ne pourras me demander de partir.

— Je ne le ferai pas.

— C'est fini maintenant, plus d'histoire. Notre relation sera scellée.

— Oui.

— Promets-le moi, Hage.

Et au lieu de répondre, je levai le bassin à sa rencontre, me soulevant, m'ouvrant pour lui laisser la place tandis qu'il s'enfonçait de toute sa longueur dans mon corps, profondément alors que l'anneau de muscles étroit résistait à l'invasion. J'expulsai brutalement de l'air de mes poumons.

— Je te tiens, promit-il, ajustant l'angle de sa pénétration, ses cuisses pressées à l'arrière des miennes tandis qu'il plongeait en moi, d'abord lentement, et puis accélérant progressivement à un rythme qui se transforma rapidement en pilonnement délicieux que je ne voulais pas voir finir.

Quand nous étions jeunes, c'était agréable mais rapide, et il avait dû me finir avec sa bouche un grand nombre de fois, n'ayant pas l'énergie pour me faire jouir avant lui.

Je ne ferais jamais l'erreur de confondre l'homme que j'avais dans mon lit maintenant avec le garçon qu'il avait été.

Le Mitch qui me plia en deux, m'écartelant, suçant ma langue tout en me pilonnant, était une nouvelle créature dangereuse. Il était en totale possession de mon corps, décisif dans ses mouvements, et létal dans son exécution. Sa confiance en lui était presque aussi totale que l'acte en lui-même, j'étais complètement perdu dans son odeur, son goût, les sensations que j'avais de lui.

— Seigneur, Mitch, gémis-je, me tortillant contre lui, griffant son dos, le voulant encore plus profond.

J'avais besoin de lui, de lui tout entier.

— Hagen… mon amour… c'est si bon, j'ai envie de rester là, comme ça, pour le reste de ma vie.

Il n'y avait rien d'autre que lui.

J'enroulai les jambes autour de ses hanches, m'empalant sur sa queue, pleurant son nom tandis qu'il me baisait. Je n'arrivais pas toujours pas à comprendre pourquoi je ne lui avais pas sauté dessus le premier jour ou je l'avais revu à Benson, après toutes ces années.

— On a toujours été doué pour ça, fit-il de sa voix rauque entre deux baisers dévorants, brutaux.

J'écartai les bras le plus possible, j'avais besoin de prendre appui, mes mains tenaient les draps dans mes poings serrés, arc-boutés sur le lit, tandis que la frénésie dont je me souvenais si bien commençait, la pression montait tandis que mon corps dansait contre le sien, le claquement de nos chairs, l'union de nos corps rapidement suivie par le retrait, encore et encore, implacable, réclamant toujours plus que ce que je m'étais imaginé.

À ce moment-là, j'avais la lucidité qui vient avec la certitude d'être au lit avec la seule personne qui me connaissait corps et âme. Je lui appartenais et c'était une vérité inexorable.

— Jouis pour moi, bébé.

Les mots, prononcés sur un ton guttural claquèrent comme un ordre et m'excitèrent encore davantage. Je jouis, criant son nom, le monde autour de moi disparut, réduit à sa présence et la manière dont mon corps se contractait autour de son membre viril, long et épais, enfoui en moi.

— Hagen, hurla-t-il, la voix cassée avant que son orgasme ne déferle et l'emporte, se répandant en moi à grands jets épais et chauds.

Ma joie se traduisit par un rire et je l'attirai pour l'embrasser en souriant contre sa bouche.

— Petit con, cracha-t-il, et je n'en fus pas le moins du monde surpris, faisant courir mes mains sur sa peau trempée de sueur, émerveillé par sa peau lisse et excitante. Tu viens de te donner à moi ?

— Oui, dis-je, serrant les fesses juste pour l'entendre gémir.

Il était tellement sensible que c'était amusant de le taquiner.

— Stop, ne fait pas ça, ordonna-t-il, se retirant délicatement de mon conduit bien utilisé pour s'allonger sur le lit.

Son regard était rivé au mien ; un air à la fois préoccupé et heureux qui était magnifique à voir.

— Oh mon Dieu, grognai-je, en sentant le tiraillement dans mon cul, qui m'envoya directement dans ses bras au lieu de retomber sur mon dos.

— Je t'ai fait mal ?

— Non, le rassurai-je en me pelotonnant contre lui, l'embrassant sous la mâchoire, et à la base de son cou. Je ne savais absolument pas que tu étais aussi doué.

— Je ne savais absolument pas que tu étais aussi réactif et sexy. Personne ne m'a jamais voulu comme cela.

— Non, ils ne pouvaient pas, jurai-je.

— Pareil, dit-il, se penchant pour m'embrasser.

Je ne l'avais pas déçu.

JE ME réveillai en entendant des voix mais quand Mitch revint se glisser entre les draps contre moi, m'enveloppant contre sa peau douce et chaude, ses lèvres plaçant de délicats baisers sur mon épaule, je me rendormis immédiatement. Je me réveillai à nouveau très tôt le lendemain matin et me tournai vers Mitch, que je découvris debout.

— Qu'est-ce que tu fais ?

— Je profite d'être là et je me sens chanceux.

Je ricanai.

— Parce que tu as tiré ton coup.

— Ouais, se moqua-t-il, me poussant de son épaule. Et je me disais que peut-être que cette fois, tu pourrais me prendre.

Je le fixai dans la semi-pénombre, les lueurs de la lune faisant briller ses yeux.

— J'adore que tu puisses le vouloir, murmurai-je, me collant contre lui, prenant sa main et la déposant sur ma hanche. Mais je préfèrerais t'avoir en moi à nouveau, si ça ne te dérange pas.

Il m'attaqua sur-le-champ, ce qui me fit éclater d'un grand rire rauque, et il me fit l'amour encore, et encore. Nous avions besoin de cette connexion et moi de me souvenir de ce que j'aimais profondément.

Le matin, nous prîmes un énorme petit-déjeuner dans la chambre, et quand vint l'heure de payer l'addition, Mitch s'en chargea avant que je puisse le faire.

— Je crois que c'est moi qui dois le faire, lui dis-je, tandis qu'il prenait le fauteuil à côté de moi, me passant les couverts enroulés dans une serviette. La chambre est à mon nom.

— Non, rectifia-t-il, se penchant sur le côté pour m'embrasser la joue avant de commencer à se servir en gaufres. Je l'ai changé la nuit dernière. La chambre est sur ma carte bleue, avec nos deux noms, donc j'ai le droit de signer pour la nourriture.

— Quand est-ce que tu as fait ça ?

— Après que Ash est passé.

Je me tournai pour le regarder.

— C'était quand ?

— Tard ou très tôt, selon ta manière de voir les choses.

— Oh, je vous ai entendu, les mecs.

— Probablement, acquiesça-t-il, me versant du sirop. Mange, on doit être à l'aéroport dans quelques heures.

— Je devrais lui téléphoner.

Il secoua la tête avant de croquer dans l'omelette de Denver qu'il avait commandée.

— Je ne veux pas laisser les choses comme…

— Bébé, il était saoul quand il s'est pointé ici à une heure du matin, et il faut que tu te demandes : si tu étais si important, pourquoi est-ce que ça lui a pris tout ce temps pour venir ici ?

— Non, ce n'est pas ça, le rassurai-je. Je ne crois pas qu'il ait le cœur brisé ou quoi, je me sens juste mal qu'il t'ait parlé à toi et pas à moi, et qu'il pensait…

— Il pensait que nous étions ensemble parce que nous le *sommes*. Mais j'ai été très gentil avec lui, tu aurais été fier.

— Ah oui ? demandai-je en croquant dans ma gaufre avant qu'elle ne soit détrempée. Oh mon Dieu, elles sont excellentes.

— J'ai pris des gaufres liégeoises parce que je sais que tu les adores.

Il avait raison. Il savait.

— Et pas de beurre, tu as remarqué ?

— Oui, dis-je, content qu'il se souvienne de petites choses comme ça.

Il fit un geste vers moi.

— Fais-moi un bisou au sirop d'érable.

Je l'embrassai.

À L'AÉROPORT, j'appelai Ash pendant que Mitch allait nous chercher du café.

— Je suis désolé, répondit-il au lieu de dire bonjour.

— Tu es désolé pour quoi ?

— Pour avoir frappé Mitch la nuit dernière.

C'était nouveau.

— Ça s'est produit avant que j'y aie pensé, mais il a juste encaissé et m'a regardé comme si j'étais dingue. C'était vraiment flippant.

— J'imagine.

— Je suis désolé de ne pas être venu plus tôt. J'ai été retenu et …

— Laisse tomber, l'exhortai-je. On se reparlera quand tu reviendras.

— Je me suis occupé de tout avec Chastain comme je te l'avais promis.

— Bien.

Il s'éclaircit la gorge.

— Alors tu es heureux, hein ? Mitch Thayer, c'est ça ?

J'observai l'homme en question se rapprocher de moi, ses lèvres diablement sexy légèrement retroussées, les yeux sombres parce qu'il me fixait, la foulée fluide de ses muscles sculptés bougeant sous le jean et le coton, et toute cette beauté, ce pouvoir et cette virilité pâlissaient devant la compréhension qu'il m'appartenait, à nouveau, à moi.

Il était à moi, et je ne le partagerais avec personne d'autre. Et plus important encore, il ne vouait que moi. Un instant, je fus incapable de parler.

— Hagen ?

— Désolé, finis-je par réussir à dire. Eh oui, C'est Mitch Thayer.

— Je savais que ce serait lui. À la façon dont tu le regardais, il n'y avait pas de doute possible.

Je ne pouvais pas vraiment le contredire, sans compter que je n'en avais pas envie.

— Amuse-toi bien pendant le tournage !

— J'aimerais t'appeler en rentrant.

— Ce serait chouette, acquiesçai-je avant de raccrocher.

— C'était qui ? demanda Mitch en prenant le fauteuil à côté de moi, son genou poussant le mien alors qu'il passait un bras dans le dos de ma chaise.

— Ash, l'informai-je, touchant son visage. Je vois qu'il n'y a pas de bleu là où il t'a frappé.

Il haussa les épaules, moqueur.

— Oh, non. Il n'y en aura pas. Mes enfants cognent plus fort que lui.

Je souris.

— J'ai cru que tu allais dire ta sœur.

— Ma sœur ? Tu plaisantes ?

Il avait l'air horrifié.

— Ma sœur est une danseuse de ballet. Est-ce que tu sais à quel point elles sont fortes ?

J'éclatai de rire, me penchai vers lui et vis le soupir de contentement qu'il poussa tandis qu'il frottait son visage contre mes cheveux.

— Merci de ne pas avoir frappé Ash.

— On ne frappe pas les gens qui sont bourrés. Ce n'est pas cool.

— Quand bien même, tu as fait preuve de beaucoup de retenue.

— Je n'allais pas le laisser passer, je peux te le promettre.

— Oh non ?

— Tu étais nu dans le lit, Hage, et le seul qui a le droit de te voir nu à partir de maintenant, c'est moi.

— Fais attention, on dirait que tu te projettes.

— C'est parce que c'est le cas, affirma-t-il, ramenant son bras derrière mon dos, m'enveloppant dans un cocon, m'attirant plus près de lui. Il faut juste que je sache quel type d'alliance je vais te prendre puisque tu travailles avec tes mains.

J'essayai de me lever, mais il me tenait. Je n'allai nulle part.

— Il faut que j'achète quelque chose qui ne se cassera pas, ou je peux te prendre un de ces anneaux en silicone que tu pourras porter quand tu travailleras et un autre avec de monstrueux diamants à porter le reste du temps.

— Mitch, tu…

— Et quand je parle de diamants monstrueux, je veux parler d'un truc bien *flippant*. Je veux que tout le monde le voie.

— Mitch…

— On voit cet anneau et on sait que le type qui le porte est très très en couple.

Il me rendait fou avec sa possessivité et son côté dominant parce que j'en crevais d'envie comme d'une drogue. Et il le savait parce qu'il me connaissait, c'était aussi simple que ça.

— Tu es tout à moi, finit-il, d'une voix presque rocailleuse, et il ponctua sa phrase d'un grognement pour faire bonne mesure.

Après l'embarquement, assis côte à côte dans nos sièges, je le poussai de l'épaule.

— C'est dommage que ce ne soit pas un grand avion. On aurait pu rentrer à la maison en première classe.

Il rit.

— Je ne crois pas qu'un avion aussi petit ait autre chose qu'une dernière classe, mais ce n'est pas grave. Tant que tu es avec moi.

— Tout à fait, soupirai-je.

— Et les enfants ?

— J'adore les enfants, Mitch. Tu le sais déjà, pas vrai ?

Il hocha la tête, et je pouvais dire à la manière dont il déglutit rapidement qu'à l'idée de nous vivant tous ensemble, sa gorge se nouait sous le coup de l'émotion.

Penser à avoir une famille avait le même effet sur moi. J'allais aimer en faire partie. Je m'éclaircis la gorge pour pouvoir parler.

— Au fait, qu'est-ce qu'on va dire aux enfants ?

— Tu plaisantes ? Ce sont eux qui m'ont dit de venir te chercher.

— Sérieusement ? demandai-je, ému.

— Oui chef. Ils ont dit qu'il fallait que tu rentres à la maison et ils m'ont demandé si on se mariait, si on pouvait tous vivre dans la maison dans les arbres.

Je dus me souvenir de respirer.

— Et qu'est-ce que tu as dit ?

— J'ai dit que je viendrais habiter dans la maison dans les arbres à la seconde, tant que tu étais d'accord.

Je le foudroyai du regard.

— Et si les choses ne s'étaient pas passées comme ça ? J'aurais été le méchant qui ne vous aurait pas laissé vivre avec moi.

— Oui, c'est sûr, dit-il platement, sans adoucir ses propos.

— Mais ce n'est pas juste.

— Non, acquiesça-t-il, en hochant la tête.

— C'est vraiment un truc de connard à faire.

Nouveau hochement de tête.

Face à lui dans mon fauteuil, je croisai les bras.

Il m'embrassa sur la tempe.

— Je voulais que ma vie commence, Hage. Je n'allais pas me priver d'utiliser mes gosses adorables à mon avantage.

— Méprisable.

Il rit et je ne pus retenir un sourire.

— Tu es dingue de moi.

— Oui, confirmai-je. Je suis fou de toi et tu le sais.

Il sourit lentement, ses yeux capturant la lumière du soleil, les faisant briller d'une lueur dorée pendant de longues secondes avant de reprendre leur couleur bleue profonde si familière.

— Oui, dit-il d'une voix rauque, et j'ai de la chance parce que c'est tout ce que je veux : toi installé dans ma vie avec mes enfants.

— Tu as confiance en moi pour ne pas merder ?

— Oui chef, dit-il en riant, une main posée sur ma nuque, m'attirant plus près de lui pour m'embrasser avant de soupirer, le visage sérieux. Je te confie toute ma vie à partir de maintenant. Je veux dire, tu veux aller parler avec quelqu'un pour aller mieux, et mieux pas juste pour toi-même mais aussi pour moi et les garçons. Qu'est-ce que je pourrais demander de plus ? Comment est-ce que tu pourrais être plus impliqué ?

— Tu as confiance en moi ?

— Oui.

Je repensais à ce matin avant notre départ de l'hôtel. Lui, étalé en travers du lit, souriant comme un fou, et je réalisai qu'il m'avait rendu doux et sentimental à l'intérieur. Je m'étais rendu compte qu'être vulnérable, ce n'était pas une mauvaise chose quand on faisait implicitement confiance à la personne qui nous transformait ainsi.

— Je suis prêt, lui dis-je.

— Oui ?

Il avait l'air plein d'espoir, et son haussement de sourcils était mignon.

— Tu es prêt à te lancer dans l'aventure avec moi et les garçons ? Prêt à avoir une famille ?

— Je le suis, dis-je, et je sentis une vague de bonheur et de certitude.

— C'est une bonne chose, parce que j'ai l'intention de te garder pour toujours et jusqu'à la fin.

Cela semblait être juste suffisant.

— Je t'aime.

— Je t'aime aussi, bébé, et tu vas voir, nous allons avoir une vie merveilleuse, murmura-t-il avant de m'embrasser.

Et pour une fois, je n'avais aucun doute là-dessus.

MARY CALMES vit à Lexington, dans le Kentucky, avec son mari et ses deux enfants et elle aime toutes les saisons à part l'été. Elle est diplômée de l'Université du Pacifique de Stockton, en Californie, ayant obtenu une licence en littérature anglaise. Étant donné qu'il s'agit de littérature anglaise et non de grammaire anglaise, inutile de lui demander de vous montrer une préposition, cela ne risque pas d'arriver. Elle adore écrire, être immergée dans le processus, et croit sans hésitation aux fins heureuses qu'elle écrit pour chacun de ses personnages.

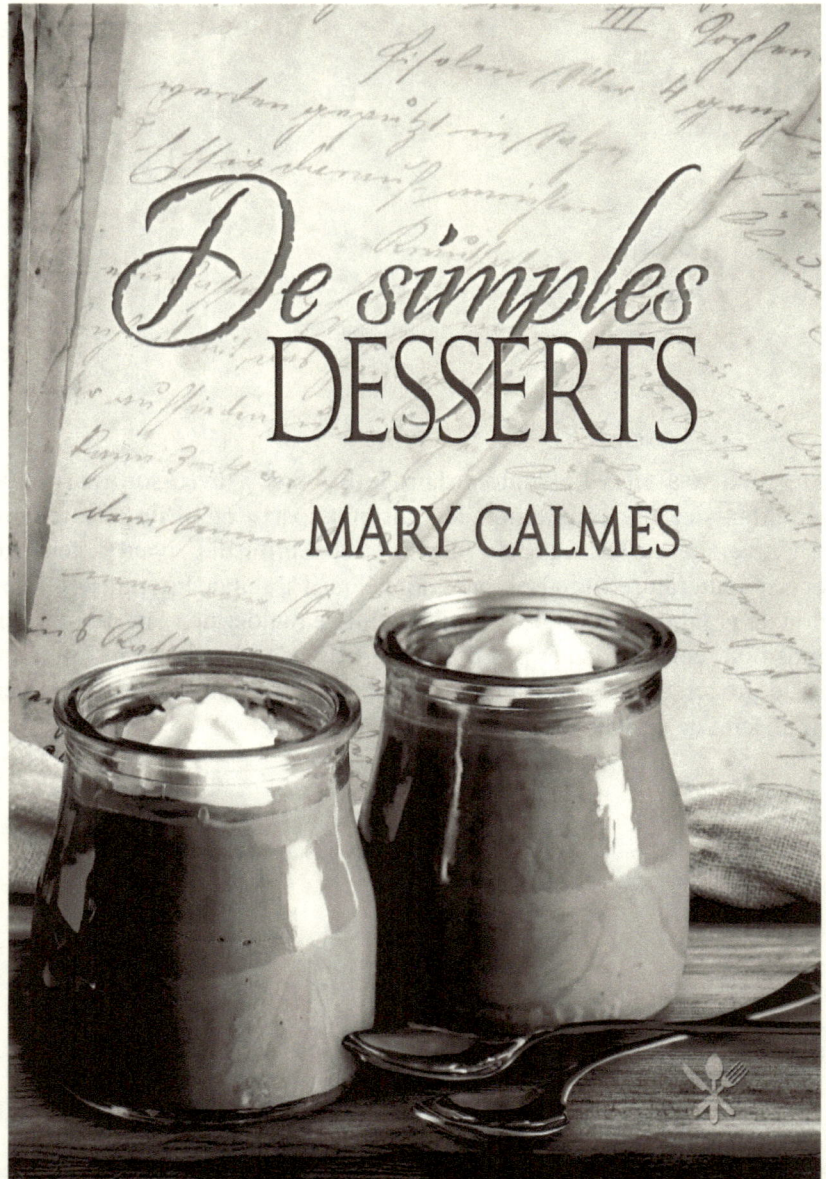

De simples DESSERTS

MARY CALMES

Contes d'un étrange livre de cuisine, numéro hors série

Boone Walton a fait de son mieux pour mettre de la distance entre son passé et lui. Il s'est investi dans sa nouvelle vie, sa galerie d'art à La Nouvelle-Orléans et son amitié avec Scott Wren. Les choses semblent enfin normales, et Boone ne pourrait pas être plus heureux.

Scott Wren, chef cuisinier, veut plus qu'une vie normale avec Boone. Il veut une vraie relation, mais Boone est terrifié – et pas à cause du fantôme qui hante l'appartement de Scott, ni même ses parents. Non, le passé de Boone s'apprête à lui rendre visite, et la seule chose qui pourrait se mettre entre Boone, Scott et la recette douteuse d'une mousse au chocolat trouvée dans un curieux livre de cuisine, serait la rivière de douleur que Boone a dû traverser pour arriver où il en est. Il y a cependant un secret derrière les ingrédients, un secret qui pourrait révéler l'amour et la confiance qui ont manqué dans la vie de Boone.

www.dreamspinner-fr.com

L'acrobate

MARY CALMES

Le professeur d'anglais Nathan Qells, quarante-cinq ans, est doué pour donner de l'importance aux personnes qui l'entourent. Cependant, il est moins bon quand il s'agit de préserver une relation. Il est sympathique, mais il a du mal à discerner les sentiments des autres personnes. Ainsi, même après tout le temps qu'il a passé à s'occuper de Michael, le lycéen qui habite en face de chez lui, il ne réalise pas qu'Andreo Fiore, oncle et tuteur légal de Michael, a commencé à tomber amoureux de lui.

Dreo a des problèmes plus urgents à régler que de montrer à Nate qu'il pourrait être un partenaire potentiel. Il élève son neveu, tout en essayant de quitter le monde de la mafia et de monter sa propre affaire, un processus rendu plus difficile lorsqu'une fusillade survient, éliminant quelques personnages clés du milieu. Cela n'empêche pas Dreo de persévérer dans sa quête d'une nouvelle vie dont il pourrait être fier – une vie dans laquelle Nate aurait une place essentielle. Une vie qui pourrait ressembler à celle dont Nate a toujours rêvé. Malheureusement pour Dreo – et pour Nate – la dernière fusillade n'était que la partie immergée d'une restructuration importante de la mafia, et l'amour évident que porte Dreo à Nate fait de ce dernier une nouvelle cible.

www.dreamspinner-fr.com

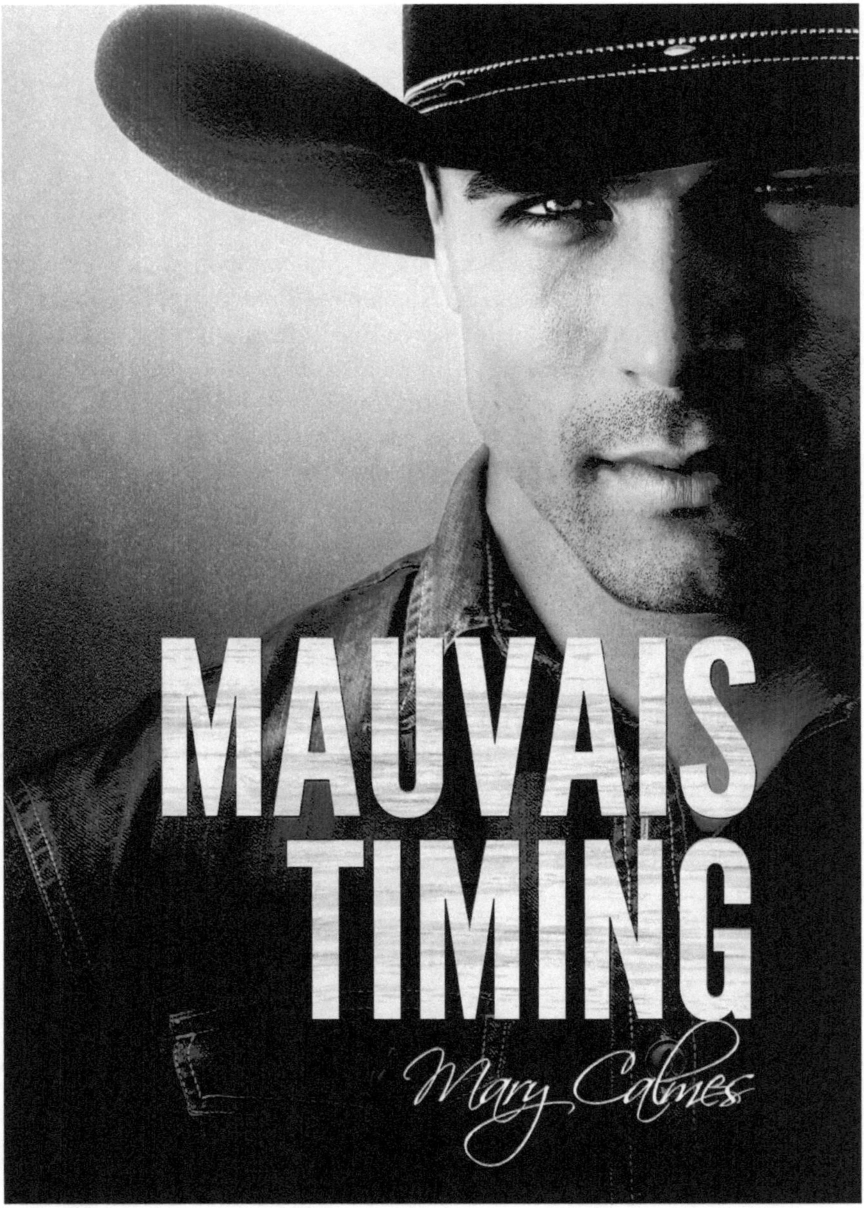
MAUVAIS
TIMING
Mary Calmes

Dans les temps, tome 1

Stefan Joss connait une période difficile. Non seulement, il doit se rendre au Texas, en plein été, pour le mariage de sa meilleure amie, Charlotte, dont il est le témoin, mais on le charge en plus de négocier un marché de plusieurs millions de dollars. Pire encore, il se retrouve face à face avec un homme qu'il espérait bien de jamais revoir : Rand Holloway, le frère ainé de Charlotte.

Stefan et Rand se détestent depuis le jour de leur première rencontre, aussi Stefan a-t-il du mal à croire à la trêve que lui propose son ennemi juré. Peu à peu, leur hostilité mutuelle se transforme en passion dévorante. Malgré ses doutes devant une volte-face aussi brutale, Stefan décide de faire confiance à Rand, et de lui donner une chance de prouver sa sincérité.

Leur entente est vite menacée : le marché que Stefan devait négocier tourne mal, et la propriétaire du ranch qu'il devait acquérir au nom de sa boite est assassinée. À sa grande surprise, Stefan est désormais en danger…

www.dreamspinner-fr.com

Trevan Bean exerce un travail qui flirte avec l'illégalité, a un petit ami qui n'a peut-être pas toute sa tête ainsi qu'un ange gardien qui pourrait effectivement être le mal incarné. Ajoutez à cela la réapparition de la famille de son petit ami, des menaces de mort, un enlèvement et la lutte pour mettre suffisamment d'argent de côté afin de réaliser un rêve… Autant dire que Trevan ne chôme pas. Mais il est du genre à relever les défis : il a promis à Landry une fin comme dans les contes de fées et Landry va l'obtenir, même si cela doit le tuer !

Et c'est bien ce qui pourrait se passer.

Il y a deux ans, Landry Carter était une poupée cassée lorsqu'ils se sont rencontrés. Mais il a grandi pour devenir un partenaire qui peut se tenir fièrement aux côtés de Trevan… enfin, la plupart du temps. Maintenant que la vie de Trevan prend un tournant inquiétant – et que Landry se retrouve kidnappé – il espère que l'amour de Landry restera suffisamment fort pour relever ce nouveau défi, parce que sa fin heureuse n'arrivera jamais si Trevan doit faire cavalier seul.

www.dreamspinner-fr.com

MARY CALMES

QUESTION
DE TEMPS

TOME 1

Jory Keyes mène une vie normale comme assistant d'un architecte jusqu'à ce qu'il soit témoin d'un assassinat brutal. Bien qu'initialement sauvé par l'inspecteur de police Sam Kage, Jory refuse la détention préventive – il a une vie qu'il aime et à laquelle il ne renoncera pas, peu importe qui est après lui. Mais la vie de Jory est réellement en danger, surtout après qu'il accepte de témoigner à propos de ce qu'il a vu.

Alors qu'il jongle avec les tentatives de meurtre dont il est l'objet, des amis bien intentionnés qui veulent le voir heureux, un patron trop protecteur et un mystère qui se dévoile lentement et qui est beaucoup plus sinistre que ce qu'il aurait pu imaginer, le jeune homosexuel se retrouve impliqué avec Sam, l'inspecteur en conflit avec lui-même et dans le placard. Et si Jory a une chance de survivre au danger, il ne peut pas survivre à un cœur brisé.

www.dreamspinner-fr.com

Par MARY CALMES

L'acrobate
L'ange gardien
De nouveau
La grenouille du prince
Le mien
On ne sait jamais

LE CLAN DES PANTHÈRES
Cœur sauvage
Cœur confiant
Cœur et honneur
Cœur destiné
Cœur et avenir

CONTES D'UN ÉTRANGE LIVRES DE CUISINE
Le chant de la pluie *par RJ Scott*
De la nourriture pour esprit *par Amy Lane*
Perdu en chemin *par Marie Sexton*
Des cookies pour séduire *par Amber Kell*
De simples desserts *par Mary Calmes*

DANS LES TEMPS
Mauvais timing
Bon timing pour un Rodéo
Question de timing
Timing parfait

LES GARDIENS DES ABYSSES
Son foyer
Bec et ongles
Le cœur sur la main
Pécheur
Connexion

TOUT VIENT À POINT...
Question de temps, tome 1
Question de temps, tome 2
À toute épreuve

Publié par DREAMSPINNER PRESS
www.dreamspinner-fr.com